藝情絮語

辛其氏——著

匯智出版

責任編輯：羅國洪
封面設計：洪清淇

書　名：藝情絮語
作　者：辛其氏
出　版：匯智出版有限公司
香港九龍尖沙咀赫德道二A
首邦行八樓八〇三室
電話：二三九〇〇六〇五
傳真：二一四二三一六一
網址：http://www.ip.com.hk
發　行：香港聯合書刊物流有限公司
香港新界大埔汀麗路三十六號
中華商務印刷大廈三字樓
電話：二一五〇二一〇〇
傳真：二四〇七三〇六二
印　刷：陽光(彩美)印刷公司
版　次：二〇二〇年九月初版
國際書號：978-988-74437-2-8

目錄

第二輯　浮蹤泛記——曲話・戲影・紅樓

第三輯　閒情漫筆

目 錄

前塵——代序

辛其氏

近年偶爾收到熟人離世的消息，不論認識或點頭之交，是藥石無功還是老成凋謝，也覺十分惆悵。人活上一定歲數，本該明白無常的道理，但夜靜浮想，去日已遠，來日難測，忽然就生起一種莫名的迫切感，要爭取時間做想做的事。為了不留一絲遺憾，少沉湎過去，打起精神與命運競賽，無奈前塵舊影卻不時拖你的後腿，盤桓腦際，不請自來。

年輕時勇於瞎闖，既想急切探索陌生的外在世界，又專注體驗思想情緒的內部轉化，彷彿精力無窮。鬢髮添霜以後，再無勃發的好奇心，能力與動力消減，世代且已幾番更替。時不我與，亂世路迷，若在這魍魎人間，還能夠自營一角淨土，感受難得的月白風清，未嘗不是一種偷來的福氣。在顧影獨行的人生路上，為了確認自身存在的價值，記憶隨時回帶，情難自禁重拾一路走來的步迹，思往事，尋故地，懷舊物，念良朋。對斷續寫作幾十年的人來講，更另添一重心事，老想好好整理舊文影稿，在撿拾重讀之間，淡忘的人事意外地再度分明。

1

一九六九年投稿《中國學生周報》，開始我那有迹可尋的文創試筆期，為少女的躁鬱與閒愁，尋找抒發的渠道。最初以為刊出機會不大，筆名隨便杜撰，六九、七〇年前後，我有幾篇不同署名的散文見報，感謝當年文藝版編輯吳平，不嫌拙文生澀幼稚，竟陸續刊登。歡喜之餘，漸覺每次投稿改一個筆名，無疑自尋煩惱，於是打定主意，選取與某個鮮橙和果汁牌子同一粵語發音的名字，文學界朋友其後戲稱為生果筆名。

二〇〇〇年二月，三位英華女生為學校文集《綴文樂》的「作家專訪系列」，邀約訪談。年輕人問到筆名由來，當時我只簡單作答，事後思緒卻止不住向前翻滾，已遺忘的早年生活碎片，自動重組。筆名原屬一位陳姓朋友，我們約在六十年代中期認識，她是影友會負責人，創辦並主編《海濤》會刊。

近日從抽屜底翻出一本藍皮封套的塵封日記，記下我在一九六七至六九年間的生活和感想，訴說與家庭、學校、時局有關的青澀心事，詳記中學時期與要好同學的密切交誼，並夾雜大量膚淺的書話影評。期間看過的電影有日本片《赤鬍子》、《穿心劍》；歐美電影《洛可和他的兄弟》、《星期日與西貝兒》、《怒海沉屍》、《春光乍洩》、《青春夢裏人》、《桃李滿門》、《七俠蕩寇誌》；台港兩地製作的《寂寞的十七歲》、《梨山春曉》、《養鴨人家》、《落花時節》、《金燕子》、《明日之歌》、《李後主》等等。還有數則我與陳姓朋友的交往日誌，當年我們常寫信，間中通電話，談論出版文刊，又提過湊份子張羅印刷費的事。

日記明白寫着當時家裏給月費一百一十元，扣去學費六十元，巴士月票六元和每天上學的午飯錢，只餘十五元零用，月底常清空，無法挪出二十五元印刷費，因為幫不上忙感到內疚，想去信解釋財困卻又羞於啟齒。難得陳姓朋友不計較，依然寄來《海濤》，還不時邀稿，鼓勵我寫作，當年她不經意成了引路人，增添我日後向文學園地邁進的信心。日記還殘留我在文刊初試啼聲的筆名，文縐縐的，如不是白紙黑字，可真無法再想起來。《海濤》後來停刊，青春期不懂得剎那即是永恆，刊物輕易丟失，手邊一期也沒留。

七十年代初，朋友去加拿大，忙於適應異地生活，入讀研究院。我中學畢業後，努力工作進修玩樂，跟隨新相識的朋友，接觸學校以外的新事物，觀賞法國新浪潮和意大利新現實主義電影，諸如《斷了氣》、《狂人彼埃洛》、《四百擊》、《偷吻》、《八部半》、《野草莓》、《第七封印》和《單車竊賊》之類。公餘報讀夜英專、速記、法文和仿效自由大學理念的「創建學會」，不同時期的課程緊密銜接，忙得不可開交，我們終於失去聯絡。但她那曾經短暫亮相的筆名，我一直念念不忘，除了當時愛讀無名氏作品，不可理喻地喜歡「氏」這個字，還因為天性好玩，喜愛它與鮮橙牌子異字同音，散發出陽光味，中性而有趣，就因為莫名其妙的一點迷思，不捨得它沉沒在時間的洪流，我沿用了這個筆名。

後來她的加國朋友認識一位香港文友，由她再通過第三者，幾經曲折把信轉到我手上，信末殷切期望回音，就這樣我們重新通信。得知我離家後的下落，她欣喜不已，一如以往敞開心扉，訴說別來種種。可惜時地相隔，在不同的生活圈子，各有掙扎與追求，加上我的懶慢，友情日轉疏淡。直至九十年代，朋友加國回流，丈夫任教中文大學，別後二十多年，我們相約校園一聚。會面細節無復記憶，只記得曾着意提到筆名的事，當時她朗聲笑說隨便取用，還高興我保留她那段時期的靈光一閃。感謝她的大方友愛，生果筆名從此與我快樂同行，兩不相負。

那是我們最後一次見面，在對方的人生軌道又再自然淡出。從初識至今，不覺已逾半個世紀，設若街頭相遇，容貌亦已無法辨識。交會在少女十五二十時的吉光片羽，儘管飄如雲杳，但到了腦智隨時退化的年紀，我仍然記住她的芳名，好比色淡香馥的一朵白素馨。

2

我十九歲離開同父異母的二兄嫂家，過自己的生活，自此與一同成長的重孝十哥分開。我們從小同行息，同遊戲，同闖禍。約莫六七歲年紀，小一放學後灣仔海旁閒逛，十哥同學走下碼頭石級放紙船，他好奇跟去，誰料青苔黏濕，滑入海中；不懂游泳的我，沒聽哥哥高聲制止，也走到級邊危站，天真地試圖伸手，拉他回來，眨眼亦被湧浪捲去。但奇蹟降臨，我們同時被波神寵召，又同時拒收，先後送返碼頭最底部的梯級處。

落湯雞三魂掉了七魄，匍匐在生滿青苔貝殼的階梯上，渾身校服鞋襪濕透，蹣跚着回家。母親幾乎同時失去一雙兒女，家中震怒，兄妹同被責打。六十多年後談到落水事件，十哥笑指我當時反應，堪稱「真情流露」。我依稀記得，驚見十哥墮海，四望無人，不知如何是好，只懂岸邊跳上跳下，聲嘶力竭，高呼「孝哥孝哥」；還有就是自己海裏掙扎，水底世界出奇寂靜，喝了幾口苦鹹海水後，條件反射緊閉嘴巴，且無視水流阻力，本能地左右提腿，如陸上步行，妄想走回碼頭梯邊，慢慢竟浮出水面，見孝哥就在不遠處載浮載沉，慶幸重睹天日。

十哥為了買零件，組裝當時潮物原子粒收音機，擅用儲起的利是錢。為了小兒女不愛惜金錢，惹得母親流淚生氣，十哥馬上認錯，遞巾抹淚，下跪奉茶，有份闖禍的我，陪在一旁，不知所措。十哥長我兩歲，比我懂事多了，自小善體親心，不負「孝」名。父母思想傳統，未必「輕女」，卻絕對「重男」，十哥是母親的心頭肉，只要哥哥遞茶，極窩心地馬上就會淚止氣消。

十二三歲時，隨父母從灣仔搬去上環兄嫂家，生活模式隨之調整。十哥與我有時假日幫忙洗雪櫃，平常又會洗熨兄妹倆的衣物、校服和白帆布鞋；後來移居太子道，年節前合力洗抹客廳蒙塵的水晶燈。母親協助炊事，為兒女寄居報效微勞，有減輕當家二嫂的家務負擔、求心安自在的意思。上環時期某年一夜，十哥夢中從雙層牀摔下地來，跌在我牀下，轟然一響，驚醒全家，母親自鄰房撲至，憐惜不止問完又問：「仔阿仔，有冇整親邊度？（兒啊兒，有沒有哪處受傷？）」，關切之情，歷歷在目。多年後，十哥言語間仍對母親的慈愛和恩典，依依緬懷。

母親一九六六年七月初病故，我剛應付完期末大考，等放暑假。母親遽逝，我表面如常度日，實感百事空茫。中學畢業後自立，心比天高，不想再負累兄嫂，以為羽翼長成，是時候往外闖。十哥是兄弟排行最小的偏憐兒，陪在當年已屆七旬高齡的父親身邊，我假日回去探視，隨老父高興講些家常話，與十哥和小我四歲的舜卿姪女調笑如昔。

我們仨在一九六八年曾組「三人股份公司」，十哥倡議下，每日儲錢一毫，買課外書。確實買過甚麼書已沒印象，但日記提到十哥曾墊支，買了一套「彩繪紅樓夢」和「顏真卿字帖」。我還在日記寫下擔心儲一年股本，欠款亦未必可以清還。十哥卻非常積極，又再建議儲錢買《錦繡中華》彩色大型畫冊，兩個小股東窮於應付。「顏真卿字帖」已不見影蹤，「彩繪紅樓夢」應指北京人民文學出版社刊印的《紅樓夢》一九六四年版本，有程十髮彩色插畫，還留在我手邊。《錦繡中華》似乎曾在我與姪女的房中書櫥出現，如今不知落戶何處。

中學畢業前後，我讀了不少課外書，有自己買的，有從大會堂圖書館借的，有「三人股份公司」購入的。涉獵過的新文學作家有巴金、冰心、丁玲、魯迅、老舍、朱自清、郁達夫、徐志摩、沈從文、無名氏等等。翻譯小說有羅曼羅蘭《約翰·克利士多夫》、杜斯妥也夫斯基《卡拉馬佐夫的兄弟們》和海明威《喪鐘為誰而鳴》等。中國古典小說最先讀《紅樓夢》，《三國演義》和《水滸傳》隨後，而徐速主編的《當代文藝》月刊，是我每期必看的文學期刊。

十哥與姪女曾在一個下雨星期天，見我沒回去，來信抱怨連綿大雨困處家中的煩悶，投訴我竟沒接電話獨自去逍遙；形容太子道明愛茶座上憑窗外望的景致，欣賞雨後瑪利諾書院清新的紅頂棕牆校舍；又讚美淡淡霞霧繚繞着遠處的獅子山腰，最後可惜我沒同來茶座共話。

信寫於七十年代初，一人一段輪流書寫，姪女的表妹也有份提筆，填滿三大頁，信紙淡粉紅色，右下角印了個頭戴鴨帽的活潑小娃。當時我寄住何文田街朋友家，信封沒貼郵票，已記不清是他們後來把信給我，還是當天從太子道明愛中心走來，親手投入大廈郵箱。十哥亦曾在旅行期間，寄來明信片，寫着「在花蓮晚飯和去烏來路上兩次聽到《紅豆詞》的歌聲，想起你參加學校歌唱比賽時的照片，不禁心焉神往」。每次重讀他們的手迹，往事縈迴，真有說不出的溫暖。

照理十哥比我早畢業，有固定工作，較我更有條件另立門戶。但自我離家至一九七六年父親中風去世，七年來他沒有行動，一直陪父親住兄嫂家，依然故我。男兒有四方志，我不知道他心裏是否也有過甚麼打算，我沒問，他沒講，沉默對應。父親逝後兩年，十哥結婚，自組二人世界。

幾十年匆匆過去，今日我倆已登耆耋之年，鄉下的四哥，居港的二兄嫂、五姐、八哥先後辭世，剩下十哥和我，仍在俗世浮沉。十哥全情投身宗教事業，求道學「易」，每年周遊列國，解惑講經，在自己的天地如魚得水。去年底與今年初，十兄嫂連辦兩次喜事，兩兒婚宴上，兒女媳婿連兩個外孫女，排立存照，見證他的和美人生。我固然為他高興，但又禁不住想，假若母親還在，眼見孝仔一家喜樂，鐵定比我高興百倍千倍。

為了寫序，最近重整思緒，當年我可以瀟灑外闖，一往無前開展獨立生活，經營自己的文創天地，是因為老父起居有二兄嫂照應，親子生活有十哥相陪。我是最小女兒，無後顧之憂，任性地搶閘出走，承歡責任留給兄長扛承。想起我在灣仔舊居的童蒙年代，愛哭使性，兄妹有爭執，家中走廊追逐，曾經刁蠻地扛着小矮櫈飛擲小十哥。少女成長期，心底又常有莫名焦躁，行為乖僻，不通人情，似有滿腔的鬱悶幽憤，木然呆坐上環家天井幾小時，不言不語。

青春期獨闖江湖經事長智，慢慢洞悉世情複雜，學懂明辨慎思，在大半世周旋不易的生涯中，明白虛偽、謊言與引誘無處不在，探究真理要時刻頭腦清醒，不可被表象迷惑。又逐步了悟不以權勢名位、職業學歷、智愚敏鈍定高低，應以德行良知為標尺，辨識人格的高尚與卑下，磊落和奸詐。更時刻不忘寬容體諒，常懷同理心，無分別障，與人為善之餘，持守個人信念、道德和價值底線。

滿頭花髮，驀然回首，感謝二兄嫂在非常時期的關照，使有暖巢可棲；更深切感念重孝十哥，他的「沉默犧牲」與「股份公司」，很大程度成就今日的我。

3

我的藍皮日記本子，記下兩段西西在《快報》專欄的文字，其一寫於一九六七年八月，「年紀青青的，不應有煩惱」；其二是一九六八年二月，「夢見自己赤身露體，就是畏罪，不要讓人看見」。西西文字清新，是當時極有識見的青年作家，我十五六歲起，經常讀她的專欄，卻想不起摘錄文句的原因，或與強說愁的年紀相關。

想不到十多年後的一九七九，在鍾玲玲家中，面會西西及與她一同成立「素葉出版社」的前期元老，何福仁、周國偉、許廸鏘和早已相識的張灼祥。第一輯四本「素葉叢書」同年初版，翌年六月《素葉文學》創刊，短篇〈尋人〉在創刊號發表，我受到鼓舞，重新投入曾經短暫拋離的文學之路。雜誌的美術風格由蔡浩泉（阿蔡）定調，牛皮紙印刷，薄身素顏，初期封面頁即見內文，單刀直入，珍惜篇幅。阿蔡曾為我的散文〈每逢佳節〉配畫，文章標題下一幅單線條水仙，佔了三分之二版面，筆法利落，形神飽滿，一片葉茂花清。

我與「素葉」朋友（暱稱素友）相交以來，度過許多有趣日子，編雜誌、辦畫展、同飲宴、共旅遊，秉持嚴肅做事、輕鬆玩樂的生活宗旨。素友學問好，肯承擔，不計較，縱然品性各異，看法有分歧，在屈指可數的爭論中，亦保持理性，少出惡言。朋友或因理念變改，道不相同；或因性格多元，磨合不易；或因生活形態改變，自然疏離，事屬稀鬆平常，體現分合道理。

然而，聚散無定的朋友中，我不時想起張紀堂，想起八十年代初言笑無忌的友誼，難忘八四年的地中海之旅，周遊埃及土耳其希臘等國家，但旅行社並沒跟足行程，取消遊覽希臘小島，團友亦無可奈何。後來旅遊車在十字軍東征的舊路上拋錨待修，為打發無聊時光，亦為補償心中不快，與西西跳進公路旁的愛琴海。我其實不熟水性，扶着西西帶來的吹氣小浮泡，靠紀堂護持，拖着水中來回，執意要在愛琴海浮泳。

幾年交往，曾發生一件尷尬事，希望他沒放心上。一次他來電，碰上我刻不容緩要去洗手間，情急下請朋友轉告我不在家，誰知話筒收音靈敏，他都聽進耳裏。後來通電話，他一本正經地調侃：「你在家說你自己不在家。」當時嘻哈帶過，事後回想，確實不好意思。紀堂就像一陣爽朗的風，素友圈中輕拂了好幾年，又無聲淡出；後來問過與他仍有聯繫的梁國頤，約略知道故人生活安好。

「素葉」沒有繁文規章，開會盡在清談，言語間自會理出工作頭緒。出版社賬目分明，初有周國偉，後有俞風把關；後來為攝製西西紀錄片成立的「素葉工作坊」，則由梁滇英任義務財政。仝人組織首重志同道合，少有賺錢念頭，素友每月自動奉獻，為出版計劃集資，成立運作基金，欠交並無群眾壓力，枯數自然不了了之。若需墊支費用，個別素友尤其男士，爽快解囊，待事後償付或索性報效，很有點錢財身外物的撇脱瀟灑。「素葉」無為而治，仝人來去自如，只有不幸過早離世的朋友周國偉與蔡浩泉，才身不由己悄然退場。前幾年學寫舊詩，其中一首五律，有「素葉辭嘉樹，繁城度晚秋。同群相呴沫，異調息交流」句，不純為湊句裁詩，亦有感而發。

當初加入「素葉」，從屬一個文學團體，對我而言，是全新體驗，不單擴闊狹窄的文學視野，還豐富單調的人生。「素葉出版社」二〇一四年正式落幕，感謝樸素實在、曾經一路同行直抵終點的朋友，我們用最舒服的方式相處，彼此淡淡交誼，默默關注，明白虛榮與激情都靠不住，成全志業需要謙卑與堅持。

忝為「素葉」一分子，除勉力編過幾期雜誌外，曾負責印製郵址標籤，每逢出版，即與楚真貼標籤郵票，入封套，捧大袋雜誌去郵局，寄發有限的訂戶。慚愧實務參與少，個人得助多，尤其感謝迆鏘，過去付出不少心力，關顧出版的煩瑣事務，還為我編了三本書。另一位要感念的，是滿腦子藝術創意的劉掬色，她曾為我僥倖得獎的小說和散文，設計封面。

4

一九六九年下旬，在紅磡德嘉半導體電子廠認識鍾玲玲，她是我接觸的第一個愛好文學的朋友，是當時新成立的「創建實驗學院」「詩作坊」學員。學院在九龍塘多實道，是一座外帶花園的平房，開辦藝術、建築、文學等課程。我在《中國學生周報》看過招生廣告，曾去多實道一兩次，但記憶模糊，搞不清去上課抑或參加民歌晚會。學院後來結束，在土瓜灣譚公道一個大廈單位重辦，易名「創建學會」，我報讀電影班，導師羅卡，間中客串的講者有林年同，是我關於「創建」回憶最實在的起點。

「創建」的土瓜灣時期，玲玲介紹認識還在唸大專的振環，嘉媛則是我電影班的同學。那時候有股傻勁，與朋友愛沿着馬路來回走，有講不完的話，就是不想回家。後來又跟熱衷視覺藝術的朋友，去元朗南生圍拍「紙上電影」，工作組成員的名字與分工隨時日淡忘，只記得導演、攝影黃仁達，我似乎是場記之一，習作名喚〈我的夢在河邊行走〉，取材自玲玲的散文。

青春像滑不溜手的游魚，捉也捉不住，隨着飛逝的時光，各人面對不同的生活遭逢和前途路向，我們聚會少了，且不自覺從青年游向暮年。嘉媛去美後，玲玲仍與她保持聯絡，振環近來每年留港幾個月，我們趁機聚會一兩次，有時加上剛巧在港的適然，嚐美食談近況，未必有體己話非說不可，但無事相見，知道安健的那份親切感，仍舊美好而值得期待。

我與玲玲一直在港，住得也近，每隔些時候就會相約見面，但不會太頻繁，主要關心對方最近的生活情貌，旁觀她的喜怒哀愁，做一個忠實的聆聽者。相交五十年，已大致知道維繫友情的舒適空間，不要太親密，免增加對方壓力；又不可太疏離，恐不夠關心；見面時間最好不過長，因為聚會太興奮或不自在，身心容易疲累，怕她精神上吃不消。

我倆品性喜好、感知見解不盡相同，年輕時沒在意，因為全副精神投放在工作、學習和社交，吸收養分，形塑自己。朋友把臂同遊，亦思想純淨，只顧享受意氣相投的喜悅，而且性格未定型，都有一顆柔軟包容的心，接納一切。隨年歲增長，人生觀、價值觀、生活態度建構完成，頑固如磐石，不輕易動搖。這時候感性情懷消褪，回歸理性日常，漸漸覺察愈耽溺在大半生各自經營的舒適帶，愈能夠意識彼此心性的實質距離，恰恰也是這份距離，才可以互相啟發，增加了解。一次玲玲半認真半玩笑地講：「我們真是各走極端。」各走極端的兩個人，有時在她家附近的餐廳或商場偶遇，遠遠即雀躍揮手，超級歡喜。

玲玲認為我應該把近年發表的散文結集，見我月復月毫無動靜，去年又背地裏代向朋友問詢出版的可能。今年初她去羅馬尼亞居停兩月，探望女兒一家，臨行前按捺不住對我講：「記住啊，你的散文結集，是我的心願。」這話乍聽之下，未至於造成很大壓力，卻有一定份量，朋友的心願，非同小可，比自己的心願更要認真看待。感謝玲玲的持久關注，文集終於面世，希望不致辜負讀者與朋友的期盼。

5

二〇一二年，出版《漂移的崖岸》小說集之後，曾有再出散文集的念頭，想把多年散落在報章雜誌的文章歸隊。但散漫之人行事遲緩，好不容易集中精神翻檢存稿，卻又嫌內容蕪雜，似未能配合設想中的文集主題。經仔細梳理後，入選文章亦有限，還不夠出一個集子的份量，於是，出版計劃暫時擱下。這一擱置，沸沸揚揚的日子又過去幾年，我的散文書寫在煩囂中持續，慢工細作，有滋有味，且不識時務愈寫愈長。

文稿隨時日積存後，去年自忖時機或趨成熟，再不一鼓作氣，投放時間心力整理出版，拖延下去恐怕夜長夢多。文集定名《藝情絮語》，內容分三輯，文章經過三番四次，以至十數次修訂、補充和改寫。記下曾經不期而遇、意會神交的好書、好曲、好戲、好物、好人，清雅俚俗並列，人情世物相融，寄託我對青葱歲月與成長故地的深厚情思。

第一輯「退而結網」，收散文七篇，以發表先後排序，但萬字長文押尾。用〈退而結網〉一文題目為專輯名，有退休後繼續筆耕、織字成網的含意。該文篇幅最短，當日原為賀《譯叢》三十周年而作，無心插柳寫下中文大學校園的幾抹風景。我極少提及工作的地方，但對位處吐露灣畔，曾經共度三十三載晨昏的那片山頭晴雨，不無感念，短文正好喚起我對過去衣食生涯的一點回憶。

〈兩街之間〉寫於二〇〇二年，是文集中最早期的作品，與二〇一九年初發表的〈學詩散記說迦陵——兼談邢慕寰詩詞選集〉，相隔十七載；〈又見「湘西」——讀《晚年的沈從文》有感〉增刪最繁，篇幅比原來長三分之一，希望多角度呈現人物，在行文交代上更周全。

第二輯「浮蹤泛記——曲話・戲影・紅樓」、第三輯「閒情漫筆」，都以文題為專輯名，兩篇長文共八萬餘字，或考驗讀者耐性。為使閱讀輕鬆，截長製成多篇短文，主題相類則整合為一篇；文內原有多個小標題，改為文題，並稍易先後次序，單獨成篇。

文章大部分在《香港文學》雜誌發表，感謝前總編輯陶然的耐心與包容，從不以我的長氣文章為苦，而且周到地每於刊出前來電告知。自二〇〇二年起，我們間中為文稿事互通電郵電話，卻從未見面。本打算文集面世後，寄贈秀才人情，一申謝悃；不意忽傳噩耗，今年三月九日，先生因病猝逝，八號那天我才發電郵，謝他處理文稿事，遺憾再也得不到回應。

最後，感謝匯智出版的羅國洪，在實體書經營困難的今天，慨允襄助，文集順利付梓，為心血積累的十四餘萬字，尋得一個妥善的歸處。

二〇一九年九月十三日中秋
香港沙田

第一輯

退而結網

兩街之間

一九八〇年底，寫過一篇小文，題目是〈木屐與燈籠〉，講小時家住灣仔鵝頸橋燈籠街[1]的往事。從那時候到今天，匆匆又過二十年，期間港九新界到處遷移，八九年後沙田定居，搬離灣仔更遠了，但心理感情上，可從沒離開過。今年中跟朋友閒聊，我與她的農曆生日在同一天，講到童年居處，又竟曾住同一條街上，我家在街心，她住街尾。知道是街坊，難掩興奮，馬上聊起昔日街頭各類營生，自然提到大牌檔。

街口第一檔，開在祥興雜貨舖門前，白天賣雲吞麵、魚蛋粉；夜晚由豆皮陳主理，賣鑊氣十足的肉絲炒麵和乾炒牛河。第二檔售廣式西洋茶點，有檸檬茶、紅豆冰、絲襪奶茶、香濃咖啡、介央多士、火腿蛋治、雞絲通粉；麵包又厚又軟，滿滿塗一片黃油果醬，是孩子對西式茶點的味覺啟蒙。街尾大牌檔專賣明火白粥、腸粉、油炸鬼、芽菜炒麵、紅綠豆沙；那個白粥啊，綿稠適度，米香四溢，近二十年都不曾吃過。

我陶醉得眉飛色舞，朋友卻神思迷惘，抱歉地告訴我，她小時家教嚴，除了上學，極少上街，我講的街頭吃食，沒甚麼印象。唉唉，我這位養在深閨的朋友，志不在吃，我倒是從小愛吃，那決堤而出的千滋百味，只好匆匆打住，沒有共鳴，終究是寂寞的。

這些年來，工作地方和生活圈子早已跟兒時居住地了無轇轕，當年街景，偶然想起，也只有扁平印象，似明信片一樣。可是，人與地總也有緣，不定甚麼時候機緣巧合，回返故里，模糊的影像重置特定的舞台，記憶再又鮮活起來。人走在那短街上，理性知道舊家已拆，鏤花鐵欄河的騎樓不復存在，但兒時午睡乍醒，不見母親，攀住欄河向街外嚎啕大哭的情景，恍如昨日。當時小十哥對我的歇斯底里束手無策，直至母親撐着黑布傘，挽着菜籃子，站在太陽地裏，在樓下朝我招手，才止住哭聲。母親溫柔的笑靨，深鎖的眉頭，早化成一張黑白照，在牀頭夜夜伴我安眠。

多年前曾去一個文社查詢課程，社址就在燈籠街街口一所大廈內，恰巧是小學同學阿碧的舊居所在，她家同歷拆遷命運，人與房早沒蹤影。站在改建後的大廈門前，昔日放學後賴在她家玩耍、學踏衣車的片段，湧上心頭。阿碧家住地下，業主把前面街舖租人做生意，她一家幾口，還有其他住客分租舖後房間，共用廚廁。走廊放了衣車，她嫲嫲替人裁衣，幫補家計。街舖裝了電話機，方便老闆生意聯絡，我第一次借用電話，學懂撥電給二哥，問他幾點下班回老家吃飯，等人接聽時非常緊張，半空傳來一聲「喂」，才定下心神。

五、六年前忽然愛上粵曲，又在街尾一座高齡大廈某單位，跟李婉湘老師學唱曲。大廈正對賣粥大牌檔舊址，升降機少說也有三十多年，上下移動時發出咿呀怪聲，似乎不勝負荷。約莫有九個月時間，每次下課，穿過曲折幽暗的長廊，乘着它顫危危落到地面，心裏慌慌，一手推開升降機的拉閘，快步走往充滿陽光的街外，害怕被困在半途。大廈門左不遠有一條窄巷，巷子設兩個出口，左往波斯富街，直行通羅素街，小巷從前有理髮檔，有出租連環圖的小書攤。母親帶我剪髮，先讓我坐在條櫈上輪候，她去羅素街買菜，我邊等候邊翻看租來的連環圖，待母親來領。回家時短了頭上青絲，長了腦中故事，心情極度愉快。

記憶中的燈籠街，充滿聲音，長長地走不完。但人長大了，街道變短了，打鐵舖、河粉廠、木屐舖、大牌檔通通沒了，都成了各類型食肆酒家、急凍魚產批發、洋雜零售之類店子，兒時住的戰前舊樓一棟也沒留下，每年一度辦盂蘭勝會的傳統當然都中斷了。

我家住三樓，對街樓下就是辦盂蘭法會的道場，街坊上香上供，喃嘸誦經聲不斷，歷時三天。最後一晚深夜燒幽，從街頭到街尾，金銀錫箔，幽衣元寶堆成一座座小山，滿街燒得通紅，辦事人撒錢撒豆腐撒水飯，賑濟遊魂野鬼，是整個盂蘭勝會的高潮。紥作的大士王爺、神像紙偶抬去街口臨時租用的鐵皮化寶爐，誦經聲中徐徐火化，超度四方亡靈。我把臉湊在騎樓欄河鐵絲網的細孔間，看街童在火堆旁你擠我碰，跟無形骸可尋的遊魂，以至乞丐流浪漢，搶主會撒下的零錢。強撐的睡眼隨着火光暗了下去，一年一度的街坊盛事，就在睡夢中隱去，只臉額上殘留兩行淺紅的網紋。

沒跟老師唱曲也好些年了，已少去燈籠街一帶走動，最近因為攬上一份差事，隔個三月半年，去羅素街香港藝術發展局開會，順腳在燈籠與羅素兩街之間蹓躂，成了開會前後的樂事。

羅素街在電車總廠旁邊，電車廠舊址就是今天「時代廣場」，羅素街背挨着燈籠街，像一孖油炸鬼，昔日整條街是喧騰熱鬧的街市。街口對着舊時的電車工會，工會旁有大明渠，是開埠初期填海工程的一部分，稱寶靈頓運河，輸送自黃泥涌峽經黃泥涌谷流下的河水，逕出灣仔海口。河道彎曲如鵝頸，早年坊眾稱運河為鵝澗，架在鵝澗上連接兩岸的是鵝頸橋。如今電車工會沒有了，大明渠早填平，鵝澗亦消失，成了堅拿道行車天橋，橋下是海底隧道巴士車站。天橋再過去的堅拿道西和寶靈頓街，從前也是街市，今日功能倒沒怎麼大變，唯獨羅素街可真應了滄海桑田這句老話，面目全非。

兒時跟母親到羅素街買菜，地面全濕漉漉，面對電車廠是一排四層樓高外帶騎樓的戰前房子，樓下街舖賣的是米油雜貨、豆腐芽菜、魚肉家禽；挨着電車總廠圍牆是一列大牌檔，粥粉麵飯、衣服鞋襪、裁衣紙樣、繡花針線、疋頭紙紮、鍋缽陶瓷，民生用品多式多樣。街舖與牌檔老闆，不會老老實實在自己的店面做生意，都喜歡向外擴充，多佔地方招攬僱主，這兩下一夾攻，中間只剩窄窄的街心，無牌小販就在這街心擺攤，一直擺到街尾，攤子是一個木箱一簸箕，上面堆放各類水產，紅衫黃鱲、鷹鯧獅子、鯇魚鯿鯛；更有色彩繽紛的瓜果菜蔬，分成小堆論價，都比店舖便宜。

五十年代的香港，好不容易捱過戰亂，過上百廢待興的日子，民眾胼手胝足，生活樸素，大多自己買菜做飯，街市人流高峰集中在傍晚四、五點。這時候的羅素街人聲鼎沸，寸步難移，運貨的卡車要緩慢前行，不停響號，攤販行人爭相走避；街面的小窪小洞，藏着污水，下雨天滿是泥濘，穿屐過街而花布褲管上不沾半點污泥，要講腳下功夫，很需要一點技巧。母親怕拖着我左穿右插，更怕我走路不斯文，把泥水濺到後褲管上，通常就要我在街口賣山草藥的涼茶店門外，聽「麗的呼聲」廣播等她。

涼茶店用紙皮石砌出石枱，放兩個大型黃銅涼茶煲，煲身配置小巧的水龍頭，煮好的廿四味、夏枯草、五花茶一碗碗整齊排列；貼牆一列木抽屜，抽屜內和牆角落堆放各類不知名的山草藥材，看似柴枝，卻渾身是寶。我愛去涼茶舖，替母親買煮綠豆沙用的臭草，臭草正名芸香，又喚香草，多年生草本植物，有一種獨特而強烈的香氣。廣東人以其香古怪，無以名之，習稱臭草，似帶物極必反的民間幽默。它的乾葉可驅書中蠹蟲，古時書房必有芸香氣，文人芸窗苦讀，是科舉時代的普遍情態。臭草又可食用，有清熱解毒的作用，跟綠豆是絕配。我一直認為，廣東甜品的紅、綠豆甜湯，如果沒有本事煮至起「沙」，再兼前者欠蓮子百合陳皮，後者缺海帶臭草，沒質感又沒香味，就配不上稱紅、綠豆沙，只能叫紅、綠豆水，是失去靈魂的下品。近日在蓮香茶樓吃了一碗「沙」感綿密的綠豆沙，陣陣臭草陳皮香，味蕾馬上得到滋潤，有說不出的滿足。

自從電車總廠拆卸，改建「時代廣場」，羅素街整個地貌改變了，街市沒了，攤販沒了，換上時裝精品店，連意大利名牌，手執簡約時裝牛耳的「阿曼尼」都在這兒開分店。今天粥粉麵飯、珠寶鐘錶取代往日的魚肉家禽，換個門面繼續經營，至於藝發局所在地的「金朝陽中心」[2]，我估計前身是賣豆腐的舖子。現在街道乾乾的，沒半點泥濘，這是四十年前無法想像的事，要是父母重生，再遊舊地，恐必疑惑去錯地方。

聖誕前在藝發局開會後，就在街尾的粥麵店吃雲吞麵，眼望外頭「時代廣場」的聖誕裝飾，櫥窗閃亮的「連卡佛」，扶手電梯上上落落，年輕男女嬉笑追逐。廣場旁計程車站一條車龍，幕牆上充滿聲色變化的特大熒屏，正播映節拍強勁的演唱會片段，羅素街搖身一變，從攤販街市成了年青人的活動場所。每年大除夕，擠滿參與倒數的人，雖然廣場天生缺憾，不夠寬廣，卻無損群眾擠在空場上的好興致，他們熱情高漲，仰望大掛鐘齊聲叫嚷「五、四、三、二、一」，爆出「二〇〇二」的陣陣歡呼。

羅素街換上新顏，樸素的本色只能存活在少數人心間，封存在年月的井底。有關它獨一無二的氣味與聲音，不定在甚麼時候冒出來，空氣中恍惚嗅到羅素街涼茶舖的陣陣山草奇香，曾經伴隨我無聊等待的那台「麗的呼聲」竟悠悠活轉，「天空小説」廣播劇隱約傳來，腳底小花屐敲在燈籠街路面上的清脆回響，更成了廣播劇的背景音效，的托的托，自遠而近，又由近去遠。

1 燈籠街實為登龍街之誤。誤寫原因曾在〈花生砂糖鍋餅〉(《字花》第四十七期，二〇一四年一—二月號)一文提及：「登龍街是條短窄街巷，位於灣仔尾銅鑼灣頭，是我兒時生活的小街區，十二三歲前的成長地，當年家居地址明白寫着灣仔登龍街，不似今日沾上銅鑼灣的光。我不知道街名『登龍』的出處，也不理會政府的官方記錄，在我心眼裏，它不錯也叫『燈籠街』，只是同音不同字，因為住家斜對面的木屐舖，長年門前掛個大燈籠，形象根深蒂固。我這種不可理喻的偏執，不單長留意識層，還明目張膽宣示到文章去。一九八〇年十二月和二〇〇二年三月，先後在《大拇指周刊》的〈木屐與燈籠〉和《文學世紀》的〈兩街之間〉，把街名誤寫成『燈籠』，寫時沒半分猶豫。今日回想當年率性，慶幸編輯沒把它改過來。」

2 香港藝術發展局已由羅素街搬去鰂魚涌英皇道一〇六三號。

原刊《文學世紀》，總第十二期，二〇〇二年三月號
二〇一九年五月(第三次修訂)

歐行片語

憶友

七十年代前後，朋友為家庭、愛情或理想，先後赴歐美加澳遊學移民。黃與袁落腳阿姆斯特丹；健與儀移民澳洲賓士域，後來把家搬去溫哥華；駱隨親人赴美，李在巴黎遊學；林、媛夫婦和鍾在意大利貝魯齊，觀摩電影，學習意文；岑得獎學金留法，研究敦煌文學，隨緣隨份尋找另一片天空。

朋友在異國尋夢，我一直留在香港，不知夢歸何處。最初盼讀朋友來信，憑着郵柬帶來的零碎消息，編織他們夢裏的腳蹤，等同自己去過一樣。春去秋來，多番轉折，要回來的終於回來，再走的亦已遠走，不過，近幾年多了朋友甘受長途飛行的勞頓，往返故地，不惜寵柳嬌花，兩頭照應。

黃、袁二人荷京事業有成，早年趁參加廣州交易會之便，經常泰國香港兩地居停，順道探親會友。岑也隔三差五回港或去內地，有時為探親，有時為參加文化交流與學術研討；多年後小兒子做了中文大學交換生，回內地工作，成就一段姻緣，安家九龍，親炙兒孫自然成為夫婦倆從花都回港的理由。駱自美回流工作生活，隨遇而安，港台兩邊走；李結束遊學，留加多年，又曾暫離希望鎮，返港重投職場。戴與陳是朋友中最遲走的一對，移民楓葉國，亦如南歸的候鳥，定時翩然來去；唯有媛長期留美，二十多年來回港一次，參加至親婚禮。朋友是歸人還是過客，至今大致分明。

七十年代初，當時男友和他的大專同學黃與建，跟袁相熟，叨他們的光，在袁去荷蘭前，我曾短暫寄住她何文田的家，她從早到晚教鋼琴課，客廳持續傳來學生敲打琴鍵的聲音。每逢假日，朋友們湊在一起，遠足新界和大嶼山；有時又去大會堂聽音樂，觀賞第一映室或大映會主辦的電影專場，真是一段極可懷念的成長時光。

那年頭我剛中學畢業，為了實現離家自立的想法，找到穩定工作即與朋友合租住房。我的「同居」女友，先後有鍾、戴和中學書友惠文，沒有她們在不同時期分擔房租，我的自立願望必成空話，但心裏明白，朋友各有不同的夢想和計劃，合伙並非必然。幸而我那顛撲不平的自立之路，每遇上「合久必分」的變局，總得女友關顧，得以無縫過渡。期間也曾為即將出現的青黃不接，忐忑徬徨，但在困惑的時刻，又得袁的慷慨收留，紓解尋覓居所和租金的壓力。感念她的高情厚義，離港遠赴荷京之前，還安排我這個不速之客，去香港仔漁光邨她母親家落腳，直至我與惠文在沙田大圍賃屋而居，才告一段落。

約莫七十年代初，我在朋友介紹下認識岑，後來公餘曾同在能仁書院上課，但不記得有否同班，因我庸愚懶散，工作學業兼顧無方，幾乎沒怎麼掙扎就放棄了，夜間大專時期非常短暫。岑可不同，她探尋學問，努力讀書，一九七四年考入農圃道新亞研究所，受業於唐君毅與牟宗三兩位大儒，寫碩士論文〈《楞伽經》如來藏藏識一體二名之辨〉，得獎學金赴法，在巴黎第七大學修讀博士學位，研究敦煌寫本的佛經講唱與俗文學關係。

八〇年去法前，岑曾小住我家，並在法國文化協會學法文，希望短時間掌握基本文法，增強聽講能力。當時我的銀行同事黎，讀法文好幾年，她友善幫忙，願替岑補課。岑挾着有限的法語能力，以無畏精神勇闖法蘭西，抵埗即去獎學金指定的語文學校上課，現實環境活學活用，克服語文障礙。

岑行前與我約定，一年後巴黎再見，結果約期無限延展，轉眼又過二十年。初期書信往來，還有好幾次提完又講，更不時寄我當地學習法文的課程單張，有關學費、生活費與當地見聞資訊，可惜我諸多顧慮，一直沒有起行。岑後來巴黎結婚生子，在彼邦開展另一階段的人生。

約期

老友們前後腳離港以後，我並非不動如山，一九八四年六月與素葉出版社仝人結伴，去埃及、土耳其、希臘、葡萄牙和西班牙，沒有特別的原因，就是遲遲未去西歐。如今有神根條約之便，到歐盟國家可免簽證，年初歐羅貨幣開始流通，加上異鄉的老朋友已落地生根，過着安靜平和的日子，他們隔不多久問詢行程，我總說快了快了，卻老動不了身。

過去幾年，兩次去加拿大探望朋友，歐洲友人知道後，跟我說：「我走了二十多年，你有時間去加國，卻總不見來看我。」頗有嗔怪之意，懶散人回心一想，的確愧對朋友。況且天心從來可畏，再不奔赴約期，可能就會錯過人生某些美好的片段，今年時機成熟，決定西行。

二〇〇二年四月三十號晚與真結伴，坐國泰航空飛法蘭克福，起飛時已是五月一號凌晨，機上胡亂睡了一晚，抵達時正是當地時間早上六點半。出海關與旅行團領隊會合，他先帶十五天團飛荷蘭，遊玩兩天後，再到法蘭克福機場，接我們幾個十二天團的旅客，在旅行社配合營運成本的精心安排下，兩團人在機場附近某酒店聚頭，開展十二天歐洲之旅。依計劃我們前十天跟團，放棄最後兩天的倫敦行程，第十天下午巴黎離隊，探訪岑、梁夫婦，勾留六日；然後乘火車赴阿姆斯特丹，住黃、袁家一星期，再轉歸程。

遊蹤

下機後還未適應時差，酒店大堂休息個多小時，等十五天團的團友吃過早餐，即同往德國風景區「羅曼蒂克之路」，參觀露芙堡。清晨的法蘭克福細雨紛飛，有點寒意，車行未幾，領隊遙指遠方，説是法蘭克福市中心，日後法蘭克福市在我模糊的認知裏，不過是一堆大廈參差的剪影。

中世紀的城鎮和古堡，歐洲並不罕見，而且保持完好，電影和雜誌經常展示它們的芳顏，但在長途飛行與車行十六七小時後，來到被石頭城牆牢牢圍住的小鎮露芙堡，可能目疲神倦，竟疑心童話故事的插圖跑到眼前來。

離開旅遊車，踏足那凹凸不平的石頭路，拂來一陣歐洲的微風，只見長街兩旁是尖頂啡紅牆身、木磚結構的矮房子，婆娑日影灑滿窗台，窗簾後偶然露出西洋婦女的身姿。店鋪、餐館透着閒適，散發出一股慵懶的氣氛，厚重的木門上有幾口排列整齊的圓窩釘，向街的小櫥窗隨便放個陶碗陶缽，缽裏亂纏着花枝。最炫目的是糕餅店內各式鹹甜麵包、巴夫、果子餅。一種鋪滿白糖霜圓滾滾拳師手套大小的巴夫，窄長的麵粉條像蛋散那樣互織成球狀，方木盤子裏十數個排成一行，也有十列八列，佔住整面玻璃櫥窗，雪白飽滿，迎街斜立，活色生香。

這糕餅店的魅力沒法擋，領隊一聲解散，真與我即往回跑，跑入餅店，雞同鴨講，指這問那，捧着一袋甜餅與小巴夫，在石板橫街上邊走邊吃，指頭和嘴角沾滿白糖粉，卻不忘瀏覽各式櫥窗。誰料瞥見街邊咖啡座旁，放着個明亮的雪糕專櫃，甚麼熱量膽固醇，馬上拋到爪哇國，忙忙掏出歐羅，把淡蘋果綠色的薄荷雪糕，往舌尖一送，涼滲滲，甜度適中，又軟又滑。關於德國的吃，它的香腸與豬手過於肉感，少吃為妙，但全麥啤酒與外脆內軟的硬麵包卻不能不嚐。至於雪糕，有人講意大利雪糕最好，為了求證，後來在羅馬許願噴泉附近吃了個雙球甜筒，說實話，德國露芙堡的薄荷涼意，與之相比，毫不遜色。

城鎮有供集會的中心廣場，高尖的鐘樓兀立一隅，旁邊是教堂，又或者是會堂，放的是畫作、雕塑、手工藝品。廣場有小丑表演，街角有人拉奏小提琴，琴盒內散放着零錢。供遊客乘坐的古老馬車，帶着響鈴徐徐走過，微風中傳來琴聲，伴着石頭路上清脆的蹄響，鄭愁予新詩〈錯誤〉的名句：「我達達的馬蹄是美麗的錯誤，我不是歸人，是個過客」，隨即閃現腦際，揮之不去。

抵達有「新天鵝堡」之稱的內斯雲士坦古堡，已是午後差不多四點，最後一團英語導賞排在五時五十五分，一團人就在城堡腳下小鎮，等上山專車。車行在迂迴的山路上，同時有馬車走過，窄路相逢，彼此禮讓，馬夫氣定神閒，老馬不懼不驚，這山路牠大抵已走過不知多少回了。車行時間不長，轉眼到了古堡後山，參觀完畢，整團人徒步下山，腳程倒需要半個小時。

城堡建於一八六九至一八八六年，歷時十七載，是巴伐利亞王路域二世生前設計和興建，建築費龐大，包括動用自己的年俸，可惜無緣享受就死去。為了補貼建築維修費，路域二世死後半年，城堡對外開放，多年來為旅遊業賺進不少銅鈿，美國人更把城堡的尖塔搬到迪士尼，成為樂園的標誌。

城堡被群山環抱，尖頂圓身的塔樓高聳雲端，奔騰澎湃的河水在懸空架設的鐵索橋下，轟然流過。鐵索橋在城堡後方，從城堡房間望過去，濃淡山色間，只見鐵橋飛瀑，氣勢不凡。遊人站在四野淩空的鐵橋上，一股寒意從腳底催生，氤氳霧繞，古堡若隱若現，自有一種仙家氣，路域二世在這山上構築城堡，確有眼光和道理。堡內廳房裝潢陳設，都是一般歐洲皇家風格，壁畫掛幔，金玉擺件，最有趣是在龍牀頂上，佈滿不同設計的各式古堡木雕，睡覺也要睡在大片古堡底下，果然是個「堡癡」。

最後導遊小姐囑咐，沿一百三十多級樓梯直往下轉，就是大廚房，也是參觀路線的終點。一口氣咚咚咚走完樓梯，推門一看，廚房的鍋爐大灶、盤缽勺羹、蒸籠盛器，擦得亮閃閃，樣式古拙實用，設計精巧大方。主理皇家飲食的大廚房設在古堡最底層，難為僕人傳菜，百多級樓梯跑上跑下，只怕菜涼了，龍顏不悅，人頭會無辜落地。不過，路域二世既從未入住，古堡龍牀固然無福消受，出自大廚房的珍饈美餚想必亦無緣享用吧。

參觀大廚房之後，就在古堡小鎮吃晚飯，跟着再夜奔富森，尋找下榻的五星級酒店

Partenkirchner Hof。酒店是旅行社新安排，駕車的是意大利人，司機與領隊同樣不熟路，車抵富森還要問路幾次。四顧黑野茫茫，頭不着枕已三十多個小時，仍不知當夜歸處，好一幅無精打采的「摩登走難」圖。比原先估計的兩小時車程多行一個鐘後，停車酒店門前已差不多晚上十點。

客夢

辦妥入住手續，發現住房是個大套間，包括客廳、陽台、小廚房；還安放一式木頭家具，法國風的牀櫃、沙發、書桌，古色古香。本來人極疲倦，只想倒頭便睡，卻禁不住好奇東看西翻。書桌對上牆壁，掛着裝裱好的外文短柬，鋼筆書寫，我法文半桶水，德文零接觸，看不大明白。久候行李未至，跑出房外張望，回頭見門楣上一塊銅片，寫着Prinzessin Sophie，馬上激發無窮想像，估計房間牆上短柬，是一位名喚蘇菲的公主貴人，某年某月在這套間留宿，離去時親書謝函，嘉許接待人員。

胡思亂想百無聊賴之際，行李送到，馬上開箱啟篋，沐浴更衣，把一副倦骨頭擲向皇親貴冑可能睡過的大牀。起先還有知覺，片刻魂遊太虛，昏昏然弄不清身在何方，又零星碎片式搜尋起自家廚房模樣，竟印象全無；混沌間忽然襲來急速下墜的離心感覺，立時驚呼坐起，正在寫旅行日誌的真被唐突打擾，瞪眼稍顧，又再低頭猛寫，對我經常自編自演的錯亂行為見怪不怪。

離家四十八小時沒好好睡過，也許太疲倦，自何處來往何處去，竟自迷糊，是遠鄉情淡抑或時空距離惹的禍？還是新天鵝堡皇室廚房的魅力與氣場太大，強行刪除腦中舊檔案，霸佔有限記憶體？惘然回過神來，蝸居廚房的影像終慢慢浮現，玻璃櫥櫃內的杯盤碗碟清晰玲瓏，調味吊架上的鹽油醬醋列陣分明，才安穩地沉沉睡去。

翌日清晨，起早閒逛，酒店環境清幽，佔地甚廣，前面有四線車道，後面滔滔大河，河兩旁是矮戶人家，溪流繞着酒店外牆緩緩而過，木製水車咔嚓咔嚓規律地轉動，不時有金髮碧眼兒騎車走過。後來袁的女兒女婿，駕車伴遊，從阿姆斯特丹出發往科隆，沿途所見，歐洲鄉郊景色絕美，現代建築和大自然互不扞格，山林與房舍有機結合，只覺和諧、寧靜、清新。

早餐後出發去瑞士琉森，坐吊車，登鐵力士雪峰，對平生頭一次上雪山，固然期待，隨後的列支敦士登、羅馬、佛羅倫斯與巴黎之行，可以親歷歐洲史和旅遊書上著名的地標景點，亦同感興奮。想起天鵝堡皇室廚房魔力的後遺症，上旅遊車前暗自叮嚀，切忌像初見世面的小兒，過分投入忘形，連累晚上睡不好，招來在異國眠牀上，不斷做時空錯置、意識迷失的亂夢。

原刊《香港文學》，總第二一一期，二〇〇二年七月號
二〇一九年五月（第三次修訂）

退而結網

香港中文大學校園，坐落在一個臨水的好山頭，早年沿山麓散佈一座座灰泥建築，從色調到外觀，都沉鬱板正，屬校園設計的早期風格。建校之初，可能考慮資源問題，希望盡量減省日後的維修經費，沒刻意在成本效益與建築美學之間取平衡，校舍樓房全傾向簡約單一。近十年站在崇基校園火車站附近往山上看，疏落的樹叢間，逐漸顯露幾座不再是單純灰色的辦公樓與學生宿舍，色澤和線條無疑豐富了，但仍談不上有獨特風格，依然欠缺眼前一亮，彰顯學府人文氣息的地標建築。

在灰泥色塊結構的主調裏，大學本部的中國文化研究所，是帶有四合院情調的平房式建築。矮矮兩層，正門右側有樓梯通二樓，穿過地下小門廳，見露天庭院，四邊迴廊圍着一個方正的魚池，上百條錦鯉在日影或石蔭下停息穿梭。我初來的時候，有一段時間就在附近的樓房辦公，午飯後散步到文化研究所看魚，成了刻板工作的潤滑劑。沿着左右兩邊迴廊，可通往文物館，文物館多年前雖開了側門，面向百萬大道，但我還是喜歡經過文化研究所庭院入內參觀，尤其下午在並無片瓦遮蔭的中大校園暴曬之後，躲入迴廊，靜觀游魚，在光影的明暗變化裏，只覺閒適恬淡，若還有親炙古文物的興致，再去陳列文物書畫的藝術展館，流連忘返，差點錯過上班時間是常有的事。

中國文化研究所庭院連文物館的整個格局，是校內文化藝術元素最豐富的地方。文物館創館館長屈志仁曾經提過，文化研究所附設文物館是利榮森建議。利氏是「北山堂基金」的創立人，捐助並支持興建文研所及文物館，長期關注館內的展覽和運作，與擅於融合文化環境與實用功能的建築師貝聿銘是深交。文化研究所由大學建築師司徒惠設計，他參考貝氏意見，用現代建材彰顯東方意蘊，構築一座散發中國園林氣息的平房院舍，七一年起擔負展示文物藝術的任務，在校園眾多建構物中，另有一股靜定煩心的魅力，訪客入園，自然俗慮皆消。

文化研究所正門入口的小門廳，酸枝座椅和茶几貼牆而立，有時相約同事見面，就在這小門廳聚頭；大八仙桌旁還有一列書櫥，全放着翻譯研究中心歷年出版的譯作，我這才知道研究中心就在樓上。那二樓迴廊，當初也曾到過，倚在廊邊臨池羨魚，沒刻意留心人家辦事的地方，原來出版《譯叢》和編譯一系列中國文學作品的總部，就在充滿文化氣息的庭院內，佔了二樓幾個房間，深藏不露，退而結網。

因為少有公事聯繫，我從沒跟翻譯研究中心打交道，但它的出版成果，隔不多久就在文化研究所的門廳見到，它們在八仙桌旁的書櫃內，排列得整整齊齊，坐在酸枝椅上一目了然。中國開放改革以後，文學氣氛比較濃厚寬鬆，研究中心在出版大學官方刊物《譯叢》以外，亦系統地以叢書的形式，大量翻譯內地和本地文學作品。這系列出版物的封面設計，包括主題、設色、開度，有別於《譯叢》，在嚴肅的學術定調中透着一份典雅輕靈。某天午後，看到西西《像我這樣的一個女子》英譯本，端正地放在書櫥裏，封面上還有幾尾活潑的游魚，在工作的地方忽然與素葉朋友打個照面，心底禁不住歡喜。

我與翻譯研究中心公事上雖沒往來，私底下倒與孔慧怡博士有過片言隻字的因緣。前輩陸離一貫熱心捍衛漢字的偏旁結構，推行「護邊運動」，多年前受她所託，曾跟孔博士通電話，轉達口訊。另一次是有人邀約訪問，請她幫忙聯繫，孔博士校內傳來字條，大意是知道我怕見陌生人，已初步告訴對方，我的興趣可能不大，又寫下邀約者電話號碼，好讓我改變主意時方便聯絡，她的周到，我一直記在心裏。

給人怕生的印象，想必因為曾經缺席翻譯研究中心的一個酒會，我並不習慣這類場合，而且那時候頭腦有點迂，不大愛在校園「拋頭露面」，閒時「塗鴉」也不好意思讓同事知道。前些時在住家樓下的平台花園，見活潑小童求大人陪他玩捉迷藏，只見他神情緊張藏頭露尾，東躲西匿，但大人身子不動，自顧自談天講電話，並不重視他的兒戲。他沒了興頭，快快然從暗角跑出來，轉眼就沒事人似的加入踢球的群戲去了。我看在眼裏，忽然開竅，明白這世道，人只關注自身的事情，你是龍是蛇，幹了甚麼，根本沒興趣知道，我該向小朋友學習，保持平常心，戒掉那點迂。

月前接翻譯研究中心邀稿公函，上有孔博士附筆，想到她的禮貌周周，又曾為我婉拒訪問的那份體貼，不惜猶抱琵琶，執筆為《譯叢》創刊三十周年賀，藉此向翻譯過拙作的各方高人君子：Don J. Cohn、D.E. Pollard、Cathy Poon 深深致意。

原刊《譯叢點滴 1973-2003》，二〇〇三年，香港中文大學翻譯研究中心

二〇一九年五月二十八日修訂

歲暮年光

1

近今農曆新年的氣氛愈來愈淡薄，除了生意人在商場刻意營造的桃紅柳綠，就只有擠在海味乾貨店與超級市場辦年貨的家庭主婦，或者穿梭精品時裝店選購衣履鞋襪的青年男女，才會源源不絕貢獻購買力，支撐歲晚酬賓的消費大局。開埠以來，東西文化衝擊下，香港蛻變成華洋雜處的工商城市，為與國際同步，早視西曆一月為一年之始。農曆新年總在西曆一月與二月之間，經受洋文化薰陶的大部分市民，西曆元旦一過，即全神貫注來年的發展大計，應付工作和學業，偶然受到觸動，在纏身的公私事務中猛省，察覺農曆新年的腳蹤臨近，奈何日子無多，唯有草草行事，有關年節的傳統，都不大講究了。

香港的農曆新年，夾帶着半溫不熱的餘暉，從上世紀過渡到今天，各種興味已悄然消逝。隨着老式大家庭分解沒落，嫻熟傳統習俗的長輩自然故去，成長背景不同的年輕人，也許出於對傳統的無知、自身的懶怠，或因時代思潮的改變、電訊科技的發達，已不知不覺間移風易俗。過年再不是親朋戚友互道吉祥、一堂歡聚的日子，打電話通電郵發個即時訊息，就可化繁就簡。近年更時興旅行避年，視拜年為不必要的繁文縟節，為相就行程，提早幾天吃團年飯，大年初一前已遠走高飛。更撇脱的連團年飯也免了，親友平日時有往還，何必在訂位緊張的年三十晚，趁這一場熱鬧。成了家的年青無孩夫婦，亦不備辦年貨紅包，省錢幫補團費，兩口子出門旅遊，年假報銷，馬上回到工作崗位，無所謂過年不過年。

活在瞬息萬變的科技時代，眼見新舊事物快速交替，雖明白舊的不去新的不來的道理，亦難免有一番感慨。從前農曆新年才是正主兒，一踏入臘月，家家忙碌起來，我的童年以至青年時代，民間從不把西曆元旦和大除夕當一回事。講過年自然指的是農曆年，不論貧富，年三十晚總有家族傳下的獨門功架，體現在菜餚糕點或者祭拜儀式上。禮敬天地祖先的傳統，植根於民間信仰和習俗，遠比來自西方單調的大除夕「倒數」，豐富而有內涵。

香港在上世紀五十至七十年代初，西曆新年聊備一格，主要是居港洋人、政府部門、銀行和工商貿易機構假期，大部分華人商舖與藍領勞工照常開工，元旦並未列為法定勞工假，市面點綴昇平的燈飾亦不多。民眾過年如過日，一般平淡，只學校老師着緊提醒學生，在測驗卷或家課簿的日期欄，寫上新的公曆年份。

但今天勢不可擋的西方一體化浪潮洶湧而至，此消彼長之下，形勢慢慢改變。從前過舊曆年的一切繁瑣事務，多由家族中仍頑固地擁抱傳統的長者撐持，他們身故或者虛弱得再無餘力的時候，就由在新舊交替夾縫中成長的中生代接力，只求大體不差，諸事濃縮簡化。但中生代之後又如何？他們的子孫已屬電腦兒童，正趕上互聯網普及的新時代，世界一體，資訊流通，國界形同虛設，世界公民意識日漸抬頭，民族認同感相對薄弱，農曆年再無值得珍視的重要性，耶誕與西曆新年的平安夜和大除夕舞會，才是他們嚴陣以待的重頭戲。不過，自我認知為世界公民的新生代，利之所在，並不抗拒紅封包，還歡天喜地點算利是錢。

現今社會經濟活動頻繁，商業傳銷無遠弗屆，傳媒廣告推波助瀾，元旦和大除夕，世界各地一例「倒數」，全球一體化牽涉的範圍，再也不只商品，還包括文化，不同民族各有本色的年節逐漸褪色，只有充滿自信或宗教狂熱的國家和種族，才能夠堅守傳統文化堡壘，在西曆新年隨眾狂歡之後，還認真而隆重地過自家的新年，讓習俗和儀式代代相傳，增強國民或族人間的凝聚力，體現遠古祖先來自經驗累積的文化美感與生活智慧。

西曆新年緊隨耶誕之後，是大做生意的黃金檔期，為增加商場及地標範圍的人流，帶動營業額上升，生意人動腦筋搞促銷，大除夕夜香港的商場、廣場、公園，毫不例外熱傳「倒數」之聲，只是這兩年不知誰帶的頭，連平安夜也胡亂來個倒數，有點莫名其妙。西曆新年和耶誕假期的張揚熱鬧，中堅分子是龐大的外向型青少年群；過農曆年屬家族活動，由較為沉靜內斂的中老年人主持，自有按部就班的一套模式，不大受外部世界的喧騰感染。

在連串西洋節日的鬧哄哄當中，農曆新年成了歲暮長假期的延伸，縱然市面燈飾，已由馬槽、天使、耶誕樹與東方三博士，倏忽換成桃花、盆吉、鞭炮串與拱手拜年的胖小兒，政府與生意人聯手營造的農曆年節氣氛，相對耶誕與西曆新年，已屬強弩之末。過年期間，電台電視成天播放賀年節目，除每個時段例有的工商機構拜年廣告外，亦不忘在綜藝節目植入新春商品宣傳；電波與熒光幕不斷傳來聲聲恭喜，多少帶點銅臭味，又像鸚鵡學舌、唱針走線，聽得人膩煩。

小時過年，商業味不濃，也許地方經濟規模小，再兼民眾主要來自內地，離鄉別井，有濃重的鄉愁，藉着過年互相拜訪，維繫同鄉親友間的感情。那時候街頭巷尾，恭喜聲搓牌聲不絕於耳，戶戶忙着燒水沏茶，煎糕奉客；膽大的孩童街上放爆竹，受不得驚嚇的就躲在梯間玩兒戲，拍公仔紙、彈玻璃珠。冷凍的空氣中躁動着真樸的喧鬧，喜氣自然生長在民間。

當年交通不便，沒有集體運輸系統，電話也沒幾家人裝得起，電郵更是難以想像的事物，但農曆新年，親友克盡禮數，不嫌路遠拖兒帶女，探親訪友，在簡單的節禮餽贈和語貴吉祥的祝頌背後，體現彼此的尊重、誠意與關心。這股質樸的人文氣息，隨着時勢與價值觀改變，加上任何節慶都要向商業活動傾斜的今天，已難得純粹了。

2

上世紀四、五十年代內地政局動盪，香港成為最近便的避難所，南來人口大幅增加，蕞爾小島承受力備受考驗。當年人浮於事，百業維艱，掙得微薄工資要租房看病，養妻活兒，照顧父母，一家數口一張牀比比皆是。除日常用度，兒女學費，任何突發的意外與多餘的花銷都難以承擔，尤其面對難過的年關，既要清還積欠，又要撲錢過年。但在社會福利政策還未完善的年代，沒有今日各種名目的福利和綜援可領，哪怕生活磨人，千山萬水終找到一枝可寄的勞苦大眾，有開山劈石的韌力，咬實牙根，從頭捱起，婦女孩童做家庭手工業，穿塑膠花、繡珠手袋、敲瓜子仁、摘芽菜根，幫補家計。

記得很少出門的母親，常得鄰居通知，灣仔香港大舞台附近的教會機構，分發餅乾奶粉；家居斜對過的木匠舖慶祝「魯班先師誕」，中午派「師傅飯」；或得街坊關照，去同街的「山寨廠」取塑膠花半成品加工，組裝成玫瑰、山茶、臘梅、吊鐘等各式花卉。一袋袋塑膠花組件相當重，母親扛不起，有時靠鄰居幫忙，有時等學校假期，由哥哥和我兩個小毛頭出馬，母子三人合力抬回家。每次交收貨，管工把完工件數寫在薄薄的記事本子上，一頭半個月後，自有鄰人報訊「山寨廠」派糧，半條登龍街立時哄動。母親精神好的話，會帶着記數本子去領工錢，若感氣促下不了樓，就由哥哥代領。母親點算領來的工錢，想到年關節近，有小錢可寄回鄉，臉上笑容得意又滿足，使我從小領略「自力更生」屬頭等人生快事。

六十至七十年代，香港正處工商業發展的萌芽期，來港扎根的先輩仍保有從事小農經濟活動而派生的本質和特性，氏族觀念強，關係親厚，刻苦耐勞。而且因為經濟條件不容許，大都物慾要求低，少功利心；加上居住環境狹窄，貼戶而居，鄰里鄉親有困難，自會守望相助，人際關係普遍和諧。從過去走到現在，窮人與難民聚居的戰前舊樓及木屋區已清拆得八八九九；一層樓擠進十幾個家庭，住客為爭用水和廚房對罵打架，也不再是生活常態；政府為安置當時急增人口，權宜興建沒廚缺廁、簡陋的七層徙置大廈，亦完成歷史任務。但香港先天性地少人多，樓價與租金持續雙高，大學生亦嘆置業艱難，曾盤踞山頭的木屋區雖無復當年盛況，今日散落港九民居的籠屋與劏房戶，繼續以另一種形式突顯貧富懸殊。

作為早年開荒牛的第一代，經過兩代甚至三代人默默耕耘，共同親歷香港經濟起飛、發展和回落期，兒孫漸亦成家立業，各有根基。開荒牛若還健在，對比今昔，眼見繁榮帶來安定的同時，曾因窮困無根而份外濃烈的人情關愛，卻慢慢失去，應有一番感慨。今日高樓華廈，公私營房屋櫛次鱗比，家家卻關門閉戶，既要防賊，又要維護私隱，跟從前開門敞戶，方便照應鄰家老少，有外快可賺時一呼百應，充分體現有福共享的同舟精神，不可同日而語。

但正如經濟周期、時運機遇迭有循環起伏，熱衷追求財富，只着眼個人福祉，有經濟動物之稱的普羅民眾，又未必恆常地功利淺薄。香港百年奮進，始終蓄養着一股人文底氣，說不定在某種特定時空，重現人的至善，為追求共同理想與社會公義，打破平日的冷漠疏離，放下私心，親和團結，在強力滾動的時代巨輪下，出其不意地散發人性美麗的亮光。

3

社會進步多元的代價，就是價值觀的南轅北轍，傳統民俗的流散失落，記憶中的歲暮年光，褪色成心靈深處的模糊背景，最無奈連天氣都變了。隨着全球氣候暖化，兒時的臘月隆冬景象，只有片段殘存。跟後輩談起，既不識何謂臘月，也不覺有隆冬。也難怪，近年香港基本上只春夏兩季分明，秋天為時短暫，且煙霞籠罩，秋高氣爽再也難得遇上；冬天呢，時斷時續，幾天寒流襲港，氣溫下降至攝氏八、九度，算應個景，冷空氣一過，東北季候風和緩下來，氣溫又再攀高到攝氏十九、二十度。根據天文台紀錄，近三十年間香港十二月的平均溫度為攝氏十七點六度，剛過去的十二月平均也有十七度，連一八八三年天文台開台以來，三十個最低溫的月份排名也擠不上，這樣氣候宜人的十二月，猶如深秋，何來冷意？臘月隆冬，急景殘年是甚麼模樣，只有經歷過的人才能真切體味。

小時候的香港冬季十分漫長，依照中國節氣，過了中秋，跟着寒露、霜降、立冬，立冬之後，晝短夜長，早晚寒意漸濃。初冬天氣再經小雪、大雪而冬至，耶誕前後的農曆十一月，氣溫就經常徘徊在攝氏十度以下，正式踏入隆冬。農曆十二月連着小寒、大寒兩個節氣，陰寒中偶帶冷雨，溫度有時更跌至攝氏五、六度，直冷到過年立春以後。過了年雖説大地回春，天氣依然乍暖還寒，非得要到農曆四、五月，才敢穿單衫，「未吃五月粽，寒衣不敢送」這句俗話，常聽母親掛在嘴邊。

童年時代的冬天，行冬令時間，時鐘往回撥一小時，記憶底層還有陣陣寒意。我唸東院道官立小學下午班，六點半散學，天已墨黑，回家如果走棉花路，沿途街燈清冷，落葉蕭蕭，為要擺脱灰牆上幽幽顯現的人影，幾個結伴壯膽的同學，總是沿加路連山道急步疾走，轉出禮頓道才心安，想來可笑，終生伴隨自己的身影又如何擺脱得了。

有時不趕急回家，或者需要買文具和勞作用的紙張材料，就會沿着法國醫院牆根走往怡和街。持續低溫下寒風凜凜，冷得行人緊衣縮頸，直打哆嗦，但沿街有店舖做買賣，到底要比棉花路熱鬧些。為擋北風，讓輪候看症的病人少捱點冷，有藥材舖先上兩邊排板，單留中門出入，也有店主生炭爐讓顧客取暖。其中一間賣壽材的長生店，店內兩旁直豎着各類粗糙的棺木板材，已造好的中西式棺槨在層架上橫放，每次經過，我膽小得別過頭不敢看，怕見棺槨上打磨得亮麗的光漆與銅環，冬夜中有説不出的悸怖與寒磣。渣甸坊和登龍街街角，時有賣煨薯炒栗的流動攤檔，躍動的爐火、燙手的番薯，反覺空氣格外寒凍。

那年頭普通人家掙錢不多，沒閒錢閒功夫講究，衣衫都是質料普通的平價貨。為了禦寒，我上學先穿內衣、衛生衣打底，再穿恤衫、校服裙、長統白棉布襪，外罩套頭毛線背心或對襟長袖毛衣，看氣溫高低而定，最後是肘位袖口早已磨光的灰絨短校褸。這樣臃腫，牙關仍舊打顫，真要頂不住的時候，灰絨校褸內再穿一件藍棉襖。我家只能買木棉做的襖子，日子久了，棉花容易聚結成團，厚實而不均勻，保暖效果不佳，比不得蠶絲做的棉襖輕軟薄暖。一個冬季下來，因為天天穿，有時連裏子都磨開口，露出木棉花，成了衣腳奇異的滾邊。

愈接近農曆新年，天氣經常地冷，雖然已把全部家當穿上身，雙腳仍會生凍瘡。治療凍瘡的土法極簡單，母親把燒開的熱水倒在木盆裏，加小量冷水，我就用滾燙的熱水浸腳，直浸至水涼為止，至今我仍記得晚飯後捲起褲管，坐在小板櫈自虐，把雙腳燙得一跳一跳的場面。

4

農曆新年前還有一個必去的盛會，跟父兄逛工展會，哪怕風寒露冷，去時必選夜晚。遠遠望去，工展會的牌樓燈火璀璨，有如夢幻。場內街道闊落有序，從第一街逛到第十六街，民生百業，目不暇給。攤位設計盡多爭奇鬥麗，有古風的塔樓城牆，有摩登的曲折迷宮，單是評比最佳攤位設計，已有一番熱鬧。

政府部門也有展館，圖文並茂，展示水務、交通、教育等民生政策與設施，有攤位供市民諮詢解疑，但主力還是本地廠商。為收宣傳之效，商家愛把招牌貨製成比實物大十幾二十倍的立體燈箱，如駱駝牌暖水壺、鼎大不鏽鋼煲，各有巨型暖水壺與精鋼煲高高鎮守在攤位前。笑容可掬的工展小姐，寒風中努力展銷梁蘇記鋼骨雨傘、紅A塑膠臉盆水桶、蜆殼牌電風扇原子粒收音機、利工民羊毛內衣、雞仔嘜線衫、雙妹嘜花露水、李眾勝堂保濟丸、和興白花油、甄沾記椰子糖、獅球嘜花生油、余均益辣椒醬、淘大生抽、冠益麻油、興亞涼果、振興糖果餅乾等等。商號現場製作糕餅、彈打木棉花造棉被、為新娘裙褂繡金銀絲線。邵氏影城攤位掛滿劇照和明星彩照，香港電台做野外廣播「空中小郵差」，龍翔劇團演粵劇折子，爭看廣播演藝明星的遊人，捧着大包小包擠得水洩不通。

工展會最初設在海邊閒置的空地上，有好幾屆選址就在中環、紅磡和灣仔新填地。灣仔展場離我家極近，晚間氣溫多維持在攝氏七、八度上下，面海的空曠地無遮擋，一翻起北風，塵土飛揚，展品旗幟大幅搖擺，叮叮噹噹發出連串聲響。我一身圍巾校褸夾褲，手僵鼻紅，跟着父兄，逛至眼疲步重才盡興回家，當年那個冷啊，成了兒時遊工展會最難忘的部分。

工展會辦了三十一屆後，一九七四年因覓地困難停辦；一九九四年重張旗鼓，會場曾設在香港會議展覽中心和中環添馬艦；又自二〇〇三年起，移師維多利亞公園。為了追懷成長歲月，兩度入場參觀維園工展會，可惜環境、氣氛、心情都不大對頭，再也無法復刻前夢。除了個人情感因素，香港近年面對經濟轉型，工廠內移，製造業全面萎縮，跟六七十年代工業發展蓬勃期相比，有着根本改變。純粹本地製造的產品淪為少數，有創意的民生用品亦不多，昔日主題強調「香港人用香港貨」，漸被時流淹沒，消失在歲月的長河。

除了會場規模、產品種類、攤位設計今不如昔，整體更以吃食為主，工展會有名無實，偏向美食，已經變調。這還不止，變調的還有天氣，十二月竟有不少遊人穿T恤涼鞋逛工展會，現實與感知落差太大，曾經滄海的懷舊派，既不能在冷風燈影裏，重睹展區十六條街匠心獨運的輝煌盛景，試問還有甚麼看頭？

5

工展會曲終人散，冬季最後一個節慶農曆新年，壓軸登場。兒時過年，最堪回味的並不是新正月頭，而是舊曆年底十二月，又叫「臘月」。「臘」是古時人以獵獲的野獸製肉，奉敬先祖和諸神的祭祀活動，稱「臘祭」。先秦以前在年底最後一個月份擇日舉行，漢時改冬至後第三個戌日，秦漢時期的臘祭日都不固定，要到南北朝，才選定農曆十二月初八，故初八亦稱「臘日」，曾時興吃臘八粥，但在今天的工商業社會，尤其海外已漸式微。民間臘月冬祭，除感恩先祖與眾神，護祐過去一年衣足飯飽，亦為逐疫驅邪，祈求新歲舊年交接順利。

寒冬不宜種莊稼，農民為準備一家口糧，早把五穀秋收冬藏，靜候春回。男子無事可幹，多外出打獵，既可得臘肉祭神，又可為家中添糧。演變至近代，耕戶雖未必有打獵的本事和官府的許可，但農閒日子仍不忘保存臘製餘風，秘醃私房臘腸、臘肉、臘鴨，預備過冬過年。從前農村缺冷藏設備，消暑吃的大西瓜，一律吊浸在清涼的井底；臘製食物要想收藏得好，不餿不霉，風乾是必要的程序。過年前遇大北風天，家家攤晾臘製食物，臘腸臘肉自然風乾，飯面蒸熟，斜切成片，肥而不膩，各家拜年互訪時，可餽贈可奉客。

臘月醃製葷肉，今天或只有內地農村還有這個傳統和習慣。香港新界已少真正莊稼人，子孫輩大多移民海外經營餐館，留守老家的亦已轉業工商地產，更年輕的新生代則以吃漢堡炸雞為時尚。加上售賣臘製食品的連鎖店分佈離島新界，已沾染城市風情的族中長老，仍有興致手製的畢竟少數，情願省事現買，香港的臘月，早已有名無實了。

照兒時經歷，臘月年十五起，當屬臘鼓頻催的時候，民間理應風風火火對應年關，可如今香港過年的熱身運動開始得遲，年廿四、廿五才算有點氣氛；新界雖也有個別圍村，臘月裏家家投入，操辦過年事務，但若以為鄉郊定比城中熱鬧，亦難一概而論。城市人工作拼搏，公私兩忙，沒時間大掃除，也缺閒情製作油角煎堆；更不一定酬神還願、敬拜祖先，因祭祀活動早隨多元信仰，淪為個人選項。至於年夜飯，或為省時省事，或為體貼主婦，情願一家上館子吃去，在人頭湧湧的食肆樓頭，洋溢一片歲末的聚飲歡騰。飯後扶老攜幼逛花市，是餘興；採購大吉年花回家守歲，是同沾喜氣，綣念親情。

多虧這歷久不衰的年宵市集，生意人在維園、花墟及新界各處球場擺攤，為迎春接福敲邊鼓壯壯聲勢，一輪商業營銷的熱鬧過後，買賣復歸平淡。新春正月，外遊市民動輒六、七十萬，好在民間的拜年活動不絕，市面不至於太清冷，年初七「人日」之後，過年氣氛才會日漸消散。

6

二戰前後父親來港，日治時期生活艱難，當年如何謀生養家，他從沒在小兒女面前提起，只曉得在我出生成長的五十年代，父親曾在漁業公司工作，做過私人司機、工廈管理員。原配不幸戰後病逝，得人介紹，娶我母親做填房，婚後在灣仔安家，有了小十哥和我。父母來自廣東農村，不時會在日常起居摻雜鄉下人的傳統飲食習慣和生活情態，如用沙盆和擂漿棍生磨芝麻煮芝麻糊、用輾碎的花生拌砂糖炭煎甜薄罉；鹹蝦醬油爆吊桶仔、番茄煎煮紅衫魚、臘肉碎冬菇粒煎釀蓮藕餅之類。夏天好太陽，騎樓上拉幼繩曬白菜乾；冬天起北風，街外買來的臘肉臘鴨，用衣裳竹穿掛，在背陰處風乾。入冬後說不準哪一天，放學回家，看見有紙盒端端正正放在茶几上，盒面印着店舖字號、省港澳舖址，還有「南安臘鴨遠近馳名」八個大字，知道當晚準有臘味飯解饞，還意識到充滿趣味的農曆十二月，轉眼即至。

踏入臘月，過年的前奏活動，由灑掃房舍拉開序幕。母親身體不好，多在冬天發病，兄妹倆自然要把任務分擔。聽母親指揮，先換下懸在大板牀上空的雞皮紙帳頂，板牀睡一家四口，就靠雞皮紙帳頂承接樓板落下的灰塵，午夜間中還有老鼠在帳頂走過；又用新花紙糊貼房廳板壁，舊的難撕掉，就在那上面重重疊疊，遮蓋斑駁的水痕。接下來清理抽屜和屋角堆放的雜物，還有洗地磚、擦門窗、抹枱椅、為草料椅墊換上大紅碎花布套。重頭戲清潔祖先牌位，當然由母親主理，擦香爐長明燈，抹淨「心田先祖種，福地後人耕」的地主公鏡框，最後哥哥站在烏木長枱上，在神位後牆高高糊貼「堂上歷代祖先」的金字紅紙和「金玉滿堂」大字題幅。

我的童年還是燒柴時代，火水爐屬新生事物，未必家家用得起，而且火水要比柴貴，過年多以柴火為主力，好節省燃料費。新年圖吉利，不能有斷炊之險，臘月就要做足準備，騎樓上劈柴成了兄妹的光榮任務。分腿坐穩小板櫈，撿起粗柴枝，控制好力度，用柴刀一劈開二或四，雖粗幼參差，反可配合母親的不同烹調法，好待猛炒慢煎、蒸燉炆煮時，容易操控加減柴火。劈柴力小不行，柴刀砍不進去，力大過猛也不行，剖開的柴枝會彈起，有機會擦傷足踝，劏刺流血，或從騎樓欄河隙縫間飛墮，危及街外路人。

柴炭舖買來的上好坡柴，出自馬來亞越南星加坡等地，一束約四五十斤，堆放騎樓一角，用帆布紙皮蓋好，提防刮風下雨弄濕。濕柴難燒多煙，為免炊煮費時失事，淚眼滂沱，必要把濕柴乾透。風雨過後，若逢陽光猛烈的大晴天，行人路騎樓底有人家攤晾濕柴，享受風吹日曬，是那年月常見的街頭風景。

我小時極纏人，母親買菜，嫌我礙事，要哥哥分散注意力，她偷偷出門，但母親辦年貨，知道我諸事好奇，多帶上我，好幫手提貨。跟在她後頭，往糖果店買裝點全盒的瓜子糖蓮子；去雜貨舖買蝦米魷魚髮菜蠔豉冬菇做年夜飯，買金針雲耳粉絲甜竹白果煮南乳齋，買粘米粉大蘿蔔蒸糕，買花生油糯米粉、紅豆白糖、花生椰絲炸油角煎堆；又去紙紮文具舖買香燭元寶酬神，買花紙雞皮紙漿糊粉飾牆壁，當然少不了利是封和開年用的小爆仗。直至年貨拿不動，兩母女就在揮春攤檔前坐下歇腳，等檔主大筆一揮，替我家寫揮春題幅，還有貼在米缸外腹的兩字「常滿」。

過了農曆十二月十六尾禡，家裏擇日做油器蒸糕，母親請同鄉姐妹幫忙，小孩只能旁觀，不許亂講話，怕為一家招來晦氣。做油角煎堆的工序繁複，先要預備餡料，煮紅豆泥、烙爆穀花、磨碎花生、拌糖椰絲。然後搓糯米粉，用光身長頸玻璃瓶把麵團壓平壓薄，牛奶罐充當圓模子，套出一塊塊油角和煎堆皮，填上不同餡料。花生脆角、豆沙軟角要飽滿似荷包，角邊花最好摺得細緻；爆穀煎堆要搓得團團圓圓，外皮沾滿白芝麻；半成品整齊排列在撒滿麵粉的枱板上，等開鍋油炸。母親有時見我在旁磨蹭，讓我用粉頭麵腦自創奇形怪狀的粉團下鍋，炸好攤涼，還煞有介事替我收在裝油器的大砂煲裏。

隨後年廿三謝灶、年三十晚團年飯、正月初二開年，都是主婦要張羅的大事。每年吃過團年飯，母親少去維園逛年宵，她在家準備做湯圓和安放好供桌上的三牲果品，等家人花市回來守歲。飯後待母親把家事打點妥當，就帶我去銅鑼灣天后古廟祈福，在大雄寶殿被鼎盛的香火熏得不停掉淚。紅着雙眼回家後，一交子時，祭拜天地祖先，再向父母拜早年，拉利是，吃湯圓，大年初一華麗登場。翌日枯坐家中等親友上門拜年，小孩心性坐不住，老覺得不及臘月多姿采，如果沒有紅封包與正月十五的元宵燈，就更乏味了。

7

離開老家多年後，二〇〇五年十月，在火炭南半山一個屋邨落戶。新居外帶朝東的小陽台，當初看房子的時候，想到夏天曬棉被，冬天風乾臘味，樂不可支。在新家過的第一個西曆大除夕，正巧是雞年農曆十二月初一，臘月的頭天開始，而且適逢小月，沒有年三十晚，再過廿九天，就要送雞迎狗度新歲了。因見日子還寬裕，興致勃勃在陽台曬水仙，希望趕得及過年時放案頭清供。可惜清晨有時霧重雲厚，太陽不肯露面，午前終出來了，陽光又往屋後逐漸南移，日照時間不夠長，恐難養出葉矮花高的美仙姿。

小陽台雖不似四十多年前登龍街南向的騎樓好太陽，卻喚起老家度歲的陳年記憶與時代感喟，那隨風消逝的事物與親人，心底裏永遠獨特而鮮明。

原刊《香港文學》，總第二五六期，二〇〇六年四月號
二〇一九年六月（第六次修訂）

又見「湘西」——讀《晚年的沈從文》有感

1

二〇〇二年十一月三十號，星期六下午，去尖沙咀商務印書館旁聽沈從文先生百周年誕辰紀念座談會。關心沈先生的人都知道先有王㐨，後有王亞蓉，長期跟隨先生從事文物考據、研究和繪圖。王㐨一九九七年病逝，他的女兒王丹代表父親，跟王亞蓉一道來港出席座談，緊隨王亞蓉之後發言，略講她小時與沈爺爺相處的印象。王亞蓉則以謙和的態度，緬懷她與沈先生相交的往事，鋪陳事件，語調平淡，不自誇，不控訴，不激昂，好一派沈氏遺風。

王㐨一九五三年在歷史博物館認識沈先生，自此書信往還，內容經常涉及與歷史文物有關的事情，對王㐨有大啟發。二〇〇四年，陝西師範大學出版沈先生與王㐨合著的《中國服飾史》；二〇一八年再有新版，由中信出版社刊行，王丹應邀出席北京中信出版集團的分享會，談到她父親曾唸上海業餘美術學校，在志願軍文工團畫佈景，製作服裝道具，一九五八年部隊解散，考進魯迅美術學院，沒正式入讀，去了沈先生的居停地北京。

在工作前途和人生路向的考量上，沈先生對他或許起過一點作用。王㐨其後加入中國社會科學院屬下的考古研究所，做古墓發掘和文物保修等工作，曾參與長沙馬王堆一號漢墓的發掘，又主持發掘江陵馬山一號楚墓等等，成了不時向難度挑戰的文物修復專家。據王丹講，受沈先生在《龍鳳藝術》中〈談染纈〉的影響，為研究出土絲織物，王㐨幾十年不斷做染纈實驗，二〇一四年出版的《染纈集》，收入完整的實幹記錄。

在隨時可以惹禍的文革時期，缺乏支援的情況下，沈先生埋頭苦幹，為中國古代服飾的考據和研究打基礎，網羅人材。一九七五年，向相關單位領導要求，調王亞蓉到歷史博物館協助繪圖，王亞蓉畢業於中央美術學院，曾做玩偶設計。在沈先生百年誕辰紀念座談會上，她講到當年調職的事，博物館原同意調動，卻又另派她摹古畫，她心裏極不願意，不能到沈先生身邊工作便沒意思，於是拒絕調派，「把自己變成了懸空人物，原單位已停薪停職」。沈先生勸她耐心等待，有半年時間從自己微薄的工資，撥一點點錢幫助王亞蓉解決生活。等待正式分配期間，她輔助沈先生完成「熊經鳥申」、「扇子的應用與衍進」等工作專題。

後來沈先生請王㐨幫忙，調王亞蓉去社科院考古研究所，除了公餘繼續協助先生繪圖，年輕的王亞蓉開始跟考古所前輩學習文物修復，參與考古隊發掘工作，整理大量出土的絲綢織品。王㐨與王亞蓉認同沈先生「史實相證」的文物研究方法，兩人在古器物和絲織品的考據、鑑定、修復和重現，都有沈先生的身影，王亞蓉亦成了日後的紡織考古學家，著有《中國民間刺繡》。

先生不擅處理人際關係，政治能量亦近乎零，仍費心力安排，除了因為王㐨與王亞蓉「業務水平」精準細緻，過得了關，最重要還是投緣，才能在共同理念下，工作學習交往。王亞蓉座上拿着沈先生勸她忍耐的信函原件，是紙頭紙尾連起來的廢紙，上面密麻麻寫滿蠅頭小字，是一手素享美名的章草，原意只作底稿，但當時沈先生在忙中已無力再謄抄。王亞蓉講到自己毫無地位，沈先生仍這樣待她，語帶哽咽，當中的敬重與關懷，為人與人之間難得的同道相知作見證。

沈從文的書信和錄音講話，收在王亞蓉編選《從文口述——晚年的沈從文》一書內（下稱「晚」書），二〇〇二年十一月，香港商務印書館初版。書中的訪談和樸素的文字，如實記錄和反映沈先生對文物研究的態度，他的思想、人格、博聞強記、堅忍與包容；亦同時讓讀者通過王孖與王亞蓉兩位關鍵人物，得見沈先生晚年生活的局部痕跡。

文革時期，王亞蓉躲在北京圖書館柏林分館翻書，巧識中國人民大學中文系教授楊纖如，楊教授知道她要查閱美工設計資料，告訴王亞蓉他的老朋友有她需要的資料，在他引薦下，王亞蓉「敲開沈先生東堂子胡同那沒有光亮的房門，先生鼻口間還留有未揩淨的鼻血，寫字枱上亮着燈，放着毛筆和正修改的文稿……。」書裏描寫沈先生抄家七次後的家居情景，幹校回來後，原居三間住房，只留下一間十二三平方米的小屋，牀上地下全是書，四壁貼滿圖片字條，或睡或坐，要先把書堆撥開。屋小書多，妻子張兆和下放回家，亦無地安身，夫婦被迫分居兩處，先生每天坐兩站車去小羊宜賓胡同妻子屋裏吃午飯，再把晚飯帶回。讀到七十高齡的沈先生，白天來回奔波，晚間一燈作伴，揩着鼻血，埋首改稿，不禁眼熱鼻酸。

「晚」書兩次提到沈先生的手，一次是王亞蓉在〈先生帶我走進充實難忘的人生〉一文，提到她初次拜訪先生時握過手，只覺「他的手柔若無骨，神氣溫和睿智，頓生敬慕，感到遇見奇人」。另一次是王孖對《中國建設》雜誌記者楊恆生表示：「有些人來了講和沈先生握握手都好。你跟他握過手吧，他的手很軟，軟得不可想像。」當時記者回應：「一握那個手就知道這是個非常善良的人，從來不去想傷害別人。」

中國相人術有個講法，手軟無骨的女子享福，手硬的吃苦，卻沒聽人說男子手軟會如何，大抵男女相剋，效果相反。「晚」書記述，先生知道升任領導的舊學生訪問他的工作機關，別人多延挨着，等人尊稱一聲老師，他卻避而不見。照理「朝裏有人」，要解決工作生活等問題不難，但他敞開的「前門」也不願走，更不要說「後門」，先生掌軟骨頭硬，註定要吃苦。

2

一九八〇年春節，我跟《大拇指周報》幾位朋友，在冬寒料峭的天氣，去小羊宜賓胡同探望沈先生。「晚」書曾提及，從東堂子到小羊宜賓，沈家調房連番波折，住房以他的名義發下來，轉頭總讓人要了去，沈老又不與人爭。我們到訪時，沈先生的住處仍沒多大改善，房子極狹小，幾個來自香港的不速之客，把空間擠得滿滿。沈先生與我們逐一握手，掌心溫厚軟綿，童顏白髮，笑容滿面，書中王孖與王亞蓉對先生雙手的形容絕對真實。房內一條懸空的繩子掛着燈謎，椅子不夠，先生就坐在牀上講我們一句也聽不懂的湘西話，勞煩妻子傳譯。他又笑指牆上的古裝美人月份牌，幽默地說被虐待。

沈先生不搞文學後，用鐵杵磨針的功夫，專心古代服飾研究，並旁及多個文物專題。一九八七年中央電視台製作連續劇《紅樓夢》，服飾顧問就是沈先生，劇中人裝扮經細心推敲，結合作者書中描寫與時代考據，衣飾古雅華美，觀眾印象深刻。先生癡迷古代文物服飾，難免看不慣月份牌上胡亂穿戴的古裝美女。

小羊宜賓的房子今已拆掉，我們會面的時間亦不長，但他溫軟的手心，親切的身影，快樂的顏容，輕柔的語調，歷久不忘。沈先生不單手掌柔軟，還說話細氣，要想知道文質彬彬是甚麼模樣，見先生一面管保印象深刻。王孖說：「他發愁的時候，一聲不響，甚麼都忍，從來沒見他發過火。」外柔內剛的沈先生，有一對「洞悉一切的眼睛」，四九年以後的沉寂，是因為看破，他可以在工作生活條件上隨遇而安，有人相求解決工作困難，又不怕出面出力，只是受過他恩果的，未必銘記。

王亞蓉記述七五年夏天某日，她與沈先生在歷史博物館美工組遇見一人，當時他正畫諸葛亮像，沈先生對綸巾式樣提意見，即被對方不禮貌回應，「那人夾着香煙的左手衝沈先生邊點戳着邊說：『你不要在這指指點點，你那套行不通了！』先生氣得面紅耳赤，我攙扶他的手，覺得他在發抖，無言的盯視着那人……。」沈先生告訴王亞蓉，那是范曾。首次開名提及沈、范矛盾，是陳徒手在一九九八年《讀書》雜誌發表的文章〈午門城下的沈從文〉，范氏隨後撰文否認其事。

范曾就讀中央美院時，因狂傲得罪國畫系主任，畢業後分配去邊塞，為前途着想，他四處求人，沈先生幫忙說項，幾經轉折，調他回北京，留在身邊工作。王亞蓉「佩服范先生的聰明才學，但也揮不去他當面羞辱沈先生的惡劣影像」，認為無論如何，「人任何時候有些事物都是不能忘卻的」。

《沈從文全集》收入先生在一九七七年四月寫給汪曾祺的信，再談到他不願提及其名的「大畫家」，處理商鞅像的不妥當。他認為秦朝法度極嚴，商鞅不可能腰配沒帶鞘的利刃，上殿議事。到底惹爭議的是諸葛亮抑或商鞅呢，還另有一說是屈原，坊間眾說紛紜，或者「大畫家」經手的古人畫像不止一幅，沈先生可能先後都提過意見，經受了相類的難堪。

王矜接受《中國建設》雜誌訪問，也談到沈先生寫過十幾頁信給蕭乾，逐件事情問為甚麼這樣做，王孖見過那封信，他說：「他的嚴厲是我不可想像的，我從沒看到沈先生措詞這麼嚴重。」三十年代沈先生任《大公報》「文藝副刊」編輯，鼓勵蕭乾寫作，對他有知遇之恩。後來決裂，沒幾個人知道內情，有說為了蕭乾不顧他的感受，與丁玲來往；有說為了不同意蕭乾的某類行事作風；有說蕭乾在「鳴放」時期劃為右派分子，先生保持距離，與他疏遠，原因莫衷一是。蕭乾留下文章發聲，囑咐妻子可待他死後兩年公開。王孖認同記者看法，搞到這地步，蕭乾依然尊敬沈先生，從沒公開寫不利恩師的文章。

王孖又講，沈先生非常尊重人，跟他做事，遇有問題必先承擔責任，個性溫良純樸，但平生也會拒絕某些事和人。白色恐怖時期，丁玲被捕，沈先生出力奔走，一段長時間仍不知下落，先生以為丁玲已遇難，寫〈記丁玲〉追懷故友，文內談到丁玲的某些生活情況，其後丁玲放回，據說對這篇文章極不滿，成了各自的心頭疙瘩。沈先生對她後來經常利用新名目新點子罵他，雖透着厭煩，可「絕不回罵」，「……讓她罵到疲倦或病倒以至於斷絕呼吸為止，讓她自己也覺着沒意思……。」日後更把〈記丁玲〉自文集中抽出，意味不想跟她再扯上關係。

王孖講沈先生從不發火，但看范曾蕭乾丁玲事件，他是把那點火盡量收藏，看到不對勁的事情，不理自己那卑微的政治身份，甘冒被漠視的難堪，被修理的壓力，仍會當面甚至寫信提意見。需忍時忍，該罵時罵，只講原則，不問關係，幫人不望回報，受了委屈就用自己的方法宣洩不平。

3

「晚」書對先生解放後的遭遇作了詳細補白，編者最難得是不怕開罪名人，實話實說。先生形象立體，坦蕩率真，性格底子裏脱不開湖南人的蠻勁，忍至極限時，也會按捺不住罵人，語帶慍火，保持君子之風，只委婉暗喻「斷絕呼吸」，不直接以「死」咒人，有節制地處理與友人間的尖鋭矛盾，極少怒上筆端。先生不碰文學創作多年，但仍關注文壇現象，不時寫信給親友抒發感想或評議時人新作，信中言辭卻又大膽直率，混不覺會招煩惹禍。

「晚」書附錄，收入先生給王亞蓉和王孖的五封信，其中兩封寫於一九七九年六月二日和一九八二年一月二十九日，記錄他對當時文藝界的看法，談到「現代中山狼」及「有望掌文藝舵把事的人」。他説：「……我所有書早已全燒，文革中且把一些已發表未集印及尚未發表的一下子用了『代為消毒』名義全部毀去，要個『空頭作家』的虛名有甚麼用，至多對外起點假民主作用而已，所以甚麼『作家辭典』不見我的姓名，倒可以少些痛苦……。並且在同一辭典中，已出現不少現代中山狼似的作家自傳，只重在為其個人臉上貼金，只顧自己站地步胡吹胡謅。……在南方若有人問你要我照相或問及過去作品、當前工作，都以『不知』回答為得體。我也許會抽使半年時間寫一本自傳第二、三卷或回憶錄，單獨出版，可絕不希望把自傳和一些『現代中山狼』的作家混在一書內騙人。」

又說：「有望『掌文藝舵把事的人』，爭的多是極小極小的位置問題、待遇問題，似乎始終不明白責任何在，如何盡責……。稍懂『世故哲學』的人，卻容易成為『身邊體己親信』，阿諛奉承巧佞永遠在官場中有市場，在文藝部門且更需要，用途廣泛，而極易見功。我在舊社會吃不開，新社會也吃不開，且可說是永遠吃不開，也從不因此放棄工作責任和做人責任感……。」沈先生長期被邊緣化，低調寄身文物考古，極少就文藝界情況公開發言，私人信札中的文字，似投石入井，悶響沉聲，對相關人士可說不起絲毫作用，但先生自有格調風骨。

4

沈先生經常批評國民黨，亦不參加左聯，丁玲的愛人胡也頻被國民黨逮捕，他曾以無黨派人士身份出面營救，又假扮夫婦，避國民黨人耳目，親送丁玲母子回鄉。當時做無黨派人士並不容易，不左便右，中間無路可走。共軍入京前，他在北京大學教書，有人講國民黨送上機票邀先生撤退赴台，另有傳言又說先生心情激動熱切地等解放，局勢混亂，流言亂飛。一九四八年初，有進步文人在香港發表文章，批評他是「桃紅色」作家，「作文字上的裸體畫，寫文字上的春宮」，並有意識地作為反動派，北大批沈的大字報隨即熱鬧登場。

當時的政治風氣與花崗岩腦袋，不接受去留之間，冷靜與熱切之間還有多層情緒狀態，它就是不容人保持理性和平常心，非得要你頭腦發熱，向某方依附，先生兩面不是人，就是特立獨行的代價。後來季羨林先生在〈悼念沈從文先生〉一文，寫出另一個側面：「……我們共同經歷了北平的解放，在這個關鍵時刻，我並沒有聽說沈從文先生有逃跑的打算。他的心情也是激動的，雖然他並不故做革命狀，以達到某種目的，他仍然樸素如常。……」

「晚」書提到，一次丁玲到訪談話後，先生精神即出亂子，拿刮臉刀割腕自殺，幸得醫院搶救回來。先生這一割，可能就把雜七雜八的思緒一併割掉，再不去想為甚麼舊社會做漢奸的，現在卻當上了官？他一個來自鳳凰城的鄉下人，從沒做過一件事對不起國家人民，卻要捱批。他響應改造知識分子運動，解放初期，從北大去了革大。身處新舊交替浪潮中的沈先生，老實認為自己政治覺悟低，思想落後，自由浪漫本質適應不了文學要為政治服務的新形勢，且「桃紅外衣」一旦加身，難有卸下的可能。

一九四八年底，沈先生主編《益世報》「文學周刊」，在一封退稿信中寫下：「一切終得變，從大處看發展，中國行將進入一個嶄新時代，則無可懷疑。人到中年，性情凝固，又或因性情內向，缺少社交適應能力，用筆方式二十年三十年統統由一個『思』字起步，此時卻用『信』字起步，或不容易扭轉，過不多久，即未被迫擱筆，亦終得把筆擱下。這是我們一代若干人必然結果。」

文學創作已無可為，一九四九年中自殺送院獲救後，全身而退，放棄差不多三十年本業，去歷史博物館做研究員，謙虛地自選最低級別，領一二百元工資，從低學起，先做好一個文物説明員。先生的博物館時期，政治上受觀察，工作上有掣肘，苦悶時就憑對文物研究的熱愛投入，平衡精神意志。先生忍受背後的閒言和冷眼，卑微地降到塵埃地去，以「捨」

的智慧，守護一己的良知與尊嚴。

六十年代初，文藝舵手曾放話先生何不繼續寫作，為測試筆力，他認真訪問人物，搜集素材，建構故事輪廓，打算寫一個十幾萬字的長篇。但創作力勃發的好時機可能已錯失，或者客觀現實與主體心性仍有掣肘與隔閡；加上心臟冠狀動脈硬化，血壓不穩定，間有心絞痛，又不能過度用神，過之則腦亂，寫作計劃雖切實開了個頭，最終仍得放棄。

這個長篇的文本初貌，幾十年後出土。二〇〇四年一月，台灣《印刻文學生活誌》刊發先生三篇未刊小說，一為〈老同志〉，是五〇年在革大政治研究院學習時的習作；一為寫於五二年的〈中隊部——川南土改雜記〉，署名茂林；一為〈死者長已矣，存者且偷生！〉，寫於六〇年九月間，屬先生擬作十幾萬字長篇小說的部分章節初稿。這三篇文字，與先生從前作品的風格和情調明顯有別，足證他確曾為重投新社會的文學圈而嘗試適應。創作後來無以為繼，但對愛護先生的讀者來講，長篇沒有完成，未嘗不是一個適切的結局。

「文字劫」對先生的考驗未完，以為不搞創作，埋首文物故衣堆，默默為國家的古代服飾研究盡一點力，就可遠離風眼，但正如沈先生所言，「中國事一切難以常理推測」。一九六四年，他把編寫好的古代服飾研究資料上呈，作為樣書候審，但審閱過程繁複，出版一再拖延，結果碰上文革。文革剛起時，打倒「封資修」，喊得震天響，「大畫家」也曾貼批沈大字報。沈先生搞中國古代服飾，少不免連繫將相佳人，再被定性為思想封建，捱批下放幹校。存放在博物館和家裏，多年心血積聚的研究資料被紅衛兵抄去，部分內容貼成大字報作反面教材，部分書稿險成紙漿，部分資料被迫當廢紙賣掉，在無圖稿記錄的情況下，他以驚人蠻勁，在幹校重新默寫。

七二年二月幹校回來，先生得當局再考慮出版中國古代服飾研究的消息，獲准取回書稿複校，他爭取時間，重新寫說明繪插圖。七三年中，交出二十四萬字說明稿和圖像，惜再沒下文，其後更有只印圖樣，不出專論文字的傳言；七四年幾次請求退還書稿，以便增訂文圖而不果。沈先生亦憂慮已經開展的各類研究專題，如漆器、陶瓷、綢緞、扇燈、銅鏡、家具、山水畫史等等，因文革干擾無人接手，面見領導陳情，再寫信痛言種切，希望得到重視和幫助。

七五年前後，古代服飾研究書稿的文字部分終得退還，圖樣部分遲至七六年始回歸，先生趕緊補充修訂，為增加附圖，請求美術外援，但館方通知無法調動人手協助。王亞蓉與王孖體察沈先生焦慮，把先生情況和幾份經他處理搶救的半成品，通過當時社科院秘書長劉仰嶠，轉達院長胡喬木，事情慢慢有了轉機。

一九七八年，先生調離寄身廿載的歷史博物館，轉去社科院屬下歷史研究所，在新成立的中國古代服飾研究室繼續未完工作。王亞蓉亦在同年調入研究室，正式追隨沈先生；王予則在一九八四年，從考古所調去歷史研究所，幫助沈先生完成《中國古代服飾研究》這部大書。

5

我十八九歲從書本認識沈從文，一讀投緣，對我日後誤打誤撞的所謂文學創作之路，開始重要的啟蒙。那時候剛中學畢業，公餘去土瓜灣的「創建學會」上電影課，與幾位學員相交，沒頭沒腦成了文藝青年。七十年代初，朋友任職電台，要搞廣播劇，文藝青年自然向文學方面打主意，他決定改編沈從文的小說，我陪伴着到書店搜尋他的作品。那時正值文革中期，內鬥仍然激烈，我們從報上看到批鬥知識分子的消息，香港沒有多少人知道沈先生的實際情況，由是天真地以為，把握機會改編他的作品，是一件刻不容緩的事。

「晚」書記載，沈先生創作的書版大多放在開明和良友書店，解放初期，領導一聲令下，書店通知他作品已經過時，要把紙型銷毀，這對作家來說，等若全盤抹殺他的過去，傷痛可想而知。國民黨和共產黨因各自的理由，同時禁掉他的書，台灣與內地再也見不到沈先生的散文小說，年輕人根本不知道中國文學界，曾有一個作家沈從文。但塞翁失馬，焉知非福，「反動書」早燒了，文革時小悍將沒幾個認識他的來歷底細，先生就在「帝王將相」的範圍內捱批，少受些苦。

當年海外只有香港書店還間歇出售他的正版書，但因貨源斷了，沒得補充，賣一本少一本，慢慢就缺貨了。幸而香港還有不少賣二手舊書的店舖，也有專幹翻版的地下書商，陸續翻印他的作品，雖然紙質差，字體小，鉛字崩裂，油墨不均勻，文藝青年已如獲至寶，也顧不上那許多了。

書並不好找，跑遍灣仔、旺角，只買到十來本小書，有開明版的《黑夜》，新月版的《蜜柑》與《阿麗思中國遊記》，良友版的《記丁玲》及《記丁玲續集》；香港翻印的《湘西》、《邊城》、《昆明冬景》、《廢郵存底》和《湘行散記》。又在彌敦道與界限街交界的閣樓書舖「正心書局」，買到六〇年香港文利出版社印行的《從文自傳》與《神巫之愛》，還找到書頁破破爛爛的《春》和《長河》，朋友在眾多作品中，選擇改編《邊城》。這批書殘缺、單薄、發黃，相比今天開度大小多樣，重磅粉紙精印的各式沈先生作品，大有灶下丫鬟與千金小姐之別，但灶下丫鬟與我相識於微，在我家書櫥仍然佔着顯眼的位置。

約莫八十年代初中期，有傳先生入選諾貝爾文學獎候選名單，往內地探訪先生的海外學者、翻譯者，記者、仰慕者絡繹於途。領導派人「關注」，把材料寫成「內參」，舊作陸續解封，又一次如先生所料，「中國事一切難以常理推測」。自此，裝幀華美，部頭厚重的文集、文傳、家書、套裝書、小說選，跑龍套似地登場。單一本《邊城》，可夠熱鬧，不同出版社各有獨特設計，或彩色或黑白的插畫照片，固然不缺，還出動沅陵一帶的古地圖。

先生的文學作品過去被狠批，打得一沉不起，當年下手極重的文字判官，後來為沈先生的《中國古代服飾研究》寫序。這套承載先生心力與識見的研究結晶，可說命途多舛，幾經波折，一九八一年九月，終由香港商務印書館初版，書成五百二十頁，專論文章一百七十四篇，二十五萬字，八開本，黑白彩色插圖七百幅。那篇二百字序文，無論主動或被動，放在沈先生十七載安身立命、嘔心瀝血的煌煌巨著前頁，先生內心真正怎麼想，旁人不得而知，雖然他曾對王亞蓉講，理解對方或想表示點歉意。他的長子龍朱在劉紅慶的《沈從文家事》一書談及該篇序言，說「父親不反對，他沒有說不同意」。但在書的初版「引言」、「後記」和八三年的「再版後記」，無一言提及序文，通透的沈先生，唯以沉默表態。

過去對他本色自然、謳歌生命、透析人性的作品不理解，動輒以桃色低俗、誨淫誨盜視之。經多年清洗淨化，追求美善真諦的自然唯美派，早已消沉落索，隨先生改業偃旗息鼓；但大膽觸碰人性七情六慾的文學作品，仍繼續伺機在夾縫中冒頭，或隱晦地真誠探討，或淺薄地賣弄情色，並未完全銷聲匿跡，還偶爾得采。時勢環境有緊與寬鬆，個人遭際有幸與不幸，但情操的高低不會兩樣，先生我心清明，靜觀潮起潮落。

海峽兩岸，五十年壁壘分明，卻在處理沈先生著作的立場上，巧合地步調一致，同時禁售，又同時解封。一九八一年，先生力作《中國古代服飾研究》在台灣盜印，盜印版的序文與作者名字從缺。但今時今日，左右兩派書店都在當眼處擺放先生著作，有才華的人始終壓不住，換一個領域，先生的成就同樣炫目。

6

沈先生對家鄉濃濃的思念，自然在筆底流瀉，有關沅水一帶的人物與感情，樸素而澎湃，他的《湘西》與《湘行散記》，我一直愛讀，當知道有機會去北京見沈先生，選了《湘西》這本小書放入行囊。深圳過海關時，正值內地開放不久，女關員對一切與文字有關的物事特別敏感，她把小書翻了又翻，「沈從文，沒聽過！」手一揚，順利過了關。先生著作內地聲沉影寂，自己手邊一本沒留，《大拇指》朋友從香港帶去幾本作見面禮，在小羊宜賓胡同沈家屋裏，夫婦饒有興味地翻看，先生呵呵地唸着久違的書名，神情愉快，大有見着親生兒似的歡慰。

探訪先生二十三年後，二〇〇三年農曆正月，為寫這篇文章，打開書櫥找資料，又一次見到《湘西》，揭開這本薄薄小書發黃的扉頁，藍水筆的字跡影入眼簾，上面簽寫着「沈從文，捌零年春節，北京」。一九八〇年先生運交華蓋，不單搬了家，從胡同陋屋搬去社科院宿舍，據他兒子沈虎雛編寫的《沈從文年表簡編》所記，這一年先生還寫了十四篇文章，是轉業後發表最多作品的一年，翌年《中國古代服飾研究》亦批准出版。沈先生得見考古研究的心血成果面世，散文小品重在報刊雜誌登場，應感莫大欣慰。

八八年五月十日先生辭世，與同年的諾貝爾文學獎擦身而過。內地報章和新聞通訊社可能還摸不透定位問題，報道死訊遲疑冷淡，兩三天後才有幾行疏落文字，或轉載海外消息。

諾貝爾文學獎終身評審馬悅然，曾向中國駐瑞典大使館查證，答案是沒聽過這個人。馬悅然其後在台灣《中國時報》發表文章，為中國人不知道自己的偉大作品，感到哀傷。

晚年的沈先生，生活上過了幾年稍稍舒心的日子，但心境終究是寂寞的，有不被理解的遺憾。林斤瀾曾經提過，先生去世那年，經常木然呆坐看電視，一次忽向前來探視的汪曾祺、林斤瀾講：「我對這個世界沒甚麼好說的。」話簡情淡，回首縱有辛酸、不解、無奈，盡付不言中。

季羨林先生悼文中提到「像沈先生這樣一個人，悼念文章竟如此之少，有點不太正常……。」又說：「……自己已接近耄耋之年，許多可敬可愛的師友相繼離我而去，現在從文先生也加入去者行列。此情此景，焉能忘情？他一生安貧樂道，淡泊寧靜，像他這樣一個有特殊風格的人，現在很難找到了，我只覺大地茫茫，頓生淒涼之感。……」季先生難掩憂思，意有不平，我倒認為這現象正常不過。

一個幾十年靠邊站、忍隱度日、不屑鑽營的老人，解放初期又曾經精神錯亂，尋死不遂，幾番折騰後，心態上可能有陰影，沒安全感，每遇風吹草動，為怕招禍，自然傾向冷漠孤僻；再加天性使然，遇事直言無忌，曾被批評責難的極少不計前嫌，公開表達哀思。先生身後清靜，正切合他的性格和命運軌跡，若生前被冷待，死後受熱抬，那才叫不正常。

有人可惜先生不能戴上諾貝爾文學獎的桂冠，我倒為先生慶幸，為他能安度晚年，避開一場陷國家於尷尬處境的風波而慶幸，一個停止創作幾十年曾被全盤否定的作家若得諾貝爾獎，無論冷處理或零回應，要多礙眼就有多礙眼。但從另一面想，假若先生得諾貝爾，素來對「桃紅陰影」遠而避之的識時務者，看在蜚聲國際的老牌文學獎份上，衡量過行情冷熱，或者也願意出來表表態，那時悼文或可望四方而至。

不過，內地作家龍冬在二〇一六年，沈從文誕辰一百一十四周年時，寫了一文，記下沈先生死前三個月，曾對他講不相信悼詞，「因為悼詞寫不出一個人的歷史，寫不出我的生活。」先生求仁得仁，最終修來福氣，沒趕上湊這場洋熱鬧，慣常被打壓被利用的沈先生，不見衝着自己而來的悼文，得享徹底安息。

7

王孖在《中國建設》雜誌的訪談中，提到一九五三年，他二十三歲，自朝鮮出差去瀋陽，之後轉北京，回部隊前有幾天時間，去看了天壇和參觀歷史博物館。那時博物館在午門內的兩間朝房，當他踏足展覽歷代文物的西朝房時，身穿白褂子、坐在大方櫈上的沈先生馬上站起來，王矜看展品，他身旁講解，「陪我看了一星期，這就決定我後半輩子命運，去到了考古裏邊來了。」

王矜自稱最初不懂文物，但有興趣，因為祖父喜歡歷史，天天講《史記》，還要他背熟。沈先生每天在西朝房等他，每件文物都仔細說明，若不明白，極有耐性地重複幾遍。中午兩人又在文化宮旁的椅子上邊吃邊聊，王矜記得沈先生談話親切，問他寫作與前線的情況，談得投契，還邀他回家去。

這位文物知識廣博的說明員，非常敬業負責地陪了王矜好幾天，還邀他作客，王矜禮貌上請益大名，一聽之下嚇一跳，眼前人跟他的認知有大落差。王矜看過沈先生文章，曾經以為他是個「比較荒唐浪漫的人，生活不怎麼嚴謹，他寫湘西那些人頂野的，常說粗話。但這時他給我的印象完全對不起來。他溫文爾雅，非常樸素，談話非常真誠。」沈先生當時回應：「小說不調皮就不成小說啦，但做人不可以，做人要規規矩矩。」這簡單的「調皮」二字，我理解為小說文字要生動活潑，要切合身份環境；故事發展要好好掌握節奏情調，可調皮靈巧，可沉鬱淡遠。

先生另有話談創作：「文學創作沒有天才，就是記住兩個字『耐煩』。」寫作是孤獨的遊戲，從朝至暮，眼前一疊稿紙，或面對電腦熒屏，巋然不動，百事不理，只沉浸在文字的世界，句斟字酌，刪完又改，早對「耐煩」二字，有深切體會，餘生續當緊記，藉以禮敬沈從文先生。

原刊《文學世紀》，總第二十七期，二〇〇三年六月號

二〇一九年九月（第十二次修訂）

浮光掠影，清淡天和——任劍輝電影[1]抒懷

1

母親是任劍輝（暱稱任姐）戲迷，平日操持家務，很少出門，老式夫妻，感恩不在嘴皮子上，每有任姐電影上畫，父親必囑咐小十哥和我去國民、環球或紐約大戲院購票。票房前的人龍常繞圈，而且老覺移動得慢，隨時間過去心跳愈來愈快，非常擔心掛出滿座牌。好不容易輪上了，又害怕中座和後座票賣光，手上的錢不夠買超等，只可以買兩張後座四個人坐，散場時母親搓一陣子腿才能開步走，小毛頭把母親的大腿都壓瘦。

五六十年代的電影，母親喚它影畫戲，她愛看任劍輝的古裝歌唱粵劇電影，時裝片極少看；父親看電影純為家庭娛樂，只要母親喜歡，看哪齣戲他無所謂。我呢，一個小人兒，不看的只是聲光影，或好奇地看母親掉淚，故事多半轉眼就忘，最能夠引起興趣的是童角，不

論馮寶寶還是蕭芳芳。所以，龍圖執導，任劍輝、羅艷卿、馮寶寶合演，一九六〇年上畫的《非夢奇緣》和《月下奇逢》，都是不能錯過的電影。看戲後回家，餘興節目是身蓋披風滿頭珠翠，扮公主貴人；或者手執雞毛撣子作騎馬狀，扮俠客將軍。

馮寶寶是我模仿的當然對象，那年頭購票附送一本薄薄小書，內有曲詞劇照，躲在房中捧出小書，大唱《非夢奇緣》插曲「只緣父親愛別人，阿媽好傷心，數度要犧牲，他朝得我一身，又依靠誰人，萬望做好心，將我收養復憐憫，我母真不幸，生父實不仁，遺下母女朝朝泣對如同淚人」（調寄〈蘇武牧羊〉），鼻酸酸唱得非常投入，房間板壁上露出哥哥的小頭顱，偷窺訕笑，才洩氣收場。

同在一九六〇年公映，珠璣導演，任劍輝、白雪仙擔綱的《芸娘》，既有馮寶寶，又有蕭芳芳，少不得一家往捧場。沈三白（任劍輝）與芸娘（白雪仙），由相互唱酬樂似神仙的浪漫生活，逐步陷落到求借無門拮据寒傖的境地。失去祖業護蔭的一介文人，賺錢能力薄弱，屋漏更兼連夜雨，拖男帶女，支絀無援。看着看着，母親哭我也哭，母親哭世道、哭苦命的三白芸娘，我哭森仔（馮寶寶）。姐姐青兒（蕭芳芳）聽到森仔睡夢中的一句囈語「醉不成歡慘相別」，向爹娘轉述，銀幕上三口子淒然淚下。當時年紀小，「醉不成歡」甚麼意思？不明白，跟着任姐唸「別時茫茫江浸月」，更離奇，我單聽得懂一個「慘」字，就陪着掉淚。

白雪仙擅演有個性的閨閣千金、有承擔的落難公主、怒沉百寶的青樓名妓、任性刁蠻的時代女性，或為愛情三擊掌，或為家國保威尊。芸娘這類操持中饋貧病交迫的良家婦女，應屬芳艷芬吳君麗戲路。沈三白為生計奔忙，丹青賣不去，債主又臨門，情急之下，向受驚而抱在一起的病妻稚兒大發脾氣，芸娘淚眼哽咽，一句「三白，十年夫妻，今日係頭一次咯」，充滿辛酸無奈，那感情和口氣只能是白雪仙的，她雖受委屈，冷冷的語調同時帶有反擊的意味，不經意露出性格飛揚的一面，為任姐吃苦的眾多女角中，最不情願向命運低頭。白雪仙演芸娘，走類似青衣的路子，當年賺了不少婦女觀眾的眼淚，證明苦情片難不倒她，但到底不是本家戲，在電影中與任姐演攜兒帶女的尋常夫妻，似乎只有《芸娘》。

2

香港電影資料館現存任劍輝電影片目三百一十一部，她與白雪仙合作，不算堂會、雜錦戲和籌款紀錄片，約五十九部，時裝佔二十九部，餘下三十部為古裝歌唱或粵劇電影。

其中唐滌生編劇撰曲十六部，計有兩套時裝劇，《富士山之戀》（一九五四，莫康時）（括弧內是公映年份和導演名字）和《花都綺夢》（一九五五，唐滌生）；古裝戲十四套，《畫裏天仙》（一九五七，蔣偉光）、《紫釵記》（一九五九，李鐵）、《帝女花》（一九五九，左几、龍圖）、《蝶影紅梨記》（一九五九，李鐵）、《九天玄女》（一九五九，莫康時）、《跨鳳乘龍》（一九五九，龍圖）、《三年一哭二郎橋》（一九五九，俞亮）、《妻嬌郎更嬌》（一九六〇，劉克宣）、《芸娘》（一九六〇，珠璣）；還有導演蔣偉光的《三審狀元妻》（一九五八）、《獅吼記》（一九五九）、《芙蓉傳》（一九五九）、《枇杷巷口故人來》（一九五九）和《可憐女》（一九五九）。

其他較知名而非出自唐滌生手筆的任白粵劇電影還有《唐伯虎點秋香》（一九五七，馮志剛，撰曲從缺）；蔣偉光導演的《桃花仙子》（一九五八，撰曲李願聞、潘焯）和《穿金寶扇》（一九五九，撰曲潘一帆）；珠璣導演的《紅梅白雪賀新春》（一九六〇，撰曲李願聞）和《西施》（一九六〇，撰曲龐秋華、林春壽）。

除根據《浮生六記》改編的《芸娘》，大篇幅描述愛情也需柴米油鹽作支撐的殘酷現實外，唐滌生編撰的其餘十五齣任白電影，極少觸及人間煙火。《枇杷巷口故人來》的〈孤雁重還〉，沈桐軒（任劍輝）頭簪鴨屎菊，腳拖燕尾鞋，一副行乞落難相，但女主角宋玉蘭（白雪仙）與父擊掌離家後的生計，着墨並不多，而且有「樂府」總管賙濟，並無斷炊之虞；《可憐女》的林可憐（白雪仙）賣身葬母，嫁恩人張國樑（任劍輝）為妾，遭大娘（梁素琴）誣陷殺兒下獄，雖亦屬家庭倫理片類，卻與《三審狀元妻》一樣，昭雪沉冤的公案戲才是賣點。

粵劇愛情電影的永恆主題，幾乎都是男女為追尋愛情理想，不惜衝破禮教樊籬私訂終身，或者不怕威權勢力寧死無悔，過程中有邂逅與訂盟、誤解和考驗、離散及團圓。任白戲當然不例外，《三年一哭二郎橋》中，二郎江謝祖（任劍輝）與成了新嫂嫂的舊情人楊春香（白雪仙），趁新郎江耀祖（梁醒波）酒醉，竟園中私會；後來送嫂回鄉途中，春香又不顧身份，熱烈大膽向前度示愛。

這主題亦必然在一兩場精心設計的重頭戲中體現，如《紫釵記》的〈墜釵燈影〉與〈劍合釵圓〉；《帝女花》的〈樹盟〉與〈香夭〉；《蝶影紅梨記》的〈窺醉〉與〈亭會〉；《九天玄女》的〈投荔〉與〈殉火〉；《跨鳳乘龍》的〈華山遇仙〉與〈回朝賀壽〉；《三審狀元妻》的〈定情〉與〈起解〉；而蔣偉光編劇的《淒涼媳婦》，劇情毫不浪漫，亦難免俗，開場即來〈月下訂盟〉。

3

任劍輝與白雪仙合演談情戲最冤氣佻皮，《可憐女》有一場戲，講張國樑（任劍輝）不專心讀書，看小妾林可憐（白雪仙）繡花竟看癡了，惹來林可憐「功虧一簣」的教訓，國樑感妻賢惠，抱坐膝上共話家常，演出一幕溫馨的閨戲圖。《三審狀元妻》，張達文（任劍輝）躲在婢女杜鵑紅（白雪仙）的牀帳後面，偷聽心事，情急下竟蹦出來向鵑紅示愛，誓神劈願起唱「推窗醉月衷心盟約拜蒼天，若有虧心，罰我折羽科場歸還仰面」，鵑紅難為情地嗔怪他「點解誓願咁癲啷，我心已暗相牽，姻緣三生註定，情意兩纏綿」，這與《陳姑追舟》（一九五五，陳皮）的〈夜偷詩稿〉一樣，是眾多任白電影中，算得上最直露的兩幕定情戲。

任劍輝另一絕活是涎皮賴臉，可在《獅吼記》和《紅梅白雪賀新春》略窺一二。《獅吼記》的陳季常（任劍輝），伴妻柳玉娥（白雪仙）繡珍珠腰帶，玉娥手拿針線，季常手拈珠子，兩人穿珠過線，合作無間，季常不時哄臉貼腮，眉開眼笑骨頭輕，更忘形地想用手逗玉娥的下頷，結果招罵，妻子冷面訓斥「黑夜夫妻，白晝守禮」，季常意圖親近，計不得逞，嗒拉一臉無奈相，只有反串的任姐演得出，男演員決無此能耐，拿捏不足則拘束死板，過火則猥瑣油滑，只有她恰恰好。

《紅梅白雪賀新春》的杜梅生（任劍輝），大年夜為使疑心重的妻子盧雪瑩（白雪仙）早睡，他好出門會友，不惜大獻殷勤，侍妻卸裝就寢，梅生邊唱「璇閨相依兩相親，細撫柔荑輕輕一吻」，邊拿起妻子的玉手作親吻狀，眼睛卻骨碌轉，觀察雪瑩反應的同時，舌尖不經意頂了腮幫一下，小動作自然鬼馬，顯出梅生不安好心。其後趁妻子熟睡，梅生靜靜穿鞋著襪，低聲輕唱「我本無心偷出岫，今夜迫於無奈作楚雲」，躡手躡腳開窗偷走，古惑樣教人忍俊不禁；雪瑩為防他出去胡混，早預先鎖上房門，又在窗框外掛響鈴，推窗框動，鈴聲大作，梅生當時掩耳受驚的狼狽相，亦令人捧腹。

4

任劍輝演時裝電影，在沒有戲曲裝扮和台步做手的幫襯下，依然無脂粉氣，且生活化。她與白雪仙共拍下二十九部時裝片，主要集中在一九五一至五五年。五六至五七年初，合演者多為芳艷芬、鄧碧雲、羅艷卿、周坤玲等人。五二年香港電影界實行「伶星分家」，部分發起成員於同年十一月成立「中聯電影公司」，以製作嚴肅並具教育意義的電影為宗旨。「伶星分家」以後，任劍輝仍斷斷續續拍過幾部時裝片，五七年後，基本已沒在時裝電影現身。

五十年代初，正值粵語片擴張期，為吸引粵劇觀眾看電影，流行借一個故事框架，現實生活中穿插一段粵劇折子戲，任白二十九套時裝電影，就有八部加插折子戲，計有《福至心靈》（一九五一，吳回，折子〈海角紅樓〉）、《萬花錦繡》（一九五二，楊工良，折子〈熱淚吻銀箏〉）、《為情顛倒》（一九五二，蔣偉光，折子〈摩登寶玉會紅娘〉）、《戲迷情人》（一九五二，楊工良，折子〈血海棠〉、〈風流天子〉）、《舞台春色》（一九五二，馮志剛，折子〈故苑落梨花〉）、《歌唱十二釵》（一九五二，陳皮，折子〈寶黛重會〉）、《伶王艷史》（一九五三，導演資料從缺，折子〈偷會茶花女〉）、《我為情》（一九五三，蔣偉光，折子〈百萬軍中藏阿斗〉）、《銀河抱月》（一九五五，胡鵬，折子〈織女會牛郎〉）。這批折子戲有新編，亦有改編，可惜原裝舞台演出版本不多，希望通過殘存在時裝電影的蛛絲馬跡，捕捉任劍輝早年的舞台風采，機會極微。

任劍輝的「仙鳳鳴」時期（一九五六——一九六一），我家在利舞台附近，可母親從沒帶我入內看戲。錯過瞻仰任姐風采的機會，固然因為年紀小，看也是白看，亦為香港戰後民生清苦，看大戲要有一定經濟條件，是想得做不得的事。

「仙鳳鳴」第一屆演《紅樓夢》，留下文獻不多，舞台照亦難得一見。九十年代初，陸續在旺角專售明星影樓照和劇照的小店，收集到幾張任白《紫釵記》、《帝女花》、《牡丹亭驚夢》及《再世紅梅記》的舞台劇照，還有一九六七年在利舞台籌款表演的折子〈幻覺離恨天〉，劇照十多年前已轉贈中大戲曲研究中心。後來又得了一段〈幻覺離恨天〉錄音，起首「皈依佛引子」的唱詞是「敲經禮懺」，而不是後改的「鴛鴦瓦冷」，應屬一九六二年任白在大會堂為東華三院義唱的錄音。年月久遠，音質有變，任劍輝嗓子聽來沙啞，但感情依然充沛。

我對任白戲的「紅樓情結」，至此告一段落，以為再難得新材料，誰知在任白時裝電影《歌唱十二釵》竟看到一場姑稱之為〈寶黛重會〉的折子戲，依製作年份，比「仙鳳鳴」演出《紅樓夢》要早。《歌唱十二釵》一九五二年十一月上畫，〈寶黛重會〉情節簡單，鏡位基本不動，演員為怕走出鏡頭外，動作拘謹，站着呆唱。演金陵十二釵的旦角演員極稚嫩，出乎意料是鳳凰女的紫鵑，單髻梳在一邊，右額角鬢髮捲一小圈，不依原著喚「林姑娘」，只招手猛叫「林小姐林小姐」，薄薄的臉皮，倒也吹彈得破。

這段戲帶給任迷無窮樂趣，難得看見任姐當年演賈寶玉的其中一個扮相，只見她頭戴水鑽束髮冠，吊眉入鬢，水衣護領漿熨得又挺又白，身穿一字膊嵌肩，團雲蝙蝠紋樣戲服，束腰，腰間垂飄帶，衣飾華麗，出場亮相唱：「舊夢藕絲連。月裏月裏訪天仙，我欲盡萬語千言，可惜黛玉難重見……」，然後對着十二釵滿台嚷着「晴雯、可卿、麝月、鴛鴦」，那憨態非常逗趣。

賈寶玉一段「你勸佢無謂怨，我重好心堅，只恨刁蠻鳳姐拆姻緣，換柳移花難遂願，致有瀟湘雲斷奈何天，今日我訪到天宮求一見，見一見多情黛玉，我死得正心甜」的「南音」後，林黛玉出場亮相。雙十出頭的白雪仙，臉上仍帶一點嬰兒肥，水嫩嫩怯生生，髮髻式樣簡單正路，梳留海，跟她後來把頭髮全梳起，髻環髮飾奇巧出新，光滑的前額只露美人尖的古裝造型很不相同。黛玉穿如意領口寬綑邊的小古裝，腰前垂帶，右手中指有個大鑽戒，年輕的白雪仙對角色身份的穿戴仍處摸索發展期，不似後來成熟講究。早已魂歸離恨天的絳珠仙從銀幕右方飄出來，憂怨地唱：「落花身世有誰憐，鴛鴦夢化煙，繡幃鳳枕滿紅淚，傷心處恨難言，永別了寶哥哥，隔絕至今仍然兩相牽……」，眼看熒幕，耳聽曲詞，頓興時空錯亂戲夢人生之感，恍惚為三十七年後任劍輝的離世，留下註腳。

5

上世紀四十至六十年代的任劍輝，伶影兩界紅透半邊天，不單在粵劇舞台吃得開，電影賣埠東南亞亦有一定票房保證，製片商合約紛至沓來。戲曲演員必備類似汗衫的白領水衣，專用來吸汗，使做工昂貴的戲服不易直接吸入汗氣變黃。任劍輝既分身乏術，又以拍古裝歌唱電影為主，穿着水衣，大小影廠間輾轉奔撲，每到一處，趕緊在水衣外，套上不同戲服跳拍鏡頭，忙中出錯在所難免。當年製作，為了省錢亦極少重拍，出現道具服裝不連戲並不出奇，但演員不應出鏡的表情或動作竟沒剪掉，最是破壞角色形象。

《狄青五虎平西》（一九六二，珠璣）有一場〈雙陽公主追夫〉，雙陽公主（羅艷卿）逮住夫婿狄青（任劍輝），詰問他為何不辭而別，任姐唱一段「木魚」解釋，雙陽公主恍然大悟，唱出「你為國拋妻雖是英雄本性，只怕我癡心徒望燕歸程」，為表示男兒氣概，不為兒女私情所囿，任姐的狄青唱高八度的「英雄滾花」：「怕死貪生非好漢，拚將熱血灑邊城，寧甘馬革裹屍還，望恕不情難應命。（白）拜別了！」就在此時，任劍輝可能以為鏡頭已收，忽噗哧一笑，她這個趣怪表情，剪片時沒剪乾淨，跟剛剛還一臉英氣的狄青，反差極大。

《羅成叫關》（一九六二，珠璣），原是粵劇的武場戲，其中「寫書」一段舞台做功繁重，羅成一腳立地，一腳曲腿挾槍，邊寫血書邊唱曲白邊原地三百六十度單腳旋轉。電影沒着墨繁重功架，只側重視角效果，把畫面分成兩半，上半部安排靚次伯（尉遲將軍）高踞城樓，垂下燈籠，照着畫面下半部的羅成（任劍輝）英雄氣短，在城下夜寫血書。中景鏡頭只遠攝任姐戴着雉尾盔的上半身，頭部位置與高掛城樓的牌匾「河北關」幾乎平齊，實在不合理，為遷就畫面，任姐顯然在高櫈上演戲。

電影「寫書」場面簡單，不重功架，以唱情為主，當羅成快唱「……誰料叫關無人應，敵人不斷佢不開城，馬餓人疲淪困境，定然逼死小羅成，但望城邊將屍骨認，重逢夢裏是清明」，緊接「滾花」「血書寫罷淚成冰，神智昏迷魂不定」之後，即在燈繩上綁血書，交尉遲將軍帶回。鏡頭至此應收，但還是慢半拍，留下任姐已從激憤情緒中抽離，櫈上磨蹭着下來的形態，多少有點煞風景。

《富貴榮華第一家》（一九六二，珠璣），有一幕粵劇神功例戲〈天姬送子〉，正印文武生任劍輝紗帽圓領，奉旨遊街，唱梗曲梗白的「送子排場」，不知何故口形不對曲詞，後期製作亦不謀補救。戲中演送子的二幫花旦小娟，是後來以梁山伯一角瘋魔寶島的淩波，淩波是廈語片演員，跨界演粵語電影，夥拍任劍輝、羅艷卿，誰也沒想到她日後反串走紅，成了邵氏港派黃梅戲的任劍輝。

梁醒波的女兒文蘭出道，任劍輝拔刀相助，合演《三月杜鵑魂》（一九五九，珠璣）。林鳳半途出家演粵劇電影，她扶掖後輩，演《望夫亭》（一九六二，珠璣），分飾父女。收山息影前幾年，又力捧南紅，組班「鳳鳴劇團」走埠，合演《半壁江山一美人》（一九六四，馮志剛）、《十二欄杆十二釵》（一九六四，珠璣）等古裝歌唱電影。當年邵氏製作的黃梅戲極賣座，《半壁江山一美人》趕潮流，戲中的西施范蠡唱廣東話黃梅調，觀眾耳甒不順，效果不佳。

在公私人情兩纏身的情況底下，任劍輝拍下三百一十一部電影，五九至六一年間更創下平均月拍三片的紀錄，成了十日鮮。這與當年粵語片製作文化有一定關係，多為成本預算，或為爭取時間，受僱演員通常被動，自然談不上對電影有要求。《梁祝恨史》（一九五八，李鐵）一場〈樓台會〉，梁山伯伏案八分多鐘，無須對祝英台訴情作任何反應，落得「欺場」的後評。若為出於好意，讓片事繁忙的任姐早收工，或為突出拍檔芳姐的動人演繹，這安排無疑非常拙劣，豈有愛人投情表白，自己伏案小睡的道理。另外，任劍輝在〈山伯臨終〉一場的扮相已夠難看，但在電影《小白菜情困楊乃武》（一九五六，周詩祿），獄中的楊乃武更不堪，清末民初戲是她的弱項，包括陳皮導演的《夜祭金嬌》（一九五四）和《陳姑追舟》（一九五五）。

任劍輝是多產演員，但演出的電影不外乎愛情倫理、家仇國恨、公堂大審、俠義奇情幾個類型，角色駕輕就熟，難得有挑戰。一九六四年，「仙鳳鳴影片公司」籌拍電影《李後主》，導演李晨風，編劇李兆熊，六七年完成，六八年一月公演，耗資龐大，製作嚴謹，才為她的電影生涯畫上圓滿的句號。但粵劇電影並非紀錄片，不等同舞台演出，曲白場口都為遷就電影特性和長度，重新分場撰寫，任劍輝原汁原味的舞台魅力始終緣慳，戲迷可不甘心，哪怕是浮光掠影，仍努力在存世的電影中仔細鈎沉。

時裝喜劇《我為情》（一九五三，蔣偉光）有一場折子〈百萬軍中藏阿斗〉，算是較為完整地展現任劍輝的粵劇功架。曾看過另一粵劇小武演趙雲，動作溫吞，沒半點精神，散場回家翻看任姐錄影，望梅止渴，好洗掉當晚舞台上耷拉沒勁的趙雲身影。任劍輝的趙子龍紮靠，腰下繫雙龍吐珠前牌，背插帥旗，頭戴雉尾盔，出場時左手攏拳勒馬，右手持槍高舉過頭，耍槍花，雲手拉山，車身紮架，出手乾淨大方，台步輕盈瀟灑，與下手的對打雖聊備一格，難得是現場收音。任劍輝氣運丹田，一輪功架後唱：「看我神勇能抗曹賊眾，我橫衝直碰為把主母追蹤，快加鞭，把重圍破啊（拉腔）……」，清楚看到吐字拉腔時嘴形開合，胸腹起伏，見到主母糜夫人（譚倩紅）懷抱阿斗，即槍頭向下，左右踢腿，下馬，行跪禮，數「快白欖」：「亂軍中，亂軍中，分散各西東，你速離危險地，快上五花驄。」隨即解繩備馬，經驗尚淺的譚倩紅，有幸跟仰慕的大老倌同場演戲，心情緊張，唸過口白「且慢」兩字後，嚥一下口水才開腔：「分散各西東，相逢疑是夢，好比龍潭虎穴，萬里鐵蹄紅……」，現場真實感非一般放聲帶配口形的馬虎溫吞所能比擬。

6

粵劇老倌出身的演員，改吃電影這行飯，動作表情容易誇張，任劍輝這方面的毛病不算顯眼。她是老式人，經驗全來自戲曲舞台，未必懂得方法演技或琢磨角色內心世界之類摩登西方演技理論，演戲只求順心，不會講大道理，相當本色原始，卻偶得自然樸素，清淡天和之趣。觀眾懷念她，並非因為她的演技有特別過人之處，而是在起碼兩代人的集體記憶中，任劍輝三字成了文化意符，這意符已超越演員本身，轉化為一個時代的印記，任劍輝屬舞台還是電影，誰也不會太在意。

從舞台轉戰電影，她的主力不在時裝劇，古裝歌唱粵劇電影才是安身立命之地。她宜喜宜悲，忽傻忽戇，武場英颯火爆，文場玉樹臨風，唯一弔詭是演不回女兒身。任劍輝扮女人，悲劇變喜劇，喜劇成鬧劇，媽姐戲算是個例外。她曾在《我為情》扮媽姐，腦後梳髻，單細邊的大襟衫漿熨得硬挺，神情愉快地唱：「個熨斗燒到又紅又猛，我留心休懶慢，俾心機熨呀熨恤衫」，另一媽姐接唱：「我天天要呀要洗衫，小心工作勤勞莫當閒」，然後任姐再表心聲：「……其實我哋也可以自立，無謂嫁咁笨，靠丈夫艱難，若果家窮，家窮成日要捱苦難；嫁着個有個錢呀，會令你心都淡，怕佢移情別向，將錢財亂散。我又怕時常受氣，我自細唔受慣，佢話你起身晏嘀……，時候到啦又要煮定飯……，佢話你煮得太爛，又嫌太硬……。真難，姻緣成就尤懼會變幻，更重怕娶妾侍，真正後患無限。不過為着茶飯，出嚟做工好過捱難……」，唱詞描述為人妻的難處，宣示人貴自立的正向精神，撰曲者是潘一帆與王粵生。

當年愛戴任姐的戲迷中，很大部分是從廣東南海、番禺、順德來港打住家工的媽姐，同鄉姐妹互相照應終身不嫁，有個名目叫「自梳女」，工餘聯袂去看任姐演戲。電影商見題材受落，再推出《媽姐淚》（一九五四，蔣偉光）和《自梳女》（一九五四，楊工良），這兩套電影除為無寶不落的製片商增加進賬，亦順理成章讓任劍輝與她的媽姐戲迷，展開銀幕上下的真情對話。

她與黃超武合演《新梁山伯與祝英台》（一九五一，陳皮），無論如何扭捏作女兒態，都看不順眼。〈十八相送〉在半個世紀前的香港青山取景，近山遠海，樹影婆娑，梁山伯（黃超武）邊走邊唱：「摘朵花兒送知心，知心今日去，竟相分。」祝英台（任劍輝）接唱：「良友相贈我插衣襟，話別最銷魂……」，任劍輝拈花微笑，一副煞有介事的嬌羞態，使看慣她反串的觀眾樂透。祝英台拒婚，向父母表明心志，爭取婚姻自由，唱小曲：「我話唔嫁重更啱，好似燕雀咁悠閒，至怕隨處亂咁搵個薄倖男，空怨錯，鎮日愁滿春山……」，錯覺以為成了單身女子俱樂部會歌，任姐有可能借祝小妹之口，代媽姐戲迷放送「不嫁宣言」。

她又是單天保至尊，對手眾多，十天一換，以不變應萬變，用粵劇一套特定演出模式演繹皇帝、太子、將軍、清官、書生、多情公子、市井小民。跟她合作的同輩後輩女演員，車輪般轉，余麗珍、芳艷芬、白雪仙、羅艷卿、吳君麗、鄧碧雲、白露明、文蘭、南紅、鄭碧影、林鳳等等。芸芸花旦，各有風格，但經常與任劍輝合演粵劇武場戲的，當數古老排場、武藝子、底功都根基深厚的余麗珍，合作的電影多由李少芸編劇撰曲，黃鶴聲執導，如《紮腳劉金定》（一九五八）、《楊宗保與紮腳穆桂英》（一九五九）、《樊梨花掛帥罪子》（一九六〇）、《金鳳斬蛟龍》（一九六一）、《三宮六苑斬狐妃》（一九六一）和《金鐧怒碎銀安殿》（一九六二）；珠璣執導的《金鳳銀龍雙掛帥》（一九六二）和《七彩寶蓮燈》（一九六三）。

任劍輝演電影中的武場，高難度動作多用替身，一來體力不勝，二來片事繁忙，擔不起受傷失場，阻礙其他電影的進度。開打戲的跌撲翻騰，車身旋子搶背等就讓御用替身代勞。但她師事小叫天、黃侶俠，本以粵劇小武出身成名，只怪後來的觀眾生不逢時，趕不及親見任姐舞台上的小武神采，這批麗士公司出品的電影，總算保留多少任劍輝的武場做派。

《金鐧怒碎銀安殿》，任劍輝趁高邊鑼上場，武將打扮，頭戴雉尾盔，腳踏粉底靴，腰間配劍，食住鑼鼓跳下三級台階，捋雉雞尾，拉山，抬腿，丁字步紮架，唱「英雄滾花」：「將士疆場齊拒虎，權奸金殿共迎狼，不教胡馬渡陰山，誓把烽煙來掃蕩。」接着金鑾殿怒打胡邦使節，豹眼圓睜，起唱：「我要飢餐胡虜肉，馳驅為國，以表義膽忠肝，舉銅拳，揮鐵臂，怒逐胡虜以警囂張狂妄。」演來火、爆、爽。戲中除任劍輝演「別母別妻」、

「登壇點將」等排場之外，再有嗓音蒼勁的靚次伯、工刀馬旦的余麗珍與她合演「綁子」，父子三番糾纏，口白動作嚴絲合縫，盡顯三人的紮實功架。同樣排場，在《七彩寶蓮燈》〈二堂放子〉一場中變調，任劍輝不掛鬚，演「綁子過衙」的父親劉彥昌，羽佳的沉香、薛家燕的秋兒跟她配戲。官家公子秦觀寶被打死，秦家三次通令劉彥昌交人，任劍輝從憤怒、疑惑、試探、無奈到決絕，演出不同層次的感情起伏。

7

夥拍任劍輝的女伶當中，芳艷芬亦屬次數頻密的佼佼者，較為人熟知的粵劇歌唱電影有《洛神》（一九五七，羅志雄）、《火網梵宮十四年》（一九五八，蔣偉光）；李鐵作品《梁祝恨史》（一九五八）和《六月雪》（一九五九）；珠璣執導的《春燈羽扇恨》（一九五九）和《漢武帝夢會衛夫人》（一九五九）等等。芳任戲寶，當以芳艷芬掛頭牌，溫柔宛媚的芳腔藝術是熱賣焦點。

至於任劍輝的傻憨失憶戲，首席拍檔非羅艷卿莫屬，拍下的電影有龍圖執導的《非夢奇緣》(一九六〇)、《月下奇逢》(一九六〇)、《代代扭紋柴》(一九六〇)和《戇姑爺》(一九六一);《傻俠勤王》(一九六一,珠璣)等等。除傻憨戲外,羅艷卿與任劍輝還合演過較出名的《花燈記》(一九六〇,胡鵬)、《西河會妻》(一九六〇,龍圖);珠璣的《李仙傳》(一九六〇)與《梨花一枝春帶雨》(一九六〇);《挖目保山河》(一九六一,馮峰)、《烽火恩仇十六年》(一九六三,馮志剛)、《大紅袍》(一九六五,黃鶴聲)等粵劇歌唱電影。

六十年代初武俠片流行,電影老闆不理角色有否錯配,又打任劍輝主意,請她與羅艷卿合拍龍圖導演的《游龍情俠》(一九六一)、《怪俠金絲貓》(一九六一)和《鬼俠》(一九六二);《大俠金葫蘆》(一九六三,胡鵬)、《妙賊》(一九六三,陳皮)之類武俠片。這類片種沒甚麼瞄頭,在任劍輝三百餘部電影中聊備一格,因為看不慣戴黑眼罩演金絲貓的任姐,一見只想笑,沒辦法,腦筋實在轉不過來。

任劍輝電影生涯的拍檔伙伴,吳君麗不可不提,合作電影有《釵頭鳳》(一九五七,蔣偉光)、《香羅塚》(一九五七,馮志剛、盧雨歧)、《鯉魚精》(一九五八,黃鶴聲)、《白兔會》(一九五九,左几);羅志雄執導的《教子逆君皇》(一九六〇)和《蘭貞鬧嚴府》(一九六二);珠璣執導的《一樓風雪夜歸人》(一九六二)和《一點靈犀化彩虹》

（一九六三）；《一彎眉月伴寒襟》（一九六四，龍圖）等等。她們二人合作的電影，任劍輝扮相極少不美，《一點靈犀化彩虹》的漢天子，丰神俊朗，尾場一段「反線二王板面」：「睡眼微開隱約見嬌容，多年離彩鳳，今慶夢裏逢，我願能從……」，第一次深宵看到彩色粵劇電影，已經歡喜，再看到唇紅齒白的任劍輝唱「反線二王」，更喜出望外。電視後來重播，卻成了黑白畫面，衣履服飾上的花紋顏色，已看不分明。這個戲的尾場，吳君麗帶羽佳與任劍輝父子相認，有一段極為精彩的武場戲，羽佳功底紮實，無論毯子功、靶子功都規範精準，正一字馬三上三落、虎跳、旋子、探海，動作輕快；耍槍花打脱手，乾淨俐落。近年香港粵劇的武戲水準下降，唯有通過電影，才能説明這彈丸之地，也曾出過絕好身手的武場演員。

《除卻巫山不是雲》（一九五九，珠璣，撰曲李願聞、龐秋華），鄧忠源（任劍輝）與李彩雲（吳君麗）花園焚書，一段「反線中板」：「一百首艷情詞，今晚夜遭逢大劫，燭花不是憐香客，書中情義盡燒殘。情書第一封，你話以身付檀郎，誰不料竟成灰炭，一紙訴衷情，你話留身以待，金童非薄倖，玉女自羞慚。（浪裏白）呢封非燒不可，（接唱）此信最相思，你話願作銀漢雙星，誰料今夕月殘星尚燦。此卷最傷情，乃是彩雲你嫁後，臨穎揮淚猶喚玉郎還。好一頁懺情書，只餘血淚不留言，如此傷心重緣何遞柬？紙蝶舞風前，傷心人佇立，帶悲帶恨毀書函。（滾花）燒燒燒，人到傷心淚如潮，只賸餘灰隨風散。」詞曲意境，可與一九五七年舞台首演的《蝶影紅梨記》〈亭會〉遙相呼應。任劍輝與吳君麗演的《斷腸碑》（一九五八，蔣偉光），另有一段「燕子樓中板」，寥寥數句，唱出粵曲的古老韻味。

《為郎頭斷也心甜》（一九六三，羅志雄），劇本改編自韓國民間故事《春香傳》，頭場男女定情，不落俗套。太守公子李夢龍（任劍輝），頭戴蝠如巾，身穿紫地蟹爪菊紋樣海青；春香（吳君麗）小古裝，梳雙環髻，手持春扇。二人花園訴情，意到濃時，好有一比，「比梁祝雙飛蝴蝶？」太俗；「比天上銀河地下長江，千秋萬世，互相輝映？」又太遠；最終得到共識，要比作「紫禁城外龍鳳鼓，長安城上萬壽鐘」，夢龍春香旋即起舞盟誓，對唱：「鐘聲鳴，咚咚咚，鼓聲響，咚咚咚，鼓聲敲碎千家夢，鐘聲洪亮震九重。……春香鐘震九重，夢龍鼓動天宮，驚動瑤池七姐齊下界，學我春香與夢龍。」

這電影的樂曲，除以傳統梆黃為主，亦另編新曲，如定情的「鐘鼓歌」；在「別離」一場，春香的「勞燕分飛君遠走，難留愛侶心切透……」到夢龍的「……關山有限情無限，功名成就定買歸舟……」，旋律有濃重的潮曲意韻。在不受音樂限制的自由板式，即所謂唱「靜場」，如「長句滾花」和「木魚」，曲詞填得較密，腔少字多，有時連過門音樂都填得滿滿，在詞曲音樂方面的探索，電影留下嘗試的痕跡。

戲中春香下獄，吳君麗披頭散髮，戴的木枷鎖有人那樣高，貴為巡案的夢龍為救至愛，喬扮行乞失意人，私探監倉。春香受苦，仍關顧眼前人何竟寒酸落拓，求自己母親不可責怪，夢龍不由得心如刀割，二人隔着枷鎖，抱頭痛哭。觀眾明知公堂大審後，必定團圓，還是借戲寄情，感動淚下。

8

任劍輝在《為郎頭斷也心甜》尾場，公堂上主持大審，童僕阿忠（陳寶珠）捧着劍印肅立案旁，年輕的尤聲普飾雲烽守備，亦靜立候命。夢龍蟒袍紗帽，食鑼鼓踩台步上場，一輪做手，撩袍就位，唸定場詩：「奉旨為巡案，原是狀元郎，為民平冤獄，要斬蛇鼠與虎狼。」驚堂木一拍，官威大振。公堂戲、清官戲是任劍輝在多情公子、傻憨小民以外，另一看家本領，她的審案戲是出名的，尤其關目靈動，眼風凌厲，很有壓場氣勢。

當年粵劇觀眾既愛看任劍輝的公案戲，電影老闆就在戲名上明白點破，以廣招徠，如《三審狀元妻》（一九五八，蔣偉光）、《三司會審殺姑案》（一九五九，珠璣）、《三告狀》（一九六二，楊江）之類；而在電影中安排公堂大審的情節，更多不勝數，如《烈女報夫仇》（一九五六，陳皮）、黃鶴聲的《玉堂春》（一九五八）和《妻賢子孝母含冤》（一九五八）；《可憐女》（一九五九，蔣偉光）、《六月雪》（一九五九，李鐵）、《梨花一枝春帶雨》（一九六〇，珠璣）、《夫證妻兇》（一九六一，陳皮）等等。《三審狀元妻》與《六月雪》，五八、五九年先後公映，前者撰曲唐滌生，後者吳一嘯。兩齣電影的公堂戲，曲牌、介口如出一轍，傳統粵劇受排場所限，結構難出新意，銀幕上前後排比，不同劇目的局部重複，亦一目了然。從前粵劇電影觀眾天真單純，認為奸人作惡得報應，好人含冤得昭雪，方合天理循環，通過任劍輝的清官形象，正義得以伸張，觀眾買票入場「聽審」，終得到精神上莫大安慰。

王夢霞（任劍輝）在《梨花一枝春帶雨》中，為救蒙冤受屈的愛人白梨影（羅艷卿），不惜干犯官場規矩，越衙問案，與同窗兼同僚秦剛正（黃鶴聲）理論，問他判決梨娘的因由，秦剛正答：「原告宋功卿，昔年為按院，在朝有聲譽，在野有威嚴。（滾花）鑄成鐵案實難翻，白氏梨娘曾定讞。」夢霞一驚，與秦剛正唇槍舌劍，問：「為何要判？」秦答：「不得不判。」夢霞續問：「何謂不得？」秦辯答：「勢所使然。」夢霞再問：「何謂之勢？」秦無奈答：「權之謂也。」夢霞接唱「滾花」：「昔日良師曾教導，為官剛正不用懼威權。你不畏夢霞畏功卿，他是舊按院時我亦是新按院。」秦剛正表示「須知大魁天下已難得，再受聖寵出任八府巡案，更不輕易」，他不過為夢霞前途着想；夢霞反唇相稽：「哈哈，當日恩師賜你『剛正』二字為名，亦非輕易啊。」隨即起唱「中板」：「恩師望你為官，必要大剛至正，幸毋畏懼威權，今日受職臨民，只顧頭上烏紗，不為犯人打算，有負聖賢之道，有負恩師期盼，試問仁義何存？（滾花）你識做官，而未識做人，膊厚手長膝蓋軟。」這段精彩唱詞，出自潘焯手筆，為有冤無告的普羅大眾出脫一口不平氣。

現代文明社會另有靜坐遊行、示威罷工等表達渠道，訴求雖未必有好回應，到底比以前進步。若義理自足，得道多助，也許能開出新局；若無功而退，民怨至少有限度宣洩，從失敗中學習，精神鬱結或可紓解，不至於消極地躲在舊戲的世界，借公堂大審掩藏無力感。「膊厚手長膝蓋軟」之輩雖仍有增無減，時移世易，今日香港粵劇舞台「清官」戲已極少上演，間中還有一套《十奏嚴嵩》，是傳統粵劇「江湖十八本」其中一本，改編後成了麥炳榮、鳳凰女領軍的「大龍鳳劇團」戲寶。

中文大學圖書館視聽室有粵曲收藏，十五年前意外找出任劍輝、靚次伯、羅艷卿、任冰兒的《大紅袍》鐳射唱片（一九六五，導演黃鶴聲，編劇蘇翁，撰曲李願聞），是風行公司的電影原聲帶，講的正是海瑞奏嚴嵩的故事。圖書館外飄着薄霧，視聽室卻是一個英烈澄明的世界。

任劍輝飾海瑞，靚次伯演嚴嵩，一個嗓音嘹亮慷慨激昂，一個運腔蒼勁陰險狂妄，海瑞為民拯命，向嘉靖帝參奸相嚴嵩十本，連夜趕寫奏章，唱「反線中板下句」：「筆力有千鈞，滿紙皆血淚，寫盡嚴嵩禍國殃民，贓官貪又貪，鷹犬狼又狼，苛捐苦黎民，重稅難抒困。文思似潮來，筆下如急雨，惱恨漁更四鼓再催人。（滾花）補一筆，驚九重，筆下雷霆乾坤震。」他冒顏犯上視死如歸，上殿前唱「英雄滾花」：「刀刀斧斧埋金殿，群魔舞爪似虎狼。不作尋常枕蓆亡，奏奸寧為刀下喪。拔去我牙還有舌，一腔忠憤上胸膛。叫衙差，且將棺木抬在午朝門，等候把我遺屍來殮葬。」任劍輝吐字清晰行腔簡樸，《大紅袍》的〈大鬧都察院〉和〈十奏嚴嵩〉兩場，除幾首牌子曲「俺六國」、「嘆顏回」、「水仙子」外，大都翻高四至五度，甚至高八度唱，加上英雄白，更有慷慨陳詞的效果，這種「文戲武唱」的風格，正切合海剛峰下筆如刀的文官氣質，把個持正不阿的清官形象活現眼前。

《大紅袍》電影，小時候跟母親看過，年月太久，只記得有一場海瑞發糧賑災的戲；圖書館偶聽電影原聲帶，賑災片段不見影蹤，疑心記錯了。反覆重聽下，逐漸不能以耳食為滿足，不單渴望探究海瑞有否江邊賑災，更對任劍輝和靚次伯演繹「打嚴嵩」、「奏十本」等影像場面，充滿好奇。為追尋電影下落，分別寫信去兩間電視台，石沉大海；託人去東南亞一帶旅行順道打聽，亦無消息。友儕間互相探問，茫無頭緒，認定這電影早灰飛煙滅。

如果任白沒拍《李後主》，《大紅袍》就是任劍輝最後一部電影，眾裏尋它，忽聽得尚存人世，據報這部彩色電影的軟片，棄置在美國奧克蘭華埠一個垃圾堆中，被有心人搶救，重見天日。《大紅袍》雖是殘本[2]，若可在四十年後的光影中重生，也不枉戲迷牽掛一場。

原刊《任劍輝讀本》，香港電影資料館，二〇〇四年十一月
二〇一九年七月（第四次修訂）

1 文中括弧內的公演年份、導演、撰曲家名字，來自香港電影資料館「任劍輝片目」。
2 據香港文化事務署資料，《大紅袍》電影殘本，已於二〇〇四年修補複製成新拷貝。

學詩散記說迦陵——兼談邢慕寰詩詞選集

1

二〇〇三年春季，城市大學中國文化中心主任鄭培凱邀請葉嘉瑩來港，主持十次專題講座及一次「城市文化沙龍」，講稿結集出版，書名《風景舊曾諳——葉嘉瑩說詩談詞》。我雖得中小學老師引導，曾背誦小量唐詩宋詞，到底當時心境年輕，閱歷有限，並不能真切體味詩意中的幽微曲折，認識格律結構上的順拗清奇。讀城大中國文化中心印行的專題講稿，葉嘉瑩說詩談詞，引喻多義，講興發感動、聲韻平仄、境界高低；後學依書漸進，嘗試欣賞詩詞精粹，掌握作詩竅門。日後又陸續讀她的《好詩共欣賞》，講陶淵明、杜甫、李商隱三家詩；《杜甫秋興八首集說》，講杜少陵如何通過八首詩作，有層次有條理融會他的經歷與情感，憂時傷國，身在夔州，心念長安，思緒自然跳躍，視點兩地轉移；另外還有《中國古典詩詞感發》，是葉嘉瑩從老師顧隨學習古典詩詞六年的上課筆記。

近年瀏覽《葉嘉瑩作品集》內篇章，「愛書堂」網頁及其他網媒和文字資料，對葉嘉瑩的出身家世、求學歷程、際遇遭逢、立言傳法有了清晰的畫圖，隱見一個知識分子生逢亂世，在精神與生活上的種種幽閉與坎坷。

葉嘉瑩，號迦陵，滿族鑲黃旗人，本姓納蘭，祖居葉赫地，清覆亡後改漢姓為「葉」，北京出生。四十年代末國共內戰時期，隨夫工作調動往台灣，後移民加國，現定居南開。一九四五年北京輔仁大學國文系畢業，從學於精研古典詩詞的顧隨。曾為台灣大學專任教授，輔仁、淡江兩大學兼任教授；哈佛、耶魯、密西根、明尼蘇達諸大學客座及訪問教授；加拿大英屬哥倫比亞大學終身教授，加拿大皇家學會院士。一九八九年英屬哥大退休後，曾回台灣清華大學講學一年，並在台大、輔仁、淡江三校作多場演講。其後應南開大學中文系邀請，成立研究所，現為南開大學中華古典文化研究所所長，河北大學顧隨國學院院長。著作有《中國古典詩歌評論集》、《迦陵論詩叢稿》、《迦陵論詞叢稿》、《王國維及其文學批評》、《靈谿詞說》、《唐宋詞十七講》等等。

葉氏一九四九年隨夫去台，未幾因丈夫思想問題，夫婦身陷囹圄，她懷抱初生長女入獄，雖短時間內獲釋，丈夫三年後才放回。丈夫公職與宿舍被撤，生活徬徨，棲身無地，唯有暫住親戚家，待夜深少人走動，兩母女始在走廊地上臥息。後經人轉介，在台南找到提供宿舍的中學教席而遷離。葉氏有五律記其事：「轉蓬辭故土，離亂斷鄉根。已嘆身無託，翻驚禍有門。覆盆天莫問，落井世誰援。剩撫懷中女，深宵忍淚吞。」

葉氏「流寓海外，歷經憂患」，早年生活擔子沉重，身兼幾份教職，難得有作詩的寬餘。偶得佳句，或湊合成篇，或隨起隨滅，求學時奉和老師顧隨詩作的雅興，暫歸沉寂。然而，每逢困厄離亂，耽溺的詩緒又會勃發，好抒散鬱悶悲苦的心情，而且竟神奇地有緩痛療傷的作用。葉氏走遍天涯，古典詩詞的精魂常伴左右，老師的教導啟發一刻未忘，在適當時機，更肩承傳法之責。

一九四七年顧隨寫信給學生葉嘉瑩，自言「假使苦水（顧隨別號）有法可傳，則截至今日，凡所有法，足下已盡得之。……不佞之望於足下者，在於不佞法外，別有開發，能自建樹……。」事實證明，弟子沒有辜負老師「別有開發，能自建樹」的八字期許，而且全情投入，超班推行。葉氏大半生遊走台灣、美國、加拿大等地，為教洋學生中國詩詞，家務勞累還連夜挑燈，查找字典，認真備課，是少數可以用英文和西方文學理論評析中國古典詩詞的學者。遍及海內外的桃李門生，日後有成為中國古典文學專才的華人教授，也有歐美學界的洋人漢學專家。

一九七七年文革剛結束，葉氏回大陸探親，火車上偶見旅客捧讀唐詩，又有導遊在名山勝蹟前唸古人詩句，欣喜故地文化迭遭磨難，但詩脈猶存。一九七八年，決定申請回去教書，等待消息期間，有七律一首自況：「向晚幽林獨自尋，枝頭落日隱餘金。漸看飛鳥歸巢盡，誰與安排去住心。花飛早識春難駐，夢破從無跡可尋。漫向天涯悲老大，餘生何地惜餘陰。」翌年獲准成行。

一九七九年起，葉氏為傳講詩詞妙理，每逢加國大學長假期，或利用教授的「學術休假」年回大陸講課，短期留駐的院校有幾十所，遍佈大江南北，又不時應邀作古典詩詞專題演講，受其詩詞教育、美學啟蒙的學生無數。

近代教育偏向醫工數理等實務科研課程，部分年輕人既沒大興趣瞭解純重思辯邏輯的哲理探索，亦少接觸講究心靈感發的古典詩詞，對它的文字風格、情感色彩、出處典故難免陌生隔礙，須有高人講解點撥，喚起學習興趣。葉氏毅然帶路，引領學子從詩詞認識古代文士學者的品德情操、文學修養，繼而體會中國古文化精華。曾有七絕言志：「構廈多材豈待論，誰知散木有鄉根。書生報國成何計，難忘詩騷李杜魂。」

葉氏指導研究生之餘，有感詩詞學習，最好從幼兒和小學生教起，打好根基，培養孩子的善感心與同理心，激活他們的想像力和直觀力。一九九四年，她幫忙校訂田師善編注的《與古詩交朋友》，聲情與圖文並茂，誦唸詩詞，灌錄磁碟，隨書附送；又錄製電視節目和示範影帶，教小孩子吟誦詩歌。一九九五年，葉氏深感中國傳統文化備受冷落忽視，有中斷之虞，建言開辦「幼年古典學校」，提案通過政協上達，沒有進展。她鍥而不捨，一九九八年具名直接上書，調整原先建議，力陳構想，希望在幼兒班和小學開設「古詩唱遊」科，把幼少年學習古典文學納入正規教育課程。這次有回應，內地教育部編寫一套《古詩詞誦讀精華》作中小學教科書，開展兒童少年讀詩的基礎教育。

一九九六年企業家蔡章閣捐資，為葉氏在南開大學的中國文學比較研究所建置教研樓，正名中華古典文化研究所。葉氏更捐出退休金，一半為報師恩，以顧隨別號設立「駝庵獎學金」，鼓勵年青人學習與繼承傳統文化；另一半成立「永言學術基金」，既取義於《尚書．堯典》的「詩言志，歌永言，聲依永，律和聲」，亦為痛心逆境中曾相依為命的長女言言與女婿永廷，一九七六年車禍逝世，安頓一個母親無盡的哀思。

自二十世紀初以來，中國古典文學遭逢多次文學改革與政治動亂，時代洪流中幾乎沒頂，民間雖還有人零星學習，背誦詩詞，始終傷及氣門，振興之路不易。葉氏機緣巧合，緊接文革後開展燃燈之旅，數十載教化人心，至今年逾九十，仍替古典詩詞傳薪接枝。縱使人心之淳厚歪薄，先天後天成因複雜，在相異的環境時勢自有不同的價值體現，詩詞教育未必能管大用，但葉氏堅守初衷，為保留延續中國傳統文學的精萃與命脈，不捨晝夜，樂在其中。

2

一九八二年，葉氏在〈紀念我的老師清河顧隨羨季先生〉一文，記述老師的學問功夫與授業心法，崇仰敬服，溢於言表。認為顧隨在古典詩詞的教學講授可稱獨步，他「純重感發，不重拘狹死板的解釋説明」，講課時「旁徵博引，興會淋漓，觸緒發揮，皆具妙義」。有時課堂閒聊，沒講半句詩，卻原來已觸及詩詞的精華要義，所謂「詩人論詩有『不涉理路，不落言筌』之語。其風格亦頗有類乎是」。又説：「先生另一特色，是常把學文與學道以及作詩與做人相並立論。對詩詞的評析根源深厚、脈絡分明，既涉及詩詞本質的本體論，也涉及創作的方法論與品評的鑒賞論。」

顧隨（一八九七－一九六〇），本名顧寶隨，字羨季，別號苦水、駝庵，河北清河縣人。一九二〇年北京大學英文系畢業，兼擅中國古典文學與西洋文學。長年任教北京天津等地大學與師範學院，曾任輔仁大學中文系主任。著有《味辛詞》、《荒原詞》、《無病詞》、《駝庵文話》、《駝庵詩話》等等。一九六〇年顧隨病逝，計劃付梓的書稿著作全在文革中散佚，葉氏痛心不已，聯絡同門學長與顧隨女兒——河北大學中文系教授顧之京，重新搜集整理，一九八六年出版《顧隨文集》，二〇一四年再有十卷本《顧隨全集》面世。顧隨在詩詞小說、雜劇戲曲、佛典書法的學問與心得，遭逢世變後，險藉沒無聞，幸有弟子發掘保存，尤其跟着葉氏飄蓬萬里的全部聽課筆記，錄下七十多年前，老師在北京舊恭王府講課的風采與氣息。

顧隨為學做人，嘉言雋語甚多，曾有「以無生之覺悟為有生之事業，以悲觀之心情過樂觀之生活」等語。如今二十一世紀，天災人禍持續，戰火流離頻生，我等一介小民，身似蜉蝣，無可着力，戲改先生後半句為「以樂觀之心情看悲觀之時局」，苦海樂渡，強打精神，企盼天下間躁動的靈魂，在紛紛世亂中得安寧。

近代評論和講授中國古典文學的碩學鴻儒輩出，詩詞曲賦散文各有專精，見解卓然成家。資質淺陋的花甲後學，仰望浩如煙海的煌煌典籍、名家筆記，連做點水蜻蜓也不夠格，只好靦顏借莊子開脫，嗟嘆學海無涯而吾生有限。幾年前某天，忽見葉氏電視上講詩詞，適逢其會，聽了幾次空中傳課。她端坐鏡頭前紅木椅中，秉承乃師講學風格，視播雖有時限，仍情難自禁跑「顧隨式」野馬，清亮的北京口音，或吟誦，或評議，一派悠然自得，與顧隨另一學生周汝昌，電視講堂談《紅樓夢》時神采飛揚，情慟五中，果然一門雙傑。兩人青出於藍，各領風騷，一為古典詩詞傳法弟子，一為紅學研究專家，而且都能體現其師提及的「見與師齊，減師半德；見過於師，方堪傳授」的標準。

閱讀葉氏〈我與我家的大四合院〉、〈我的自述〉、〈我以四海為家〉及〈我的詩詞道路〉諸篇，知道這位滿族姑娘出生書香門第，曾祖為清時武官，祖父為光緒翻譯進士，官至工部員外郎。大宅門上有黑底金字題匾「進士第」，門側一對石獅子，雖未必及得上《紅樓夢》榮寧兩府的大格局，門首氣派差堪類近。父親北京大學英文系畢業，早年任職航空署，曾為中國航空事業初期發展，譯介西方重要航空書刊；母親曾任教職，婚後專心持家。一九三七年七七蘆溝橋事變，日軍侵華，其父隨國民政府轉移後方，她與母親及兩弟滯留淪陷區，時年十三歲。一九四一年考入輔仁大學，同年母病入院，手術失敗逝世，三姐弟依附伯父母成長。淪陷區生活艱難，伯母雖日夜操勞，仍會偷閒「曼聲低吟」唐詩。

受過新學薰陶的葉氏父母，教育兒女有自己一套，認為小學語文課教貓叫狗跳，淺薄無聊，小兒記性好，應把握時間讀有意義的古書。葉氏沒讀初小，在家由父母教認字、背詩、習書法；父親又用朱筆在方塊字的上下兩旁畫小圈，標示平上去入，教她唸字形相同，歧音別義的「破音字」。六歲跟家庭教師——她的姨母學語文、算術，開蒙讀《論語》，經書背得爛熟；《論語》中講詩的言文，更影響日後她的為學與為人；再由伯父教唐詩，是葉氏詩詞道路上的首席啟蒙師。

葉氏九歲正式讀高小，十一歲考入中學，並開始跟伯父學作詩。十五歲時有少作，以她家的庭院景物為吟詠對象，其一題為〈對窗前秋竹有感〉：「記得年時花滿庭，枝梢時見度流螢。而今花落螢飛盡，忍向西風獨自青。」另一首〈初夏雜詠四絕之二〉：「一庭榴火太披猖，布穀聲中艾葉長。初夏心情無可說，隔簾惟愛棗花香。」作者謙稱極幼稚，我倒十分拜服，一個入世未深的少女，竟寫出「忍向西風獨自青」這樣品格孤芳的句子；亦唯有天生敏感，題材俯拾即是，才懂得借自然界的「聲色味」，順手拈來榴火、布穀、艾葉與棗香，訴說家常，白描一九四三年某個初夏長日，家中靜處的少女心情。

3

許多年前發表過一首新詩，化成鉛字後再讀，感覺別扭，只得放下寫現代詩的念頭，興致回歸傳統。平日偶讀詩詞怡情遣興，也還罷了，卻又不自量力，妄想寫詩抒懷，這才真叫自尋煩惱。我才情不高，作近體詩沒受過基本訓練，格律平仄通通不會，唯一底子就是求學時背誦過有限詩篇。讀葉嘉瑩「窗前秋竹」小詩，觸動心志，自揣人屆花甲，合該內省修心自娛，天性雖沒幹大事的所謂雄心，但做詩的閒情似還不缺，於是實幹試練，把《紅樓夢》講香菱學詩的第四十八回「濫情人情誤思遊藝　慕雅女雅集苦吟詩」，以及《風景舊曾諳——葉嘉瑩說詩談詞》中〈詩歌吟誦的古老傳統〉一文，關於詩句的平仄格式，重複研讀，學人作詩。

反正不是考功名，就這樣亂寫一氣，自我陶醉，但「感覺良好」為時短暫，因無人檢定，不識好壞，加上記性差，讀過的詩律轉頭即忘，漸覺心虛。經濟學家張五常〈悼深泉〉一文，曾記下兒時好友舒巷城（王深泉）教他平仄音律的竅門，凡與廣東話「何」「車」二字相和的字都是平聲，其他是仄聲，似乎簡單，但我領悟力低，依然不着邊際。後來讀顧隨論詩的音樂美，「詩原入樂，後世離音樂而獨立。……有音樂天才的人作詩，自然好聽，沒音樂天才的人按平仄作去，也可悅耳。許多好聽的有音樂美的詩不見得有平仄。如《古詩十九首》的『行行重行行，與君生別離。相去萬餘里，各在天一涯。……』」又說：「平仄格律是幫助完成音樂美，而詩的音樂美還不盡在平仄。如老杜『客子入門月皎皎，誰家搗練風淒淒』，雖拗而美；但如『城尖徑仄旌旆愁』似繞口令則不可。……」

顧隨亦談律詩的對偶，認為：「拗律中拗得愈甚，對得愈工，尤其老杜，平仄雖拗，對句絕不含糊。」又說：「唐人律詩前四句往往一氣呵成，一、二句不對偶，故三、四句不成對尚可；但五、六句非要對不可。」又提到作詩要言中有物，費半天勁寫出來卻意思不明，這是做態，批評近人學詩多在做態上用功，而不在意境上用心。又讚賞杜詩有力，其力「非逞一時蠻力橫勁，非散漫、盲目、浪費」，而是「如河水之拍堤，乃生之力，生之色彩」。

讀葉嘉瑩上課筆記，顧隨既明言作詩只要了解音樂美，不懂平仄都沒關係；曹雪芹又借「紅樓」黛玉之口講出一番見解：「有了奇句，平仄虛實不對都使得。但詞句還是末事，第一是立意要緊，若志趣真了，詞句不用修飾，自是好的，這叫不以辭害意。」前人慧語，奉若綸音，不再介懷胸中無墨，出句無典，暫把惱人的平仄拋開；又因用母語思維，出於天性自然，取廣州音押韻，個別音韻可能與詩家習用的「平水韻」不盡相同。詩成反覆吟誦，沒明顯的彆扭拗口，音節鏗鏘、聲韻和美即算合意。文字遊戲，盡在娛情，至於詩規格律都不管了，事實上也管不了，因為一講究，半首也榨不出來。

寶釵見香菱沉迷成了詩魔，曾說「也罷了，原是詩從胡說來。再遲幾天就好了。」寶姑娘是過來人，說不定胡言亂語一段日子，真可以修成正果。香菱正式拜黛玉為師，老師開出書目，先讀王維五言律，二讀杜甫七言律，三讀李白七言絕句，再及陶淵明、應瑒、劉楨、謝靈運、阮籍、庾信、鮑照等人詩作，起碼要背熟四五百首詩做底。香菱倒是切切實實地幹，讀完《王摩詰全集》，再換杜律，廢寢忘餐，流連「池邊樹下，或坐在山石上出神，或蹲在地下摳地」，連睡覺也不偷閒，「苦志學詩，精血誠聚，日間不能做出，忽於夢中得了八句」。先後交功課三次，得老師評語，第一首「意思有了，只是措詞不雅」，第二首有進步，但又「過於穿鑿」，第三首終過關，大觀園眾姐妹稱許「新巧有意趣」，香菱學詩，漸入佳景。

看了黛玉老師開出的書目，不禁咋舌，當虛擬世界的林氏門生，原屬天方夜譚，把遐想拉回當下，要想在現實世界做老齡童生，隔空摸象式學詩，亦不見得容易。退休倦勤後，耽於逸樂，沒跑馬拉松的能耐，學詩癡迷度與香菱相比，更望塵莫及，盲打亂撞下，後勁亦漸不繼。沒有詩才，還可將勤補拙，勉強湊合；學養不足，詩心匱乏，卻神仙難救。詩人是天生的，俗子學不來，自知之明彰顯，從二〇〇八年起無端上腦的湊詩熱潮，慢慢隱退。

4

去年得周文林博士慨贈經濟學教授邢慕寰詩詞選集。邢慕寰是我在一九七六年入職中文大學時，系內的講座教授兼任研究院院長，他一九七二年到任，一九八三年退休，重回台北中央研究院，一九九九年病逝台北。邢氏在台的學生及朋友，為誌記他的人品操守、教學風範與學術成就，成立小組籌辦連串紀念活動，于宗先任召集人，成員有胡勝正、麥朝成和劉錦添。工作包括出版學術著作、編印《邢慕寰院士詩詞選集》、舉辦逝世周年紀念與學術研討會。

《邢慕寰院士詩詞選集》收邢氏一九三一至一九九九年幾百首詩作，黃國樞蒐集，邢實平編校，于宗先、李庸三和管傳埰寫序。時間跨度六十八年，涵蓋個人遭逢、酬唱感懷、國際風雲與時代嬗遞，空間飛越中國大陸、台灣、美國、香港。多年詩作隨他輾轉行旅，極少示人，籌辦小組徵得邢妻同意，選取部分刊行。

印象中邢教授行事端正，意態溫文，每天回辦公室前，長廊上若巧遇同僚或下屬，必點頭微笑。職位所繫，他半天留守經濟研究中心，半天坐鎮研究院院長室，儘管審閱文件和大小會議繁重，每星期仍教一門課，指導個別研究生，帶領研究助理做「亞洲四小龍」專題系列。日常除了見學生、訪客，很少與其他同事串門閒聊。每有公文來往，必經資深文書陳安多尼轉交，安多尼善良無私，教會我許多與系務有關的事情。邢氏到中大後，他即追隨左右，公私內外，照顧無微不至，直到教授退休。

我們同樓層辦公七年，房間貼鄰相近，卻極少接觸談話，只有他高標頎長、飄然來去的身影最熟悉。近年有緣細讀他的詩集，才較為瞭解他的生平與抱負、為師與為人，感受新鮮而複雜。他治學嚴謹，冷靜理性，同時又善感幽默，情豐意厚，一手寫反覆驗證的研究論文，一手寫寄意遙深的古典詩詞。狷介書生大時代顛沛流離，憂懷家國，終老異鄉的落寞心境，泛留筆端紙上。

一九三七年日本侵華，邢氏二十二歲，曾寫抗戰詩七首，其一：「東海荒蠻一島邦，維新未久遽成狼。朝鮮一戰台灣割，從此猖狂入漢疆。」其六：「蘆溝橋上萬獅醒，落寞關河一夜靈。焦土縱然成寸寸，天狼終自化流星。」一九三八年武漢告急，適逢邢氏參加大學聯考，流落漢口，倉皇沿漢水轉往宜昌，行宿荒澤，夜無人跡，只有路旁黑影與沙沙踏葉之聲，念及國破家亡，悲難自已，五律〈漢宜道上〉有「題解」詳記其事。詩云：「劫後隨蓬轉，西行更坎坷。晨曦鴉角廟，夕照馬欄坡。雲夢苻萑遍，荊襄鬼魅多。孤城餘落葉，蕭瑟夜如何。」一九四一年戰亂流離，沙坪壩接父親辭世噩耗，憶起年前局勢轉急，決意隻身離家，老父痛哭，央人勸阻之事，不禁淚下如雨，寫成〈哭父〉詩：「千里難禁風樹悲，白雲惆悵幾低回。倘知陟岵終生恨，寧願為山一簣虧。憔悴離情燈下老，模糊淚眼夢中非。胡塵未靖鄉關遠，日暮秋深雁字微。」

離家十年後回鄉省親，內戰方酣，民生凋敝，眼見母老家貧，只靠二弟撐持，惱恨自顧不暇，徒呼奈何。一九四七年秋天，有詞一首調寄〈揚州慢〉：「夢繞庭除，十年歸去，父辭母老家貧。撫池邊楊柳，無復舊時青。鄰翁告，東夷遁後，闐牆處處，草木皆兵。對秋風，饑犬哀號，迴盪荒墳。言猶在耳，亂離前句句叮嚀。記燈下音容，暗中涕淚，都付煙塵。回首慈幃蕭瑟，高堂上，明鏡堪驚。念時艱弟弱，承歡徒有餘心。」

一九四九年邢氏抵台後，生活事業慢慢安頓下來，重拾裁詩雅興。一九六四年有詩〈遣懷〉：「長作他鄉客，交疏今更孤。夢中家與國，老去我猶吾。零落悲師友，浮沉惘智愚。行吟成啞笑，難得一生迂。」一九九六年的〈丙子夏日書懷〉：「空盼陰雲帶雨來，輕雷無力待誰催。蒼天未補終荒老，碧海難填自嘯哀。蝶夢芳菲尋處盡，雁行錯落望中迴。扁舟白髮斜陽遠，欲展經綸未是才。」一九九八年有總題〈野叟獻言〉打油詩五首，其三云：「公誠謀國莫空談，首要官箴戒在貪，守法當從高位起，風行草偃自無慚。」一九九九年己卯八月新秋，又成「自壽詩」六闋，其五云：「萬里新秋海鏡開，仙源翹首獨徘徊。江間淺浪推舟去，窗外餘霞返照來。人世無常心印在，浮生一夢手空回。山川幾度留殘劫，猶向蓬萊散劫灰。」

邢氏支持自由經濟運作，不贊成官家主導「產業政策」，反對貿易保護。于宗先在《邢慕寰院士詩詞選集》序文中，曾提及邢氏經過一番摸索，才確立此一信念。他最初傾向計劃經濟，了解蘇聯的慘痛經驗後放棄；再以民主政制加社會主義的經濟模式為理想，卻見英國工黨改大企業為國營後，缺乏效率，經濟停滯不前。在探索修正的過程中，邢氏終受海耶克思想影響，餘生信奉自由經濟理念，避免走向奴隸之路。

一九八二年八月邢氏在《中國時報》發表〈一塊石頭的奇蹟——香港經濟成長的故事〉，闡析當時香港政府在自由經濟體制下的角色與位置，如何有所為與不為，奉行積極不干預政策，創出經濟奇蹟。邢氏以外來經濟學者的目光審視香港，認為它是自由經濟的極佳示例，對這塊曾給予他美好印象的短暫居停地，有不一般的感情。一九九七年香港走到歷史重要轉捩點，邢氏隔海相望，寫七律三首，有句云「曾是逋津遺世地，終成合浦採珠洲」，又云「最怕高歌兩制日，海棠紅處紫荊羞」，表達他的關懷和懸念。

邢氏讀書人心性，總希望以所學匡時濟世，經常就經濟政策建言，但反應往往並不盡如人意。一九九六年立冬後數日，有七律〈投筆〉，「題解」說明大半生所作策論，「……心力悉歸浪費，自歎書生無用，無補時艱，乃決定投筆，不再寫策論文章。」詩云：「文成不覺淚連篇，歎息栖栖衰朽年。豈為沽名徒駭俗，只緣振敝欲回天。盲羊隨犬終迷路，黠鼠吹蚨盡化錢。投筆如今猶未晚，任他人作野狐禪。」

邢氏居港期間，曾在沙田置業，書房雅稱「紅梅山房」。一九八一年在〈紅梅山房吟草拾遺〉總題下，有〈新居偶賦〉絕詩：「高廈千重輻輳連，滄桑不見舊沙田。紅梅谷底花魂杳，也共青蚨化作錢。」同年另有七律〈退休別中文大學諸友〉，詩云：「十年浮海此流連，半角山川分外妍。新綠鋪空天作畫，清陰度曲月舒弦。微憐薪斷猶傳火，偶慮珠還不值錢。卻喜沙田情未減，依然留我作遊仙。」八一年邢氏退任中大研究院院長，翌年獲授榮譽博士學位，八三年返台。

原以為可以好好開展退休生活，誰知命運隨即拉響警號，一九八四年二月，邢氏心臟病復發，須入院施冠狀動脈繞道手術。養病期間不忘苦中取樂，寫「手術紀實」長詩：「瘦柏先生又病倒，只因夙疾復發了。靈藥無靈又奈何，汗流陣陣心如絞。神醫導管燭內臟，眼前但見三株草。云是循環生命源，流往心臟直到腦。其中一株已盡枯，其餘兩株亦半槁。科學神功比造物，妙手接枝春回早。……依稀音塵轉嘈雜，中有妻子聲溫柔。忽然記起當年約，地獄之門不可留。飄飄盪盪無處去，但覺燈光逼雙眸。原來身在加護室，餘生淨賺不須憂。」長詩白話素顏，有別詩集中憂時傷勢、沉鬱莊重的詩風，展露他處變不驚、幽默佻皮的一面。

邢氏常有詩詞記敘家庭生活，感妻憂樂相隨，以詩酬報。一九九七年有〈丁丑八月初自壽兼酬應辰〉詩三首，其三云：「鷗影萍蹤逐浪浮，長空回首思悠悠。江山為我留追憶，滄海邀卿伴遠遊。一點犀心元夜約，千回蝶夢幾生修。燈前枕上人猶健，不厭相看兩白頭。」一九九八年有總題〈淡江吟草律詩〉之三十四，抒發與老伴卜居淡江邊的閒適寫意：「身在仙源最盡頭，夢中歲月不知愁。江山代謝休回顧，骨肉流離竟遠遊。何處無家堪送老，幾人有地可埋憂。窗前相對會心笑，海屋添籌好個秋。」一九九九年更有詩遺贈妻子，詩云：「轉覺常情與實違，命途雖舛未全非。殷憂顧我年將耄，多故憐卿古近稀。不減春心猶繾綣，每尋舊夢尚依依。曷當化作莊生蝶，長繞閨幃款款飛。」甘苦與共，白首同偕，真有揮不去的鰜鰈情濃。

邢氏詩情澎湃，寫經世文章外，每有所感，即躑躅行吟，曾以「連日裁詩幾入魔」句自嘲。寫於一九九四年總題〈吟哦〉的四首七律，其中三首描述作詩的忘我憨態，同好者當作會心微笑。其一：「句不驚人意不新，相濡漸久自相親。吟哦長伴啼兼笑，老病翻疑夢是真。何處霜天孤月夜，幾回樂事賞心辰。永懷平淡優閒日，獨擁蝸居滿苑春。」其二：「獨吟獨詠獨裁詩，投老心旌不自持。即興催成筆下快，騁懷強就悔時遲。八叉應笑多才友，七步還差一字師。重檢蕪章頻悵望，此中長繫故人思。」其三：「斷稿殘篇仔細斟，還將敝帚享千金。當年夸夸芻蕘議，此日悠悠梁甫吟。春老滄桑纔逝夢，歲寒松柏後凋心。天堂地獄都無路，欲葬詩囊何處尋。」錦心繡筆，寫出吟咏推敲的苦樂與傷逝春老的心情。

邢氏在一九九九年七夕之後，對作詩一事忽有感悟，「……入晚年後，慰情之需更甚於昔，惟苦無進境，漸覺乏味，益以近年來凡事皆化煙塵，無可寄望……」，終以一首七律〈休矣吟哦〉，遽爾結束他自一九三一年入讀黃梅縣立中學後，即浸淫其間的寫詩志趣，止息一生「感事傷離，吟哦不輟」的儒者襟懷。詩云：「搔首吟哦為底忙，古來事跡半悲涼。人間曉夢迷芻狗，仙境靈風化石羊。簷葛早驚餘敗葉，筆花乍見剩微芒。詩奴只得成追憶，不作書空攘臂螳。」同年十月底，邢氏心臟衰竭辭世。

5

二〇一七年夏天，七、八月酷暑，高溫與雷暴時相交雜，困坐無聊，想起我那些不成珍珠的「魚目」，於是重新檢視，慚愧昔日事煩懶慢，成詩不多。詩歌形制短，字數少，短詩少則二十字，長製也不過數百餘，但醞釀構想時一字之微，再三推敲，替來換去，總不遂意，面對一室虛空，似老尼入定的砌字情景，彷彿都到眼前。

二〇一五年十月「有線新聞」報道，港島中環「孫中山史蹟徑」銅牌遭塗鴉，「楊衢雲事蹟」說明牌搬移至回收站附近，與廢棄物為伍。據報近來已撥亂反正，但當日一時感觸，曾寫下題為《中山史蹟徑》的七言長詩，四百餘字，押仄聲韻，尾段有句云：「百年碧血紅塵掩，征戰消磨神州別。水雲隔斷鄉關路，萬里烽煙猶夢睫。雁過香江留鴻爪，忽聞功碑隨廢鐵。唏噓志士投袂起，不計身與名俱滅。無知妄民肆塗鴉，枉為下愚灑熱血。聚義紅樓青山地，殘垣枯樹空言說。滿城躁動幾時休，中山史蹟誰拋撇？」二〇一五年十月第一稿，二〇一八年四月定稿，前後修改不下二十次，比起寫幾千字散文、萬餘字小說更耗時磨人。

曾經在詩歌世界浮潛的幼稚生，投入度絕難與詩魔香菱「精血誠聚，廢寢忘餐」攀比，但至少也有類似邢教授〈吟哦〉詩中「句不驚人，相濡相親」的體會。可惜先天不足，心力付出後，依然平白淺露，音韻格律上的毛病，亦在所難免；所謂「斷稿殘篇，敝帚千金」，既捨不得按鍵刪除，索性拾取小量習作，人前獻曝，誌記初級水平的「獨吟獨詠」，算為花甲學詩留下指印鍵痕。

夏日（二〇一二年八月盛暑）

翠羽鳳凰紅似火，柔吹冷氣誦詩歌。神疲入夢拋書卷，乍響天雷醒睡魔。

壬辰中秋（二〇一二年九月三十日）

星移雲沓薄羅煙，輕托銀盤舞桂仙。秋色澄明花影淡，茶香絮語望天蟾。

壽民星兄（友人七十學書，常抄〈般若波羅密多心經〉，曾書《紅樓夢》詩〈秋窗風雨夕〉相贈，秀才人情，回詩慶壽。二〇一二年十一月二十二日。）

南山壽伯喜臨摹，學步名家辨細粗。丘壑盈虛藏技法，龍蛇盤躞運霜毫。涇宣紙白棉漿薄，端硯松香潤墨酥。虔坐北窗裁剩紙，經書恭錄禮浮屠。

癸巳端午（二〇一三年六月十二日）

老家蒲艾守門牆，憶母酬天祀糉香。龍鼓旌旗跨百代，汨羅芳草泣殘陽。

春雨（二〇一四年三月）

馬鞍山色潤，薄靄繞晨郵。春雨城河漫，堤邊隱畫船。

羡友廸鏘南歐行（二〇一五年九月中秋初稿，二〇一八年五月定稿）

羡友高飛渡桂秋，穗禾暫別踏南歐。地中海面難民苦，梵諦崗前聖蹟遊。碧眼太空頻探索，姮娥月殿懶回眸。攜妻愛琴觀星宿，思古幽情傍水流。

湊詩（二〇一五年十一月十四日初稿，二〇一八年八月三日定稿）

魂遊尋好句，浮想念良儔。素葉辭嘉樹，繁城度晚秋。同群相呴沫，異調息交流。野馬奔無策，回韁勒韻收。

寒流（天文台預報寒流襲港，氣溫驟降十度。二〇一六年三月九日初稿，二〇一八年八月十二日定稿。）

九天預報警風狂，早換春衫晚改裝。手套圍巾纏頸暖，柑甜檸蜜潤喉忙。膏肓勿擾元神定，二豎休欺鬢髮蒼。嚴陣關前驅外感，偷閒試煮葛根湯。

夢魘（二〇一六年四月十二日）

疑登魔域魘愁心，鼠嚙狼嘷擾夢林。障眼霧迷燐火綠，風邪難亂素衣襟。

殘荷（二〇一六年六月六日黃雨）

蓮君清貌氣高標，雨暴風侵碧蓋搖。斷梗沉珠殘根藕，何堪拗折傲魂消。

臨歧（二〇一七年三月五日驚蟄初稿，二〇一八年八月三日定稿）

濁世善兒女，困頓志不窮。讀書明義理，擔荷墮樊籠。挫折勤思省，臨歧慎本衷。泥塗生智慧，惡海禦罡風。

丁酉大暑（二〇一七年七月二十三日）

炎蒸流火傘高張，綠蔭搖階碎影涼。河面飛虹輪滾滾，招來熱雨洗樓窗。

孤帆（二〇一七年八月七日）

殞落曉星夜幕沉，鯨波駭浪百年身。清流安在風雷猛，驟息孤帆北斗燈。

遣懷（二〇一八年三月二日元宵初稿，八月三日定稿）

元夕沉香裊大千，平生憂樂漫隨煙。登龍巷窄天涯闊，鵝頸橋通世路延[1]。浪擲青春滄海換，飛揚歲月舊痕鮮。皤然倦看爐峰冷，筆底游絲過暮年。

戲和陸離詩「人生入秋冬」

（二〇一七年六月陸離電傳打油詩一首，嗟詠「人生入秋冬」。依其韻，戲和之，圖博一笑，並與前輩共勉。二〇一七年六月十三日初稿，二〇一八年七月十六日定稿。）

原詩：

人生入秋冬，漸凍霜雪隆。親友依次病，白事頻傷痛。自身亦難保，診所常走動。一再看牙醫，齒牙逐隻鬆。花生硬果難享受，吃粥食糊啖薯蓉！住院等閒事，藥丸一盅盅。一旦癱瘓困在牀，轉瞬失憶腦迷濛！綑綁四肢免摔跤，隨即灌飼插喉嚨！「終極酷刑」大宇宙，百歲常態更惺忪。遙冀麻醉「安樂死」，一針中止長惡夢。返老巨嬰殊恐怖，何如自主自送終！

和詩：

字字讀來傷感同，悵倚明窗拂暮風。回首前塵猶似昨，椿萱提攜襁褓中。養得青苗成翠柏，轉眼枝殘幹半空。皮囊退化不由主，潛行隱疾驗無功。眼矇步顫齒搖落，肩垂頸梗半含胸。花生硬果毋稍顧，粥糊[2]薯糜效醉翁。抛殘藥丸[3]如金彈，彈發群魔百病窮。終極酷刑神昏亂，返老巨嬰意迷濛。努力安生竟樂死，何必來去走匆匆。忽發奇想徵天問，孰令蒼生受劫凶。上帝造物應完美，胡不內置自滅鐘？微恙回春問扁鵲，歸期大去候排龍。時辰一到煙霧化，摘星攀月上九重。乾淨俐落無痛苦，不留俗骨沾泥縫。雖云病多來日短，力尋生趣禦秋冬。且戰且退且擂鼓，自開自解自寬容。生而為人無可奈，處變還歌傲天公。

原刊《香港文學》，總第四一一期，二〇一九年三月號

二〇一九年八月（第四次修訂）

1 灣仔登龍街、鵝頸橋一帶為童年成長地。

2 唸陰上聲，粵音「滸」。

3 唸陰上聲，粵音「院」。

第二輯

浮蹤泛記——曲話・戲影・紅樓

原刊《香港文學》，總第三五五期，二〇一四年七月號
二〇一九年七月（第六次修訂）

浮蹤憶舊

大約一九六二、六三年，登龍街舊居轉變業權，我家為二房東，只好遷出，二兄嫂接往上環永樂西街同住。當時年紀小，對世情似懂非懂，跟父母和小十哥去依傍同父異母的兄嫂過活，與姪女和八哥住在一起。父親在黃竹坑當工廈管理員，可以留宿，例假才回家。小孩子沒心肝，搬家年份純粹是後來的計算，我是一九六三年九月升讀中一，暑假某天，升中試放榜，八哥晨早閱報，查看派位結果，就在上環家的客廳宣佈，小妹榜上有名，我當時不敢相信，再三確認報上的考生編號，那應該是搬家後不久的事。當日離開童年成長地，一生浮蹤的起點，走時只覺惘惘，沒想過捨得還是捨不得，倒是隨着時間流逝，思憶隨年歲增長，愈老愈深。

登龍街尾有小巷，可通波斯富街，橫過波斯富街，一拐彎就見渣甸坊的京華戲院，因為近便，是我小時專看邵氏國語片的影院，搬家上環後不嫌路遠，學校又在附近，依然常去。

八哥長我八歲，記憶中每逢節日，他多半來登龍街過節，若碰上掃桿埔政府大球場有甲組足球聯賽，與五姐男友——我後來的姐夫結伴，去看南華大戰愉園，小十哥有時同往；沒賽事的話，間中領弟妹看五點半場，消磨晚飯前一段時光。如沒電影可看，十哥和我又跟他去維多利亞公園，不會悶在家中，無事可幹。

八哥喜歡在公園門口的糖葱薄餅攤檔，玩拈竹籤鬥點數的遊戲。籤筒內放數十枝竹籤，每枝竹籤的同一頭，散畫上紅點黑點，紅黑點用來記數；攤販把籤筒搖幾下，以示公正，先由八哥隨意抽出竹籤一把，攤販雙手緊握遮掩有點數部分，再讓八哥從中再抽，至於可抽多少次、多少枝，點數怎麼算，如何定勝負，我一概不懂，只知道耐心等候。八哥逢玩必精，是個長勝將軍，一次贏了十件薄餅，他只要六件，三個人吃雙份非常開心，餘下四件也就算了，不想攤販太吃虧。

從渣甸坊走不遠是邊寧頓街，另有豪華戲院，豪華正對面，隔着一條電車路是樂聲戲院，兩所大戲院都在往返維園和我家的路上，專放首輪西片。我和十哥兩個小毛頭有時等五姐自工廠宿舍回家，或者假日拍拖，才有機會做「電燈膽」，去看外國電影。小孩聽不懂英文，又跟不上字幕，觀賞首輪的機會不多，反而常光顧票價較便宜的五點半公餘場，模糊記得看過的二輪西片有《紅菱艷》、《出水芙蓉》、《人猿泰山》和《俠盜羅賓漢》等等。至於《綠野仙踪》、《魂斷藍橋》、《劫後英雄傳》和《紅粉忠魂未了情》，倒是後來跟同學重看，銀幕影像似曾相識，不期然把兒時的觀影印記跟眼前的電影配對，虛浮的記憶馬上變得實在。《紅菱艷》電影，事隔五十多年，劇情全忘掉，但女主角穿上舞衣舞鞋的美麗身姿仍留印象，她是個芭蕾舞蹈員，後來跳火車自殺，腳上的紅舞鞋沾了泥巴血污。尾聲一場芭蕾舞，死了的女主角缺席，舞台上交叉置放一雙紅舞鞋，圓圓的聚光燈把舞鞋圈住。散場後悶慨慨不想説話，那種情緒大抵就是所謂惆悵吧。

中學以後課餘替人補習，有月費作零用，開始獨個兒跟同學去豪華樂聲看好萊塢大製作。一九六四年某天，由學校包場，中學生穿着整齊校服，拉隊去樂聲戲院看《窈窕淑女》，以優惠學生票價坐昂貴的樓座超等，感覺非常得意。

波斯富街還有利舞台戲院，跟我家八哥有一段淵源。日本侵華期間，一九四一年十二月中上旬，日軍席捲華南，空襲啟德機場，渡過深圳河，進佔新界九龍，不時從九龍發炮，攻擊港島，戰爭陰霾下的市民回鄉的回鄉，無處投奔的如常工作生活。一次空襲警報響起，大媽和兩個兒子正在利舞台看電影，警報淒厲長鳴的剎那，放映中斷，戲院緊急廣播馬上疏散。當時場面混亂，群眾爭先恐後，懷有身孕的大媽被推倒，大哥二哥奮力擋着湧來的人潮，拉起母親，逃過一劫。一九四二年六月，被兩個哥哥救回小命的八哥出生了，一下地就面對三年零八個月的艱難時期。日本投降，香港重光後一年，大媽病逝，八哥當年四歲，父親要謀生，長嫂當母，他跟着年長十八歲的二哥生活成長。八哥在世六十一載，二〇〇三年病歿，比二哥五姐還要早逝。

早些年在姪輩間談起，竟無人知曉前事，笑我如不是夢中聽來，就一定是頭生創作；最沮喪是年已八旬的二嫂亦無印象，婚前夫家的事她不清楚。我猜想二哥可能認為小事一樁，沒對妻子講，又或當年陪大媽看戲的只有大哥，所以二哥並不知情。這公案依稀是五姐講的，如果她沒記錯細節，就是我想當然，以為非得要兩人合力，才有可能拉起一個懷孕婦人。可惜年少氣盛的大哥早年與硬性子的父親有齟齬，離家出走，沒了音訊，五姐二哥同在二〇〇七年先後離世，八哥這段人生序幕，成了無證疑案。

利舞台一九二五年建成，一九九一年拆卸，早年常演粵劇。香港淪陷時期，大批民眾回鄉，市面蕭條，日軍為粉飾太平，明令戲班繼續經營。吃江湖飯的粵劇老倌不敢逆意，初時維持演出，其後為避日方脅迫，加上觀眾流失票房不佳，劇團解散，大多數老倌退居廣州湛江澳門等地，利舞台無大戲可演，改放中西電影。和平後百業待興，民眾回流，娛樂事業慢慢恢復，利舞台再度成為粵劇大班的演出場所。

任白的「仙鳳鳴劇團」一九五六年在利舞台開鑼，第一屆公演《紅樓夢》，初時票價由二元四角至八元九角不等，後期大堂前座調整為十二元八角。當時非技術勞工家庭普遍月入只三數十元，母親愛看任劍輝，但家境不寬裕，無緣躬逢其盛。有時鵝頸橋電車公會招待街坊看免費大戲，母親為過戲癮，早早吃過晚飯就帶我去了。戲場鑼鼓喧天，懵懂小兒不懂戲文，好奇的興頭一過，頭枕母親大腿入睡，散場睡眼惺忪地回家，寒風掃面，冷嗖嗖的感覺至今還在。

粵劇票價既不便宜，小時娛樂，就以電影為主，西片有兄姐關照，跟父母去看的必定是粵語片，一家四口去軒尼詩道的紐約大戲院、駱克道的環球和國民看粵語時裝和古裝歌唱電影。但看電影要花錢，不能常看，平時做完功課，無事可幹，感覺無聊，就會偷聽三房客的「麗的呼聲」過日辰。蝸在走廊的木板牀上，盡量靠近中間房，豎起耳朵遙聽天空小說、人海傳奇、兒童故事、夜半奇談、粵曲南音和粵劇現場轉播。

電台播放的粵曲唱段，曲意雖不大明白，那熟悉的腔調和鑼鼓卻潛移默化，隱隱成了我成長期的主要背景音樂。以後幾十年，也曾與朋友遁開喉嚨唱〈偶然〉、〈本事〉、〈歸來吧〉、〈西風的話〉、〈敖包相會〉、〈都達爾和瑪莉亞〉及〈教我如何不想他〉之類的中國民歌和藝術歌曲；亦愛唱吳鶯音、周璇、龔秋霞和李香蘭等人的時代曲，甚麼〈三年〉、〈祝福〉、〈斷腸紅〉、〈岷江夜曲〉、〈小小洞房〉、〈天涯歌女〉、〈秋水伊人〉和〈花好月圓〉都在常唱之列。有一陣子更迷上西方反戰民謠，聽鍾．貝茲和卜．戴倫，但始終是北方話與西洋文，難免有隔。隨着年紀漸大，有返祖情結，粵曲的廣府腔調聽來耳順緣深，只要掌控節奏板式的卜魚、沙的一敲起，親切感如魚得水，彷彿又回到登龍街聽電台廣播、學唱趣怪小曲的童蒙日子。

那年代梁醒波、鳳凰女的〈光棍姻緣〉非常紅火，開首一段曲：「擔番口大雪茄咋，充生晒認經理嚁，撈世界要醒目，一於當玩把戲之嘛……」很快就琅琅上口，把父母都逗樂。任劍輝、紅線女對唱的〈晴雯撕扇〉，有一段唱詞：「你更莫頑皮頑皮唔講理，一時不適意，即刻發嬌癡……」（調寄〈燭影搖紅〉）亦一聽就會。小孩子不知世上有書名《紅樓夢》，不明白寶玉為甚麼抱怨晴雯不講理，只覺有趣，奇怪「頑皮唔講理」這句家長平常訓斥頑劣小兒的話，怎麼跑到曲中來。〈晴雯撕扇〉這曲目輕易給我記住了，成為最早耳聞的紅樓故事，日後才漸漸曉得以《紅樓夢》人物情節為題材的粵曲，多不勝數，不同世代的撰曲家與歌者演繹多種不同版本，其中又分古腔、南音與廣府白話三大類。

古腔餘韻

《紅樓夢》的古腔粵曲，名《黛玉葬花》，唱桂林官話，屬「八大曲」之一，「八大曲」是明末清初以來，粵腔發展過程的老祖宗。翻查粵劇文獻，廣府戲草創期的發展，有多種講法。一種認為在清雍正（一七二二——一七三五）年間，有本名張五，藝名「攤手五」的湖北伶工來粵，把漢劇的音樂曲本、戲班編制帶到廣東，經不斷磨合，催生廣府大戲的雛形。早年廣府戲的劇本多來自漢劇和秦腔，音樂則源自北音的四平（西皮）二黃，用中州官話演唱，後來粵伶加進土生樂腔和提綱排場戲，經多年演變，成了後來的古腔粵劇。黎鍵編錄的《香港粵劇口述史》，上載一九八六年粵劇老輩演員羅品超在香港中華文化促進中心的一次演講，提到二黃戲《三娘教子》與漢劇《六郎罪子》，前者與古腔粵劇幾乎一樣，後者腔調與曲詞亦相差無幾，只是粵劇多了「穆瓜腔」。

另一種講法認為原生態粵戲本來就用廣府白話演出，故稱「廣府班」。一八五四年的咸豐年間，有「二花臉」演員李文茂，率戲班武行弟子反清事敗，清政府追殺粵戲伶工。廣府白話戲被禁，藝人四散，有逃至廣西桂林或省外各地，寄身漢劇桂劇徽戲秦腔等外江戲班。外江戲多唱河南中州官話，傳至桂林後，改唱桂林官話。避禍桂地的粵伶，為求生計演外江戲，但粵人講官話，口音不純，師徒同業間輾轉傳授時，離正音愈遠，慢慢變調成後來的戲棚官話。粵伶演外江戲，屬權宜計，為保存廣府戲的本色命脈，借外江戲作掩護，搭演兩三場單齣粵戲，加進粵樂鑼鼓，促使梆子、二黃更快融合，衍生講官話的古腔粵劇。

從雍正的攤手五到咸豐的李文茂，不論粵劇本源全來自外江戲，抑或早年原唱土生白話，因李文茂事件才改官話演出，兩種講法都指向粵劇與外江戲確有很深淵源。古腔粵劇吸收外來劇種，演出模式漸漸定型，有自己的常演劇目和排場戲，即所謂「江湖十八本」和「大排場十八本」。曲藝研究者認為，「大排場十八本」與「八大曲」關係密切，後者就有四首套曲來自「大排場十八本」，即《百里奚會妻》、《六郎罪子》、《魯智深出家》及《辯才釋妖》。「八大曲」指哪八首曲目，歷來說法每多歧異，大致認同為《百里奚會妻》、《李忠賣武》（又名《魯智深出家》）、《楊六郎罪子》、《附薦何文秀》和《韓信棄楚歸漢》（又名《淮陰歸漢》）；餘下三個曲目《辯才釋妖》（又名《東坡訪友》）、《雪中賢》和《黛玉葬花》，普遍為各家公論，少有爭議。

「八大曲」專注唱腔藝術，把「排場戲」的科介（動作提示）口白刪去，純留唱詞曲本，經前人不斷嘗試，重點叮板，研創豐富多姿的唱腔、句格、音樂板面和過門，專屬唱腔如「罪子腔」、「葬花腔」、「追賢腔」、「穆瓜腔」等等，更是後學者入門階模，成為粵腔結構的厚實底子，傳統的根源。

「八大曲」全為套曲，因應原來演出場口細分若干首散曲，曲文和音樂大都口耳相授，並無定本。上世紀二十至六十年代粵樂二弦好手之一吳少庭，專擅古腔拍和，曾抄存八大曲本，並傳授佛山人李鋭祖古本《韓信棄楚歸漢》之〈月下追賢〉，據黎鍵《香港粵劇口述史》的書影説明，吳氏這份手抄本後為陳少坡所藏。另有古腔研究者南海人潘賢達，業餘精研粵腔粵樂，亦擅二弦，李鋭祖曾追隨潘氏深研「八大曲」，後成港澳知名古腔唱家，兼擅説唱類的「龍舟」、「木魚」。

為保存「八大曲」，潘賢達於一九二五年編訂《粵曲菁華第一集——黛玉葬花全本》，包含八首散曲〈怨婚〉、〈葬花〉、〈卧病〉、〈歸天〉、〈訴情〉、〈哭靈〉、〈逃禪〉和〈離恨天〉，另附錄〈瀟湘琴怨〉、〈寶玉哭晴雯〉和李雪芳〈葬花〉。〈瀟湘琴怨〉應是中山人呂文成版本，呂氏為粵胡改革和粵樂名家，另創出「燕子樓中板」。據黃志華的〈呂文成粵曲、粵語流行曲年表〉，在《粵曲菁華第一集》付梓前的一九二三年，呂氏反串子喉演唱〈瀟湘琴怨〉，翌年與他的另一名曲〈燕子樓〉同灌錄唱片，呂氏子喉高亢婉約，韻味十足，今日劇曲界的坤伶亦未必唱得過他。因無緣一睹《粵曲菁華第一集》原貌，〈寶玉哭晴雯〉未知屬哪位撰曲家和唱家首本，而「群芳艷影」正印花旦南海人李雪芳，上世紀二十年代擔演《黛玉葬花》一劇，創出「葬花腔」，名噪於時，潘氏在同一曲集並收兩首葬花，或認為李雪芳腔的詞曲有存留價值。

一八七〇年粵劇解禁後，廣府戲恢復演出，外江戲班與本地戲班廣東並行，廣府戲仍以古腔排場為主，用傳統的南派功夫應付武打場面。上世紀二十年代，商業經濟活動相對蓬勃，粵劇發展趨向本土化，演出場地由野外搬往戲院，戲院雖依然嘈雜，但傳音效果比空曠的戲棚稍勝，粵劇生角本習用外江戲的小生腔唱桂林官話，此時再無須為求聲音送遠而以假嗓演唱，伶人和班主或順應時變，吸引不喜聽外江話的廣東老鄉捧場，或因應聲音條件，陸續嘗試用平喉真嗓唱廣府白話，配合廣府話的聲調特點，從假嗓的尖逼高亢轉趨圓潤低平，舞台語言正式回歸粵語，演變成今日粵曲的聲腔情貌。

古腔官話既乏生存空間，「八大曲」漸少人演唱，快成絕響的時候，香港電台和商業電台分別在一九五七及一九六六年，製作全套「八大曲」錄音。港台版本的「八大曲」由潤心（曾潤心）與肖月（任錦霞）兩位師娘（瞽目女歌者）主唱，二人兼擅生喉、大喉、子喉，包辦八首套曲的所有角色，並由鄭集熙、陳鑑波、馮維祺、吳少庭、龍塗文和楊升傑等樂師拍和。

商台版本則由廣州畔塘人梁以忠牽頭，他是粵腔粵樂通才，彈唱寫皆能，受「粵謳」啟發創出「解心粵腔」。香港電台不時選播他撰曲的〈明日又天涯〉與〈重溫金粉夢〉，一唱三嘆，怨而不傷，演繹何謂「解心」韻味。他與妻子張玉京（張瓊仙）、潘朝碩（潘賢達之子）、梁素琴（梁以忠之女）、周寶玉、郭以文、梁卓華和李慧等人分擔演唱「八大曲」，音樂拍和梁以忠、王者師、馮維祺，黎亨、盧軾和梁卓華等當時名家。除了兩家電台留下「八大曲」錄音，為香港粵劇曲藝的承傳作了大功德，坊間還有資深曲迷珍藏其他唱家在不同場合的演唱聲帶，在知音同道間私下流轉。

《黛玉葬花》在這兩個珍貴的電台錄音版本中倖存，官話雖聽來半明不白，無法句句入耳，但有前人編訂的文本可供參照，不致浪費撰曲者的心血，白錯過好曲文。「八大曲」中，

《紅樓夢》套曲的生命力相對較強，歷經粵腔百年流變，從桂林官話過渡廣府白話，仍不時傳唱。二〇一四年七月，康文署策劃中國戲曲節，就有重頭戲「嶺南餘韻八大曲選演」，藝術總監梁素琴，統籌李奇峰，除戲裝演出全本《六郎罪子》、《韓信棄楚歸漢》之〈漂母飯信〉和〈追賢〉外，另安排選唱《黛玉葬花》之〈寶玉怨婚〉、〈黛玉歸天〉和〈寶玉哭靈〉，演唱者分別是梁之絜（梁以忠之女）、丁愛蓮和新劍郎。

午後慵懶或夜闌悄靜的時候，間中聽到電台播出靚次伯的〈秦瓊賣馬〉、張瓊仙的〈歸天〉、潘朝碩的〈哭靈〉、林家聲的〈怨婚〉等古腔粵曲，「八大曲」的古典情調，雖漫隨廣陵散，偶聞空中餘韻仍不禁神迷，希冀在粵劇曲藝文化的來路上，捕捉漸去漸遠的足音。

青春光影

六十年代，邵氏黃梅調電影大行其道，導演袁秋楓，音樂王福齡，樂蒂、任潔主演的《紅樓夢》，一九六二年八月公映。同年十一月還有上海越劇電影《紅樓夢》香港首映，編劇徐進，導演岑範，徐玉蘭、王文娟主演。不記得是獨自去京華戲院看邵氏《紅樓夢》，還是跟兄姐同去，兄姐中又以八哥「嫌疑」最大，他不為黃梅調，為的是樂蒂，經常讚她美人胚子，有古典美。兄姐是潮流青年，愛看西片，粵語電影則是母親的重點娛樂，家裏既沒看外省戲習慣，年紀小小的我，根本不知道黃梅調以外，還有當時連滿四百餘場、評論文章鋪天蓋地的《紅樓夢》越劇電影。

二哥睡房有一座柚木唱機櫃，他是華仁番書仔，聽歌興趣廣泛，假日在家，不時選放唱片自娛，模糊記得的歐西流行曲歌手，有甸馬田、白潘、比提佩芝；國語時代曲是周璇、吳鶯音、方逸華。粵曲他也愛聽，常播的有新馬師曾、吳君麗《萬惡淫為首》、徐柳仙《再折長亭柳》、小明星《風流夢》、紅線女《昭君出塞》、冼劍麗《一縷柔情》和白駒榮、紅線女《琵琶上路》等等。有時整個下午放唱任劍輝、白雪仙的套碟《帝女花》（編撰唐滌生），當時距離一九五七年首演已五、六年，但調寄〈妝台秋思〉的主題曲〈香夭〉，依然流行。登龍街時代，在我家騎樓閒閒一站，「落花滿天蔽月光」的歌聲會隨風飄來。

二哥的唱片收藏，有一張經常播聽的四十五轉唱片《姑蘇行》，竹笛演奏，是民族樂器演奏及作曲家江先渭，一九六二年從崑曲得靈感而創作的器樂名曲；還有兩套邵氏黃梅調電影，《紅樓夢》和《梁山伯與祝英台》。《紅樓夢》的樂蒂、任潔負責幕前演出，並不擅唱，黛玉和寶玉分別由顧媚和後來改名凌波的小娟幕後代唱，種下日後看凌波主演《梁山伯與祝英台》的前因。《梁祝》一九六三年公映，因為愛聽凌波唱黃梅調，尤其〈十八相送〉的「遠山含笑，春水綠波映小橋」唱段，首映加二輪，共看十二次，學會講國語。

聽邵氏《紅樓夢》唱片，因為看過電影，有份親切感，自然跟唱片學舌。〈讀西廂〉一段，黛玉難得佻皮，取笑寶玉，「那張生冒死敢把玉人求，崔鶯鶯芳箋人約黃昏後，我以為你也膽如斗，卻原來是一個銀樣的蠟槍頭，銀樣的蠟槍頭。」《紅樓夢》這名字，自此在我的文娛生活中不時出現，無論翻看有關書刊文章，欣賞戲曲和電影，從不覺厭倦。

上海越劇電影《紅樓夢》文革時被禁，一九七八年後解禁。香港重映時，見識徐玉蘭王文娟的寶黛形象，連帶喜歡飾演紫娟的孟莉英、琪官的曹銀娣和王熙鳳的金采風，黃梅調與嵊縣戲兼收並蓄，成了我的觀影趣味。後來又買了上海文藝出版社的越劇劇本，附該劇一九五八年上海舞台首演時的佈景圖片，還有電影劇照，曲詞連簡譜。跟譜學唱當然少不了錄音帶，隨着音樂科技飛躍發展，八十年代再買來鐳射光碟。廣東人唱越劇，發音不正荒腔走調在所難免，但當局者迷，毫不臉紅，努力學唱〈葬花〉林黛玉唱段的「尺調慢板」：「繞綠堤，拂柳絲，穿過花徑，聽何處，哀怨笛，風送聲聲？」；〈焚稿〉紫鵑勸藥的「清板」：「這模樣，教我紫娟怎不愁？端藥給你推開手，水米未曾入咽喉……」；〈哭靈〉的「囂板」：「害妹妹魂歸離恨天，到如今人面不知何處去，空留下，素燭白幃伴靈前……」和「弦下腔慢板」：「想當初，你是孤苦伶仃到我家來，只以為，暖巢可棲孤零燕。我和你，情深猶如親兄妹，那時候，兩小無猜共枕眠……」。多年來雖已重回粵調粵腔懷抱，而且歲月催人聲沉力竭，再也提不起唱的興致，但靜中聽一回徐玉蘭、王文娟的錄音，「慢板」氣靜聲柔，「清板」婉言細語，「囂板」激越高昂，依然百聽不厭。

一九六〇年十二月上海越劇院第一次來港，舞台演出五個全本戲，徐玉蘭、王文娟的《紅樓夢》是其一，當時年幼，無緣觀賞。一九八〇年越劇院再次赴港，我看了《西園記》，徐玉蘭演張繼華，王文娟演王玉真，孟莉英演香珺，這次遺憾地沒排上《紅樓夢》。一九八三年，上海越劇院三度重臨，在荔枝角百麗殿舞台，有幸看到〈黛玉葬花〉折子，聊勝於無。王文娟已五十多歲，身材略胖，緩步荷鋤優雅閒靜，原地輕轉裙裾不飄，聲腔感情斯文內斂。戲曲演員沒幾十年修為功力，難在需要動感的舞台上演繹人物內心的憂鬱沉潛，王文娟幽幽散發出來的氣息，壓得住場，靜得連蚊子飛過也聽見，從氣質意態上講，她是我當時看過較貼近作者描寫的黛玉典型。

粵劇有正印花旦楚岫雲，一九四七年前後在廣州演出《情僧偷到瀟湘館》（編撰馮志芬、陳冠卿），連滿三百多場，有「生黛玉」之稱，網上還可聽到她一九五七年〈黛玉焚稿〉的錄音。她還有一件絕活，演〈焚稿〉時預先飲下中藥「蘇木」水，再用內功噴出，表演南派吐血特技，可見當年旦行演員跑江湖，除了個人唱做特色，也需有兩三下真功夫，不盡是花拳繡腿，伺機露一手，觀眾眼前一亮。

演繹寶黛，風格雖各家各派，大體不離黛玉多愁，寶玉情癡。賈寶玉天性慈悲善感，行動又張揚率真，好與丫鬟優伶交往，怕讀經世八股文章，對園中姐妹普遍大愛，唯獨黛玉最知心，屬高層次的靈性相投。只要捉住寶玉的癡憨慧黠，這角色本來易討好，可惜戲曲舞台不同電影話劇等媒介，年輕新秀演寶玉，扮相佔優，但未必有達標的唱做水平；資深名伶在角色理解和表演技巧方面，理當老練，卻又有一定歲數，外形沒有說服力。反串還好一點，女性骨格柔和，裝扮起來帶點脂粉氣，佔了女扮男裝的便宜。

年長的生角意態成熟，線條硬朗，表現寶玉的天真傻憨或較外揚的行為動作時，不豁出去，演繹不到位，豁出去，隨時過火位，容易教觀眾毛管眼起雞皮，比較難拿捏。香港粵劇舞台男角演寶玉，能夠神態氣質、扮相穿戴、唱做功力三個條件都匹配的並不多。相反，黛玉外表的溫文婉靜，內心的掙扎徬徨，盡在演員神韻，感情傳達首在眉梢眼角，台步做手幅度偏向收藏，不似演寶玉的大開大合，有時雖為着緊寶玉而使小性子，也不能過於小家氣，要有閨秀風範。女演員若體態輕盈纖瘦，聲情婉轉細膩，年紀也不是大問題。

《紅樓夢》電影選角，比戲曲自由度大，導演胸有成竹，不用顧慮演員懂不懂唱，就算沒經驗的新人演寶黛，在導演調教、鏡位配合、服飾化妝和佈景音樂的綜合相幫之下，表現可以中規中矩。一九六二年的邵氏電影《紅樓夢》就由新人任潔演寶玉，她與樂蒂擦不出火花，倒是後來紅了幕後代唱的淩波。

一九七八年，淩波終於在金漢導演的《新紅樓夢》親身演寶玉，黛玉是新人周芝明，氣質不錯，演技嫩了點；最出人意表是李麗華演的賈母，滿頭白髮皮光肉滑，老祖宗果然保養得宜。這電影有久違了的陳蝶衣編劇作詞，音樂作曲吳大江。《新紅樓夢》可能因製作成本避重就輕，場面佈景偏向樸素淡雅，換個角度看，賈府雖富貴簪纓地，金燦燦的塵俗氣不肆意外露，才顯出官宦世家的門風教養。

一九七七年李翰祥執導《金玉良緣紅樓夢》，導演以紮實的美學修養，製作精美的服飾、道具、佈景，配合靈活的鏡位運動，拍出榮國府婢僕如雲，「白玉為堂金作馬」的氣派，大觀園亭臺樓閣，小橋流水，極有富貴氣。但《金》片最破格的是選角，林青霞反串寶玉，張艾嘉演黛玉，米雪演寶釵，算得上是當年的青春版《紅樓夢》。

意大利導演法蘭高·齊伐里尼的《殉情記》電影，一九六八年香港首演，男女主角李安納·韋定和奧莉花·荷西才十六、七歲，演出青春版羅密歐與茱麗葉，片中主題曲"What is a youth?"陪我走過年輕的歲月。《殉情記》故事出自英國文豪莎士比亞，而從中國民間故事取材的《梁山伯與祝英台》青春版電影，一九九四年香港推出，由徐克導演，吳奇隆、楊采妮主演。

香港戲曲舞台上，經典劇目的青春版並不常見。粵劇靠商業營運，或藝術發展局資助，班主若有抱負，推出大製作的新戲，需演期長才有望封蝕本門，但單靠本地票房，有限的觀眾量又難支撐較長的演出台期。人材青黃不接是另一個問題，新秀多是業餘演員，台板經歷淺，自身技藝不成熟，未必有足夠叫座力擔起整個台期。內地文化政策有別香港，各省市的戲劇單位培養全職演藝人材，有一定技巧水平的青年演員不虞匱乏。一九八七年上海越劇院來港重演《紅樓夢》，派出二十四歲的錢惠麗演寶玉、二十六歲的單仰萍和二十一歲的王志萍分飾林黛玉，青春氣息逼人；二〇一一年上海越劇院來港參加「世界文化藝術節之游藝亞洲」，徐玉蘭、王文娟的傳人錢惠麗和單仰萍，演寶黛已駕輕就熟，有自家捧場客。

近年上海越劇院和小百花越劇團，都由年輕演員擔綱經典劇目，有步驟地培養資歷淺的演員接班。台灣作家白先勇亦一力承擔，二〇〇四年經過他的熱情推動和下海製作，結合大量人力物力，催生青春版崑劇《牡丹亭》，台灣首演，蘇州崑劇院負責演出。俞玖林和沈豐英在崑劇前輩汪世瑜、張繼青的指導下，分飾柳夢梅與杜麗娘，宣傳目的吸引大專學生和青少年進場，意圖逐步推廣和完善崑劇的年輕化，在台灣非常成功。

五十多年前，看過香港粵劇早年的青春版寶黛，是一齣名喚〈幻覺離恨天〉的折子戲，由當時新成立的「雛鳳鳴劇團」演出，分飾寶玉的陳寶珠、龍劍笙，演黛玉的梅雪詩初踏台板，二十歲上下年紀，名副其實的青春年少。稚嫩的雛鳳沒演過全本戲，折子主題單一，側重唱情歌舞，是否懂得揣摩紅樓人物的感情轉折，有耐力從頭演到尾，當年屬未知數。

近年有新秀演員排演《紅樓夢》，但不論選演哪一個版本，總跳不出前人舊劇的框框。以目前香港粵劇的生態環境與人材條件，若想創作真正青春版的《紅樓夢》，在編劇、曲本、演員和製作上一新耳目，可說野心不小，困難甚大，要天、地、人三方配合當然不在話下，還要講財力運氣，才有一圓紅樓青春夢的可能。

今夢南音

古腔粵曲敵不過時流，漸歸沉寂。明清至民國初年，曾在省港澳的民居庭院、花街柳巷，以及珠江河畔的歌臺舞榭熱鬧一時，由瞽師、師娘彈唱的「地水南音」，亦因戰亂流離，時代更迭，生活趣味與娛樂形式轉變，無復百年盛況。但南音以廣府白話説唱，被粵曲自然吸收，變身「戲台南音」，又名「粵曲南音」，開展另一片生存空間。早年灌錄南音唱片的粵劇老倌有白駒榮、新馬師曾、羅家寶、文千歲、梁漢威和阮兆輝等人，又以白駒榮的〈客途秋恨〉（撰曲（清）葉廷瑞）深得「地水」神韻。

後輩演員中，阮兆輝的聲線和演繹相對較合「地水」風格，其餘歌者多帶粵劇班本味，「地水」特色濃淡不一。靚次伯亦專擅古腔、南音和唱龍舟，他的古腔造詣有聲帶留傳，南音則少見完整單曲錄音，只在電影片段和粵曲唱段中偶露一手。曲壇歌伶中，小明星留下一首〈癡魂〉（撰曲王心帆），屬女伶腔平喉南音，聲情柔靜，度腔精緻。最近改演福音粵劇的花旦梁少芯，灌錄唱片〈李清照〉（撰曲林川），喉底帶沙，高揚處聲清似鋼絃包絲，低迴處聲咽微啞，這樣風致的粵伶子喉南音比較少見。

〈李清照〉一曲，敍寫少婦月夜懷人，觸起百般愁緒，作者參照宋代才女李清照原詞《鳳凰臺上憶吹簫：香冷金猊》和她的其他詞作，編成細膩的南音唱詞，梁少芯以外，還有一個唐小燕錄音版本。九十年代一次業餘粵曲大賽，失明人唐小燕初次參賽，令人印象深刻，隨後又在不同機構主辦的粵曲比賽得獎。她專注南音還不到十年，〈李清照〉起首一段「南音板面」：「月如鈎，清照獨上西樓。添愁，非干酒，雙星苦盼凝眸，似郎望我感傷淒淒透……。」曼調腔柔，斯文骨子。唐小燕的南音類「女伶腔」，她調門高，嗓音清亮，明顯與碩果僅存的「師娘腔」傳人吳詠梅風格不同，吳氏的〈男燒衣〉（清古曲）地水韻味醇厚。唱「地水」音色可清越，可蒼涼，要看曲意內容與歌者音質，技巧與聲情配合，則敍事訴情兩相皆宜，不過，低沉聲線可帶出滄桑意韻，而滄桑感正是地水南音的聲情精粹。

據中大音樂系教授余少華文字介紹，澳門出生的吳詠梅，高齡八十多，曾親炙老一輩瞽師師娘如劉就、潤心（曾潤心）、肖月（任錦霞）等人，聆聽過不少正宗「地水南音」，擅秦琴，工拍和，曲藝界潛伏多年，在余少華力邀下公開説唱，演繹粵謳〈弔秋喜〉（撰曲（清）

招子庸）與南音《嘆五更》（撰曲（清）何惠群）。〈弔秋喜〉曲中有一段唱詞：「不若當你喺我二妻，嚟送你去入寺，好嗎？等你孤魂無主，仗那佛力扶持。」吳詠梅唱來感情淡素如出肺腑，腔口自然似話家常，尤其「好嗎？」二字，輕憐體貼，彷佛耳語。在低吟淺唱間，目健的吳詠梅與潤心、肖月等瞽目師娘一脈相傳，為「師娘腔」的「地水」清音留下動人風姿。

香港電台葉世雄曾撰文〈師娘粵曲和瞽師南音〉，提及電台在五六十年代，請肇慶人瞽師杜煥現場演唱南音，並由何臣椰胡拍和；又製作「解心粵謳」節目，由銀嬌師娘主持，現存錄音百多輯，有套曲《再生緣》、單支〈夜弔秋喜〉、〈桃花扇〉、〈金生挑盒〉等等。小時也曾聽過杜煥與銀嬌，杜煥南音可深情，可跳脫，夾唱夾白，擅於敍説長篇故事，不時穿插感嘆聲和助語詞；銀嬌粵謳則意態安閒，聲沉韻厚，娓娓唱來，似覺日影偏長。一九七二年節目停播，當時沒放心上，今日回想，七二年不單標誌着久延殘喘的説唱曲藝終到板停聲歇的時候，同年七月，有百多年歷史專門刻印木魚書、南音、粵謳、曲本、通勝、日曆等通俗讀物的書坊，五桂堂香港分局亦悄然結業。

自上世紀七十年代起，學者榮鴻曾、梁培熾、唐建垣等人，為保存民間曲藝説唱的實地與文獻記錄，或親臨茶樓為杜煥錄音，趕及瞽師離世前留下他的説唱身影，或鍥而不捨籌辦各類南音雅集和國際學術研討會。中華文化促進中心和康文署中國戲曲節又安排講座與表演，唐建垣更是中堅分子，師承杜煥左手持板右手調箏，登場彈唱開班授徒；還熱衷與同道交流，取梆黃舊曲的內容意念，撰寫南音新詞。另有粵劇粵曲編撰家溫誌鵬，亦設南音寫作班，為承傳曲藝勉力在浮沙上前行。

影音製作公司也為年事已高的地水南音唱家如區均祥、甘明超、吳詠梅和後起的唐小燕等人灌錄鐳射光碟。在搶救這一民間説唱曲藝的努力上，學者、唱家、顧曲周郎、劇曲編撰者和文化學術機構都出了大力。但隨着網絡時代來臨，社會步伐飛躍，文娛活動多元，失明人出路擴闊，有志趣並能堅持的後學卻寥寥無幾，眼前雖一息暫存，待這兩代有心人過去後，只怕節奏舒緩，曼聲長調的地水南音或步粵謳後塵，無以為繼。

積累前人心血的南音和粵謳唱本，不論俗文俚語還是雅詞麗句，若成了案頭曲子，無人聞問，是可惜的事情。近年在各方推動下，民間説唱曲藝似有中興之象，坊間仍可聽到自清末民初以來的曲本，如《玉葵寶扇》之〈大鬧梅知府〉和〈碧容探監〉；〈客途秋恨〉、〈男燒衣〉、〈霸王別姬〉、〈大鬧廣昌隆〉、〈除却了亞九〉、〈弔秋喜〉等等。但《紅樓夢》南音曲目，多年來在電台或其他曲藝表演場合，雖有安排選唱，相比於「八大曲」《黛玉葬花》的古腔粵曲選段，播放及演唱率不算高，可能因為南音結構相對單調，曲式不及粵曲繁富多姿。翻查資料，一九七一和一九八〇年，江平曾演唱〈祭瀟湘〉選段；二〇一〇年「中國戲曲節」的「粵韻飄香」，則由「廣東音樂曲藝團」的郭飛鴻唱〈祭瀟湘〉和〈寶玉哭晴雯〉；二〇一四年一月，唐建垣主持「南音彈唱紅樓夢」，是少有的《紅樓夢》南音專場，邀譚笑梅合作，演唱南音〈紅樓夢〉、〈哭祭晴雯〉與〈祭瀟湘〉，另加兩首粵曲〈晴雯補裘〉與〈瀟湘禪訂〉。

《紅樓夢》南音唱詞曾有多間書坊競刻刊本，其中廣州五桂堂和以文堂，同以《新刻正字紅樓夢南音全套》為書題。廣州市太平新街以文堂機器版收曲文四卷，共二十四首。第一卷〈夢遊太虛〉、〈怡紅祝壽〉、〈蘆亭詠雪〉、〈寶玉葬花〉、〈夜訪怡紅〉；第二卷〈晴雯撕扇〉、〈晴雯補裘〉、〈私探晴雯〉、〈祭奠晴雯〉、〈顰卿絕粒〉、〈黛玉葬花〉、〈黛玉焚稿〉；第三卷〈寶黛埋花〉、〈瀟湘聽雨〉、〈瀟湘琴怨〉、〈寶玉贈帕〉、〈寶玉心迷〉、〈寶釵送藥〉；第四卷〈寶玉恨痛〉、〈黛玉棄世〉、〈寶玉相思〉、〈寶玉哭瀟湘〉、〈寶玉入闈〉、〈寶玉逃禪〉。第四卷第一首〈寶玉恨痛〉，與內文對校，應為〈黛玉恨病〉之誤（見台灣中研院歷史語言研究所出版，《俗文學叢列》第四六九卷〈說唱：南音——清代故事〉）。

胡文彬主編的《紅樓夢說唱集》，有廣州以文堂刊刻的《紅樓夢廣東木魚書》，曲目與《新刻正字紅樓夢南音全套》相同，只少了〈寶黛埋花〉，共二十三首，曲文微有小改，大體幾乎一致，相信當時的書肆刻坊不單相互轉錄，更索性把木魚書與南音唱本統稱為正字南音全套。

自明代中葉起，唱木魚書已在嶺南地區盛行，清嘉慶道光年間，改編自古典小說、歷史演義、奇聞公案、果報輪迴和社會時事的木魚書更大量印刻流傳。隨着工商業發展，民眾娛樂趣味提升，說唱曲藝由簡單向複雜過渡，在地道廣府方言的基礎上，吸收外來曲種，衍生粵謳和南音。據梁培熾《南音與粵謳之研究》的講法，南音是木魚書吸取潮曲和江浙歌腔，主要為揚州南詞而成的新聲。行文同是七言韻文，但木魚書的節拍和行腔隨意，唱法土拙，主要作清唱；而南音可單用綽板伴唱，又可用箏、椰胡和洞簫拍和，有動聽的音樂板面和長短過序，結構完整成熟，分起式、正文和收板，比起單調的木魚書，更富韻味和音樂性。

曲文既同是七言，又同用雙疊韻，木魚書與南音唱本完全可以互用，民間說唱藝人傳唱南音故事時，多以現成的木魚書為唱本，只是不同歌者對唱詞作出個人喜好的修改與處理，有自己的唱法。清末民初瞽師東莞人鍾德演唱《紅樓夢》南音出名，鍾德為南海富商孔繼勳家瞽童，從小學習音律，又是名瞽師北山徒弟。孔家嶽雪樓每有文酒詩會，鍾德必度曲獻唱，他的紅樓唱本可能亦沿用木魚書唱詞。據梁培熾《南音與粵謳之研究》所記，鍾德聲清板密，情思宛轉，尤擅高低跌宕如浪裏拋舟的「颶舟腔」，文士曲家讚賞之餘，為求詞工合調，樂於修訂他的自度曲文，又專為紅樓故事編撰新詞。

孔氏家道中落後，瞽師歌姬四散，鍾德輾轉豪門小戶唱曲尋生計，昔日嶽雪樓的紅樓曲文雖全記腦海，唱時字詞仍難免有出入，坊間亦多訛傳。知音者鶴山人勞緯孟，號夢廬，前香港《華字日報》總編輯，恐文采粲然、情詞悱惻的曲文錯落散佚，手抄鍾德紅樓南音曲六首，收錄為《今夢曲》，一九一九年香港聚珍書樓刊行。友人白蓮選亦曲迷，翌年與勞氏邀鍾德唱遍默記的全部紅樓曲本，字句稍異即參詳訂正，增錄八首，更名《增刻今夢曲》，前後共收曲文十四首，另附〈梅妃宮怨〉，計為〈蘆亭賞雪〉、〈黛玉焚稿〉、〈黛玉葬花〉、〈夜訪怡紅〉、〈瀟湘聽雨〉、〈瀟湘琴怨〉、〈瀟湘泣玉〉、〈寶黛談禪〉、〈寶玉逃禪〉、〈顰卿絕粒〉、〈黛玉辭世〉、〈尤二姐辭世〉、〈晴雯別園〉和〈怡紅祝壽〉。

《增刻今夢曲》其中十首曲目和唱詞，跟廣州五桂堂和以文堂刊刻的南音與木魚書基本相同，只個別文句和錯字經修訂改正，〈蘆亭賞雪〉和〈黛玉辭世〉曲目各更易一字，五桂堂和以文堂版為〈蘆亭詠雪〉和〈黛玉棄世〉。另〈瀟湘泣玉〉前半闋自「花燭夜，月騰輝……」

至「不若行前哭奠慰吓我呢一段怨別愁離」止，在以文堂和五桂堂版都獨立成篇，名〈寶玉相思〉。這十首半曲文，照常理應是木魚書先出，再經當時文人或嶽雪樓雅士潤飾。五桂堂和以文堂版未有收錄的曲目是〈寶黛談禪〉、〈尤二姐辭世〉、〈晴雯別園〉和〈瀟湘泣玉〉的後半闋（又名〈祭瀟湘〉），這三首半曲文，亦暫未見其他木魚書和南音唱本收錄，估計應全出自嶽雪樓騷人墨客的手筆或另傳鍾德自撰。

《增刻今夢曲》與坊間南音或木魚書相對校，在改文換字與增刪篇幅之間，可見主事者的藝術意境、審美趣味與文學修養。《增刻今夢曲》新編的三首半唱詞較有文采，主題集中，少牽三扯四，重抒發角色內心的真情實感。坊間南音或木魚書則文詞直白，多套語，間用全知觀點述事。為遷就主人家需要，彈唱時間可長可短，難免主題散漫，拖沓重複。單單一曲〈祭瀟湘〉，就把坊間南音曲本的〈寶玉哭瀟湘〉（另名〈哭瀟湘〉）比下去，雖然〈哭瀟湘〉也是熱門曲目，後世《紅樓夢》電影和舞台劇，包括廣東粵劇和上海越劇的「哭靈」，曲詞靈感都有受〈哭瀟湘〉和〈祭瀟湘〉啟發的痕跡。

〈祭瀟湘〉起首，主觀描述瀟湘館在寶玉眼中的淒清境況：「含淚攜壺呼麝月，傍花隨柳出深閨。行行不覺到了瀟湘館，祇見翠竹蒼松暮色迷。殘花滿徑無人掃，泥落空樑燕自飛。

湘簾不捲爐煙冷，夕陽牆角慘聽烏啼。正係紅樓人去春深鎖，可惜金屋魂空月半歸。淒涼忍不住嗰一點相思淚，待我低頭奠酒哭叫顰兒。」然後即轉正題，以三杯酒為奠，從初杯酒的「知你積恨可能填北海，虧我洗愁除是決西江」；二杯酒的「瀟湘夜夜銷魂雨，無復瑤琴共細彈」；再到三杯酒的「香不返魂空有恨，草難成夢枉傷神。傷心往日風流事，空餘花落怨黃昏」，嗟嘆悲怨，重重鋪衍；最後紫鵑見寶玉「霏霏紅淚濕透羅衫底」，勸他「你睇遠樹歸鴉斜日晚，不如歸去暫且從容……」；寶玉痛惜「花魂渺渺歸何處，月魄茫茫夢不通」，無奈以「肝膽痛，歡懷何日共，含愁帶淚強步轉怡紅」收結。

〈哭瀟湘〉則安排寶玉乍聞惡耗，離開中堂步入大觀園，起唱「忙轉步，入園中，你睇滿園春色甚矇朧，清風處處隨風送，落葉殘枝滿地紅，將身行近埋香塚，觸起從前淚滿胸，曾記昔年嬌在此，埋葬殘花苦萬重……」；然後再進怡紅院，本為黛玉病逝心情沉痛的寶玉，途中看見芙蓉花，即「傷心憶起晴雯事」，細問芙蓉「妹你陰魂日在花叢動，可見顰卿佢玉容」，才腳步趑趄去到瀟湘館，「迴欄直出到瀟湘，你睇庭中寂靜甚淒涼，竹梢風擺撩人愴，花木凋零實可傷……」；幾番轉折，最終步入蘭房，一見黛玉靈牌正式哭靈，旁枝蔓衍，在結構、文采和意境上，〈祭瀟湘〉要比它高明。

名篇〈祭瀟湘〉面世以來，持續有人演唱，最近再聽佛山人冼幹持與鍾德的錄音。冼幹持是粵樂粵曲名家，心儀白駒榮唱腔，與白氏一樣曾跟瞽師切磋南音，又與呂文成合灌唱片〈紅樓夢之妙詞通戲語〉，可惜已難得聽到，他的〈祭瀟湘〉吐字行腔，溫婉細緻，不輸鍾德。一九二六年鍾德曾為碧架唱片公司灌錄〈祭瀟湘〉、〈瀟湘琴怨〉和〈晴雯別園〉，錄音年代久遠，音質不佳，卻無礙欣賞本色的「颶舟腔」，他嗓音清越高揚，地道廣府粵韻演唱，吐字偶有滑音，句尾間會上旋收腔，另成一格。

在二十一世紀的今天，憑着曲藝愛好者與收藏家的無私分享，借助網絡科技，可以靜聽近百年的瞽師遺音，細味清末樂腔的樸拙，終究是難得的福氣。

學曲步印

一九六五年九月，「雛鳳鳴劇團」正式首演折子〈幻覺離恨天〉（撰曲葉紹德），是十二個女孩子在任劍輝、白雪仙門下，學戲兩年後的階段演出，另外還有兩個折子〈碧血丹心〉和《辭郎洲》之〈賜袍、送別〉。六五年暑假某天閱報，知道雛鳳將初試啼聲，那時剛看完從上環大笪地買來的《紅樓夢》，以為與舞台演出對照着看，會看出點興味來，加上對學戲女孩充滿好奇，掏出存下的零用錢購票，第一次看舞台版粵劇紅樓戲。

上環高陞戲院看過「雛鳳鳴」三個折子後，六九年八月再去太平戲院看葉紹德編撰全本《辭郎洲》，七二年又在利舞台看葉氏新編《英烈劍中劍》，出道不過七、八年的雛鳳，朝氣勃勃，仍待雕琢。當時也看「勵群」、「頌新聲」和「香港實驗粵劇團」的戲，並常聽電台播放唐滌生為「仙鳳鳴」撰寫的《紫釵記》、《再世紅梅記》等等劇目，聽得多了，喜愛的唱段隨口哼唱，哼唱之餘，考究起曲式結構，感到自娛之不足，決定從基本學起，參加粵曲興趣班。

八十年代香港中文大學校外課程部曾開辦粵曲班，在漆咸道上課，每星期一次，導師是李婉湘，資深退役粵劇演員。入門從數拍子學起，再來吊嗓，學看工尺譜，然後由導師根據學員聲底，劃分平、子喉兩組，學唱《拜月記》之〈搶傘〉（撰曲陳冠卿）。課程三個月完結，興趣正濃，不想停下來，索性約老師私人授課，估不到她家就在舊居的登龍街尾，每次上課，先在充滿回憶的兒時街巷梭巡，再去老師家上課。

李師拉二胡，助手華姐打板，教我〈無雙傳之倩女回生〉、〈牡丹亭驚夢之倚鞦韆〉和〈紫鳳樓〉（撰曲同為楊石渠）。學了幾個月，嗓子未全開，但李師認為我節拍和音準穩定，安排我去灣仔廖森師傅主理的曲藝社試唱，取臨場經驗。廖森有粵樂界簫王美譽，他的曲藝社除讓戲行音樂師傅聚首、齊玩粵樂之外，還為粵伶和業餘學員提供操曲地方。李師怕學生不慣，徵得頭架師傅同意，由她為我拍和。

〈倩女回生〉是我生平第一次大庭廣眾唱子喉，平喉拍檔是華姐，初學者唱的是刪節版，減去幾段「浪裏白」和「待我輕輕扶起病中花」至「則怕剪草還思折嫩芽」的一段南音唱詞，所以在華姐唱罷「反線故國夢魂中」小曲最後一句「減瘦郎腰何堪愁裏送年華」，我應要接唱「泉台夜鬼嘆無家」的一段「乙反長句二黃」，平時上課，李師拉「短序」（短的音樂過門）

後即起唱，當晚正式夾鑼鼓跟曲譜奏「長序」，唱前李師已提醒注意，但「長序」奏完，還是不懂開口，要華姐和李師齊聲相幫，冷場了幾秒，這破題兒第一遭，緊張之下出了小紕漏，曲藝社回贈當時錄音，以便學員改進。後來因為世務紛煩，有時還蹺課，覺得不好意思，曲課慢慢又中斷了。

七十年代中入職中文大學，沒留意粵樂名家王粵生被聘為音樂系粵曲導師，開一門修學分的粵曲課；也不知道中大另設教職員粵曲興趣組，白錯失公餘跟王粵生學曲的機遇。九十年代初，偶然得悉音樂系續開粵曲課程，有興趣的教職員可隨班上課，我毫不遲疑，馬上報名。導師劉永全，王粵生入室弟子，王氏一九八九年病逝，劉師從加拿大回來，延續王氏教學風格。

學苑派粵曲課程，除教唱以外，注重介紹粵曲的理論和結構，劉師把不同曲式的長短板面（音樂前奏）和唱段中的過序（音樂過門）抄在黑板上，用的是傳統中樂的「工尺譜」，以字記音。每課教一至兩種，先是正線、反線、乙反中板，繼而士工慢板、長句二黃、反線二黃和南音等等。得遇良師，專心低頭密抄，全班抄完，劉師拉起小提琴，學生朗聲提氣，視唱黑板上的「板面工尺」。

教唱前學生還要個別吊嗓，高音跟不上也得直着脖子叫，劉師不斷拉出相應音符，直至滿意為止。唱曲時又必定要數叮板（節拍），不能心數，先五指合攏（代表板），再用拇指輕點食指（一叮）、中指（二叮）、無名指（三叮），表示一板三叮（四拍），要叮板分明，讓老師看得一清二楚。《魏良輔曲律》第十一條，曲有三絕，字清、腔純、板正，板正非常重要，如節奏感差，打板動作忽快忽慢，唱曲時手與口不配合，行內叫「彈弓板」，音樂師傅最怕替這類學員拍和。

劉師授曲，先教全梆黃曲〈胡不歸之慰妻〉（撰曲馮志芬），梆黃是粵曲骨幹，把曲中的「長句二流」、「合尺二黃慢板」、「士工滾花」、「梆子中板」和「梆子慢板」唱好，基礎紮穩，舉一反三，以後唱曲就不難。我跟劉師學了〈碧雲天〉、〈幾回腸斷幾回歌〉（撰曲同為王粵生）；〈祇為多情誤此生〉（撰曲王粵生，詞葉紹德）、〈花田錯會〉（撰曲楊石渠）、〈釵頭鳳〉（改編梁天雁）、〈魂夢繞山河〉（撰曲阮眉）、〈狄青夜闖三關之猜心事〉（撰曲蘇翁）和〈朱弁回朝之送別〉（撰曲葉紹德）等等。學期完結，跟劉師學唱的日子隨之淡出，師緣雖淺，受益良多，我對曲藝世界的探尋關注，有賴劉師當日的認真啟蒙。

音樂系粵曲班結束後，參與中大職員發起的粵曲興趣組，湊份子請音樂師傅來校教曲，初時興致勃勃，後來動力減慢，犯了有始無終的毛病，加上當時有個想法，希望跟專唱子喉的老師學藝，趁音樂師傅因劇團事務告假，我也順勢退出。九十年代中，仁濟醫院在荃灣大會堂粵曲籌款，其中一位表演者盧筱萍，行腔跌宕有致，音清高渺，技巧圓熟，心想若得她為師，才算找對學子喉的門路，座中逕自胡思亂想，沒想過真會成事。籌款晚會曲終人散，嘉賓觀眾陸續退場，盧筱萍與我會堂正門口相遇，不曉得哪來的勇氣，臉皮變厚，唐突上前，表示欣賞她的曲藝，再講學曲意願，她留下電話號碼，笑說再聯絡。

約好見面日期，為了摸清這隻「飛來蜢」底細，盧師囑咐自選一首「灑家」曲目，帶備曲本唱給她聽，再決定是接入師門抑或閉門送客。我選了〈倩女回生〉，順利過關，當了盧筱萍的學生，每星期去她在深水埗的家上課。初時或想測試我的耐性，會否現身幾次就失蹤，浪費她的心血，所以先複習兩首從前學過的曲目，再教我較短的新曲，如〈祝英台〉（撰曲羅寶生）和〈陳圓圓〉（撰曲潘焯）。盧師是資深子喉唱家，用揚琴教學生，雙手持琴竹，輕擊弦線，唱一段教一段，有時會放她的錄音帶，要我細聽。過了熱身階段，才開始教她的首本〈梅花葬二喬〉（撰曲勞鐸），授唱時格外用心；還有〈黛玉葬花〉（撰曲羅寶）、〈晴雯補裘〉（撰曲鄺海量）等等。荃灣大會堂初聆清音的時候，我並未深入認識盧師，並不知道她曾灌錄紅樓故事的單支粵曲。

學唱〈黛玉葬花〉特別興奮，因為曲中有「古腔燕子樓中板」，又有搖曳宛轉，韻味十足的「反線二黃祭塔腔」，子喉唱家每遇「反線二黃」必着意經營，易得滿堂采聲。我初學粵曲，離神足氣飽運腔自如的境界十萬八千里，只合猛按錄音機，聽盧師示範，反覆揣摩「反線二黃祭塔腔」：「病瀟湘，哭花寄愁，開落榮枯，花與薄命顰卿何異，一坯淨土掩風流，任你春魁佔盡了，明媚有幾時……。暮靄漸蒼茫，夕陽尤返照，沁芳橋畔，顰卿一哭驚鳥飛……」的行腔，尤其「驚鳥飛」後拉長腔過序，起唱「正線二黃」：「花魂鳥魄總難留，綠萼何苦再添妝，誰賜我萱草忘憂，嬌鳥喚掩重門，催歸去……。」她翻高處遊刃有餘，山外有山，我是高峰仰止欲速不達，力竭聲嘶。不過，工多藝熟，後來去老師家複曲，終能一板不錯，滿足感之大，筆墨難以形容。

業餘學曲，志在調養性情，增長知識，俗務應酬一多，自然荒疏，不夠堅持，為了與朋友長途旅行一個月，曲課暫停。這一停，心就散了，以為遲些日子再上課，卻無端咳嗽大半年，氣管敏感，聲帶出問題，高音分岔，低音間中「格格」連聲，似絞鍊滑牙。洩氣之餘，自我安慰，既受聲音條件所限，也不好太死心眼，生角和老旦都唱平喉，平喉行腔雖絕對比不上子喉婀娜多姿，但走中低音域較有把握，於是一心轉向平喉，尤其獨鍾老旦。

粵劇行當自清同治年間經過整合，裁走專演老年婦人角色的「夫旦」，改丑生反串；二三十年代，再由十柱精簡為六柱制，老旦專曲專場漸次失傳。除薛覺先名劇《花染狀元紅》（編劇廖俠懷、謝唯一）的四姐有較多唱情，紅樓故事的賈母與楊家將的佘太君，角色算較有發揮，卻想不起有哪幾首單支粵曲，可由這兩位老人家主力擔綱，左拈右量，習曲興致虎頭蛇尾，終不了了之。

一九九八年靜極思動，想起在音樂系粵曲班和中大粵曲興趣組認識的同事盧譚飛燕。自一九八六年起，她跟王粵生習唱，並在他指導下學撰曲，曾送我〈岳母訓兒之刺背〉、〈魂斷漢宮花〉和〈黛玉離魂〉曲本，前二首是她的作品，後者是另一位王氏學生麥樣合寫的。我的子喉既不辭而別，唱不來就嘗試寫吧。

王粵生的教唱節目《粵曲不離口》，一九九一年一月在香港電台重播，《華僑日報》刊登教材，我全套錄下並留起剪報，對照着學唱。王氏的活動句式教學法非常管用，學員不知不覺間認識粵曲結構；又買來陳卓瑩的《粵曲寫作與唱法技巧》、陳亦祥的《粵曲探索》、陳守仁的《粵曲的學和唱：王粵生粵曲教程》和《粵曲唱腔的基礎：王粵生粵曲教材選集》，開始一知半解用舊劇本做實驗，寫了一場兩幕的戲，名《玉蝶盟》之〈叫府〉、〈歸魂〉，還請音樂師傅與劇界朋友細審，看可有轉接不順或結構出錯的地方。

初學寫戲，先不講情節安排通也不通，單講曲詞，大有書到用時捉襟見肘之嘆，欠缺古典文學根基，沒有詩詞歌賦修養，若想在傳情達意、配合唱腔、顧及粵曲上下句結構和平仄音韻以外，還希望做到修辭意境典雅諧美，可說絕對高難，問題不是意志和熱誠，是關乎個人的戲曲知識、戲劇觸覺和文學修養。就算有能耐撰寫不錯的曲文，也未必寫得好不受音樂管束的「口白」、「口古」、「木魚」和「長句滾花」，前輩撰曲家有明訓，凡「靜場」都難寫。設若歌詞撰作、曲式結構都過了關，亦不能保證可以交出一個場口接駁暢順、情節不落俗套、主題言中有物，受得起時間考驗的好劇本，經此一役，不敢再自討苦吃。二〇〇三年底，友人籌劃灌錄《紅樓夢》唱段的鐳射光碟，央我為唱片專輯想一個名字，為了我喜愛的「紅樓」，竟沒事攬事，寫起相關唱段的故事緣起和簡介，雖然作文與撰曲完全兩碼子事，算是學曲不成的外一章吧。

當年為增長曲藝知識，尋找試筆題材，曾去圖書館查閱《古本戲曲叢刊目錄》和《脈望館鈔校本古今雜劇目錄》，借來感興趣的曲本，如（明）陸采的《明珠記》和（明）吳炳的《畫中人傳奇》等等。又買來江蘇廣陵古籍刻印社校刊「暖紅室匯刻傳奇」的《新編劉智遠還鄉白兔記》(明)成化版、皇萬曆金陵三山街唐氏富春堂梓行的《增補劉智遠白兔記上下卷》、詠懷堂新編阮大鋮撰寫的《十錯認春燈謎記上下卷》和《雲閒陳繼儒批評紅拂記上下卷》等曲本，綾面線裝，宣紙木刻，附插畫。翻閱時輕手揭頁，滿心歡喜，歡喜賺來一點點書卷氣。

劇藝留痕

上世紀二十年代起，粵曲從古腔官話改唱廣府白話後，《紅樓夢》粵曲取材，總不離「八大曲」《黛玉葬花》的基本格局。粵劇如《情僧偷到瀟湘館》（編撰馮志芬、陳冠卿），顧名思義，以寶黛的感情發展為主線，其他如《紅樓金井夢》（編撰葉紹德）和《紅樓二尤》（編撰潘一帆），則較為突破地以金釧和尤二姐、尤三姐擔戲。《情僧偷到瀟湘館》主題曲〈偷到瀟湘館〉（原作歐漢扶）和《紅樓金井夢》的〈水月祭金釧〉（原作陳冠卿），兩首曲目都是四五十年代紅遍省港澳的文武生何非凡首本。至於單支粵曲更多如繁星，子喉獨唱有吳君麗〈瀟湘夜雨〉（撰曲呂文成）、鍾麗蓉〈黛玉歸天〉（撰曲龐秋華）、冼劍麗〈黛玉焚稿〉（撰曲潘焯）、黎佩儀〈金釧投井〉（撰曲陳冠卿）和梅雪詩〈焚稿．歸天〉（撰曲葉紹德）等等。平喉獨唱有文千歲〈偷祭瀟湘館〉、陳笑風〈寶玉哭晴雯〉和羅家寶〈怡紅公子悼金釧〉（撰曲同為陳冠卿）等等。對唱曲有梁瑛、李慧〈長念葬花人〉（撰曲吳一嘯）、李寶瑩、文千歲〈寶玉訪香環〉

（撰曲葉紹德）和南鳳、陳咏儀〈黛玉離魂〉（撰曲麥樣合）等等。

知名唱家和老倌的紅樓故事錄音，同一內容，版本相異，在曲文編撰與唱情風格上各師各法，據楊鍾基的〈香港所存『紅樓夢』粵曲錄音初探〉所記，截至該文二〇〇四年在《紅樓夢學刊》發表為止，保存在香港電台、香港商業電台和香港中文大學音樂資料館的相關唱片和錄音帶，總數一百六十種，內容大都離不開家喻戶曉的熱門情節。有撰曲者嘗試開闊題材，不再集中描寫寶玉、黛玉、寶釵、晴雯，轉向二線人物探春、金釧、二尤、琪官等等，如羅家寶、李丹紅〈情贈茜香羅〉和龍貫天、甄秀儀〈探春遠嫁〉（撰曲同為陳冠卿）；亦有索性返本歸源，以《紅樓夢》作者為描寫對象，讓曹雪芹蹦出前台，如陳小漢〈夜撰紅樓夢〉（撰曲陳錦榮）和梁漢威〈曹雪芹魂斷紅樓〉（撰曲蔡衍棻）。

香港粵劇舞台演出紅樓戲，不在少數，戰前公演的已難稽考，憑手邊有限資料，暫時可追溯至一九四五年十二月，戰後「新聲劇團」自澳門移師香港，徐若呆編撰《紅樓夢》，在中央戲院打響頭鑼，任劍輝、陳艷儂分飾寶玉、黛玉，白雪仙演寶釵，靚次伯反串賈太夫人，歐陽儉演賈政。一九五〇年「寶光劇社」演出《寶玉憶晴雯》，主要演員新馬師曾與紅線女。一九五〇年十一月李雪芳曾在高陞戲院為香港輔警義演〈黛玉焚稿歸天〉，衛少芳演雪雁，唐雪卿演紫絹。一九五二年「金鳳屏劇團」首屆在普慶戲院演《紅樓二尢》，台杜芳艷芬、任劍輝，編劇唐滌生。一九五〇至五四年間，李少芸組班「大鳳凰劇團」，亦曾在一九五二年演出《黛玉葬花》，除正印花旦余麗珍，先後加盟的老倌有薛覺先、上海妹和李雪芳，該劇由薛覺先演寶玉應無疑慮，但誰演黛玉則資料不詳。一九五六年六月，「仙鳳鳴」劇團成立，利舞台首演唐滌生改編的《紅樓夢》，寶黛由任劍輝、白雪仙分飾，特邀梅綺客串寶釵。一九六〇年，葉紹德為「非凡響劇團」新編《紅樓金井夢》，何非凡演寶玉，吳君麗演金釧。一九七四年五月，「頌新聲」劇團首演《紅樓寶黛》，李少芸編撰，林家聲、吳君麗演寶黛。一九八三年十一月，「雛鳳鳴」劇團首演《紅樓夢》，龍劍笙、梅雪詩擔綱，葉紹德依上海越劇的分場改編，在「哭靈」後，接上任、白的折子〈幻覺離恨天〉。

〈幻覺離恨天〉講寶玉哭靈後夢遊太虛，在雲端與位列仙班的黛玉重遇，黛玉以「悲金悼玉原是幻，錦繡紅樓一夢間，夢裏看花花耀眼，醒後餘歡再續難」點醒癡迷的寶二爺，大段唱情與仙姬連番歌舞後，寶黛分手。原著中寶玉雖在黛玉死後，因癡病失掉心魂，夢迷天界幻境，恍恍惚惚遇上幾位仙子，貌似大觀園眾姐妹丫鬟，可惜無一與他相認，包括形態酷肖黛玉的仙姬。〈幻覺離恨天〉的寶黛重逢為原著所無，純是編劇構想，取材文學作品的香港粵劇，有時因應班主和演員意願，或投觀眾所好，實行天馬行空的再創作。戲迷並不介意情節與小說文本沒大相關，最重要唱段音樂動聽，演員投入有交流，只要大致保留故事框架，不違原作精神，編劇創意自由發揮。

二〇〇一年八月，塵紓主持的「小說《紅樓夢》的戲曲舞台可塑性」專題講座上，有嘉賓講者對〈幻覺離恨天〉的寶黛，在太虛幻境重遇有微詞，認為削弱「哭靈」後寶玉出家的悲劇感染力。我看尾場接上〈幻覺〉，無非為照顧粵劇觀眾愛看團圓結局和歌舞場面的習性，劇情雖最終同樣天人相隔，總比哭靈後淒涼收結，觀眾遺憾離場好。而且，「雛鳳鳴」承傳「仙鳳鳴」，「仙鳳鳴」的戲必安排一兩幕歌舞場面，如《牡丹亭驚夢》之〈圓駕〉、《西樓錯夢》之〈錯夢〉、《蝶影紅梨記》之〈宦遊三錯〉、《九天玄女》之〈天女于歸〉和《李後主》之〈祝壽〉等等，《紅樓夢》尾聲〈幻覺離恨天〉，正切合一脈相承的「仙鳳鳴」風格。

這折子單獨來看，實在是一場好戲，曲式結構流暢，適切套用原著用詞，偶得「紅樓」意趣，如黛玉唱出的一段「反線二黃」：「……苦絳珠歷刧人間，嘆神瑛癡頑未滅。料是隔年愁，春恨秋悲皆自惹，堪憐濁玉夢方酣。頑石仙草幻化軀，竟是人間癡兒女，他日返本還源，空贏得同聲一嘆。」寶玉明知今生永訣，淒然唱出有「苦喉」之稱的「乙反木魚」：「妹妹呀，卿死已無堪戀棧，欲把哀愁向佛參，瀟湘有館空留柬，寶黛情癡枉作蠶。」黛玉早已看破，婉言相勸，「寶哥哥，悲金悼玉原是幻，錦繡紅樓一夢間，夢裏看花花耀眼，醒後餘歡再續難。」寶黛字字情真，苦喉清唱的行腔技巧亦自由度大，成了香港粵劇無論籌款或折子專場，歷演不衰的劇目之一。

近年香港常演的粵劇紅樓戲，大體跳不出「雛鳳鳴」版本，或加減場次，或改曲白，或新佈景，或易戲名；亦有劇團演出「非凡響」的《情僧偷到瀟湘館》，但不常演。新編的不是沒有，今年初有人搞了個紅樓戲，演員宣傳新戲，提到有賈寶玉摸秦可卿胸脯的情節。也有劇團演新編崑劇《西廂記》〈佳期〉，安排張君瑞為崔鶯鶯三次寬衣，解剩白色單衣後，再配合舞蹈身段與露骨的原作唱詞，借「雲門舞集」《紅樓夢》舞劇第一幕花卉刺繡披風的意念，舞動一幅繡上大紅牡丹花的白布，表演「露滴牡丹開，香恣游蜂採」，「掀翻錦被，湫卻瘦骸」的男女纏綿，最後張生還要拿出一條殷紅手帕，唯恐觀眾不明白。流風所及，香港也有粵劇團演潘金蓮，送上「牀震」效果。

戲曲有戲曲的表演語言，提升香港粵劇應從劇本的思想主題，曲詞的雅俗共賞，演員的唱功做手，舞台美術的抽象簡約幾方面下手。革新粵劇音樂，該考慮在傳承粵樂粵腔本源的前提下探索，不可丟失廣府大戲的特質，如果完全摒棄粵劇拍和（伴奏）的「追腔」技巧，任意削弱鑼鼓音樂在襯托演員台步做手、情緒表達的戲劇效果，甚至熱衷粵劇西洋歌劇化，趨向管弦樂式大伴奏，以取悅年輕人或外國觀眾，無疑自毀長城。連本相都消失，即無立足境，美其名與時並進，實則捨本逐末，只會破壞有濃厚土樂土腔情調的地方戲風格，限制演員靈動的個人表演，扼殺流派的創發與生存，亦不是嚴格意義上的民間粵劇。至於舞台美術與佈景製作，跨媒介取經已成時流，無論意念來自電影、話劇或舞蹈，挪用時不能亂搬，要適體裁衣，慎防阻礙演員在舞台的表演空間，還戲曲寫意含蓄的美。

香港粵劇要有尊嚴地在與時並進和維護傳統之間取得平衡，須志大品高，眼界開闊，若為沽名圖利，濫用改良新編為名目投機取巧，歪離正道，不單使全無概念的年輕觀眾，無法認識粵劇的精神本貌，品相更愈趨卑下。反觀台灣的白先勇，以他對崑劇的熱誠喜愛，識見修為，多年來跟着劇團遊走各地，做出可觀成績，在擴大觀眾群，導引年輕人正確認識崑曲之餘，並沒降低身段討好觀眾，損害動搖崑曲的根本。

一九九七年五月，台灣「雲門舞集」來港演出，沙田大會堂表演《紅樓夢》四幕舞劇，另有序幕和尾聲，一九八三年台灣首演，一九九四年重新改版，編舞林懷民，音樂賴德和，舞台設計李名覺。林懷民用舞蹈元素，抽離思維，掙開文字制約和故事束縛，演繹《紅樓夢》概念，配合燈光變化，輕紗交錯升降，四幕結構以春夏秋冬寓意生命循環。

第一幕十二舞者暗喻十二金釵，身披色彩繽紛的四時花卉刺繡大披風，園中翩翩起舞，伴隨舞者躍動，春天的飛花揚起又落下；第二幕表現金粉世家生活的爭執矛盾，園裏的年輕人暗喻寶玉，被父親責打後，在強大火熱的父權陰影下，舞姿鬱結壓抑，無力反抗；第三幕葬花，白衣女子暗喻黛玉，她與年輕人起跳沉鬱纏綿的雙人舞，幽怨的音樂襯托底下，花落花飛，一片秋意蕭瑟；第四幕尾聲，大幅白布鋪天蓋地，雪意茫茫，輕盈的白布台板上如波浪般鼓脹起伏，身穿單肩紅紗的剃髮男舞者，別過紅塵，白浪中緩緩拜倒。《紅樓夢》舞劇哲思靈動，意象華美，舞者通過剛與柔的對比、心與力的交纏，跳出人物的生命和情感。

二〇〇五年三月與十一月，面世二十二年的《紅樓夢》舞劇分別在台北國家戲劇院和內地的上海大劇院作最後公演。經過持續的探索和自我挑戰，「雲門舞集」的風格不斷轉變，舞者嘗試用新的肢體語言詮釋新意念，遊走在樸素黑白的抽象世界，觀照內省，從過往的繁富走向素淨，《紅樓夢》舞劇終成「雲門」封存的舞碼，標誌着一個創作階段的完成，給觀眾留下美好的回憶。

紅樓物緣

搬家上環前，某天幫母親清理舊物，在走廊板牀底下的一個紙箱，翻出薄薄的二十回本《紅樓夢》，亭台樓閣的封面上，印有作者名字曹雪芹，想是五姐留下的，讀後意猶未盡，可惜沒有下文。大會堂圖書館一九六二年啟用，我後一年升中，還未習慣跑圖書館，對《紅樓夢》回目上的標題雖十分好奇，卻從沒想起去借。

新居在永樂街西口，靠近德輔道西三角碼頭一帶，晚上變身大笪地，除了賣百貨舊衣，還有雜耍猴戲、曲藝表演和看掌睇相，每個地攤的汽油燈亮堂堂，熱鬧到午夜。上了中學，曉得要多讀書長見聞，不能再像小學生只顧口腹之欲，晚飯後跟十哥逛大笪地，有時也愛在書攤留連。

地攤整齊排滿各類書種，單本、兩本或四本成套，有中國四大古典名著《三國演義》、《西遊記》、《水滸傳》、《紅樓夢》；其餘詩經楚辭、論語孟子、漢賦元曲、唐詩宋詞、唐人小說、晚明小品；三言二拍、七俠五義、世說新語、施公奇案、聊齋誌異、浮生六記；古文八大家、秋水軒尺牘、朱子治家格言；衣卜星相、粵曲大全、時代曲百首、入廚三十年等等，琳瑯滿目。我通常蹲在地上只翻不買，但為了追讀二十回後情節，破例買來一套四冊全本《紅樓夢》，坊間印的普及本紙質薄脆，行密字小，自恃年輕眼力好，生字跳過去，飛快讀完。

大約中三暑假，從中環商務印書館買來一本專談《紅樓夢》的書，教會我要想讀懂這部巨著，不能只看公子多情紅顏薄命的表面文章，非得要像個膽大心細的偵探，才可以看出蛛絲馬跡，讀出意在言外。稍微開了點竅，又不知着了哪道魔，迷唸詩詞，平日上課怕默書，竟挑書中的詞曲背誦，甚麼〈好了歌〉、〈金陵十二釵判詞〉、〈紅樓夢曲〉、〈葬花吟〉、〈菊花詩〉、〈螃蟹詠〉、〈柳絮詞〉、〈中秋即景聯句〉和〈秋窗風雨夕〉等等。

唸了十來首之後，又頭腦發熱，不知天高地厚，寫起暑期讀書報告，寫滿十數頁原稿紙，內容早忘了，也不記得老師評分多少，這份功課以頁數計，屬同級書友壯舉。年少輕狂，哪曉得從爬梳文本的內容情節、目錄校勘、印版抄本，以致尋找作者真身、考據門第家世、親族官位嬗變；再旁及時人酬唱的詩詞文集、清室文史檔案，牽藤扯瓜，背後連成整套

「紅學」研究體系，中學生居然敢班門弄斧，好在讀書報告搬家時已丟棄，不成熟的字證徹底消失。

《紅樓夢》研究是一門大學問，各路學者作家如王國維、俞平伯、周汝昌、吳恩裕、吳世昌、蔡元培、魯迅、胡適、顧隨、俞大綱、張愛玲和劉心武等人，曾經發表的研究文章和著作，洋洋大觀言之成理。歷來學術、考古界別出版的學刊專論，更卷帙浩繁，圖書館舉頭一望，幾世也讀不完。

曹雪芹原作前八十回與傳言為程元偉、高鶚二人續作的後四十回，乾隆年間整合成一百二十回本，影響流傳最深遠。有人不喜歡，認為其中有歪離曹雪芹原意的改動；有人不介意，覺得這版本已算大旨切合「家業凋零，金銀散盡」的破敗結局。亦有研究認為，後四十回不全是續書人創作，應是程、高根據倖存的曹雪芹原作殘本，剪裁改寫，個別章回的佈局和情調，有曹氏手影，尤其「林黛玉焚稿斷癡情　薛寶釵出閨成大禮」、「苦絳珠魂歸離恨天　病神瑛淚灑相思地」的九十七、九十八兩回。

每人藝術修養、文字功夫、悟性巧思都不同，若奢求續書人具備曹雪芹的文采功力，仿效前八十回風格，交出旗鼓相當的詩詞曲文，無疑強人所難，不切實際。我頭腦簡單，並不執着續書沒有前八十回的好文采，只着眼非常重要的第五回「賈寶玉神遊太虛境　警幻仙曲演紅樓夢」，把其中揭示全書主要人物命運的〈金陵十二釵判詞〉、〈紅樓夢曲〉和散佈在前八十回帶有暗示意味的其他詩詞曲賦，跟後四十回情節對照，相合或稍合為好，不符或相悖當然不佳。

以這個準則驗證，程、高續作雖有整合全書的功勞，但為歌功頌聖，安排最討厭功名的寶玉考鄉試振家聲，一百一十九回的「中鄉魁寶玉卻塵緣　沐皇恩賈家延世澤」最難接受。我寧願看寶玉落難被囚，行乞度日，靠丫鬟接濟，最後紅塵看破，飄然遠去；元妃薨逝，賈家被抄，「落了片白茫茫大地真乾淨」，應無力家聲再振，敗落得徹徹底底；「花模樣，玉精神」的大觀園女子，逃不過命運的無情播弄，十二釵判詞要依作者本意一一兑現。在我心目中，另名《石頭記》的《紅樓夢》，相類希臘悲劇，悲劇就要一悲到底，草蛇灰線要首尾呼應，可以微調，不能沖喜，避免破壞原作者苦心經營的大格局。

六十年代初，書店貨架放了一套北京人民文學出版社的《紅樓夢》，作者曹雪芹、高鶚，一九六四年二月印刷，程十髮彩色插畫，當時沒見過有插畫的《紅樓夢》，十哥馬上捧回家。我一看簡體字印刷，心涼了一半，硬着頭皮全書看完，竟大致讀通了。大致讀通的意思，是不要被艱僻字的簡體難倒，艱僻字的繁體看着已皺眉，簡體更摸不着頭腦，若要捧字典讀紅樓，不單費勁失時，更敗壞親炙名著的雅興。若碰上僻字，只要依照上文下理，約略知道字詞的意思，順勢看下去，不要執着讀音，很快就會柳暗花明，充滿奇趣，讀完若還有求知慾，再翻工具書也不遲。很多人讀《紅樓夢》，不到五回書，頂多六七回就放棄，文化水平不是關鍵所在，水平高低仍可對小說有或深或淺的認知了解，而是讀者性情與書的格調不相親，強於理性而弱於感性，對大觀園公子小姐的感情生活覺膩煩，對官宦豪門的瑣碎家事沒興趣，對關鍵所在的詩文詞曲不欣賞，對作者傳達的隱晦意涵欠理解，看得恁般痛苦，倒不如讀三國水滸還比較輕鬆自在。

這套簡體字版一百二十回本《紅樓夢》，行距字體看來比較舒服，又有程十髮插圖十一幅，著色淡雅，筆法輕靈。我尤其喜歡第四十六回「鴛鴦女誓絕鴛鴦偶」的鴛鴦鉸髮、第六十六回「情小妹恥情歸地府」的尤三姐自刎、第七十四回「惑奸讒抄檢大觀園」的晴雯掀箱和最後一回「賈雨村歸結紅樓夢」的寶玉遠去。說來無情，在未得其他《紅樓夢》版本前，每次重讀，必翻閱這套程十髮版，粗疏的大笪地坊間版備受冷落。中學畢業那年，搬離二哥家，捎走程十髮版《紅樓夢》，它跟着我浮蹤輾轉，自離開印刷廠，已高齡五十多，紙質微黃，起了書斑，包書膠膜亦硬化裂開，但始終不離不棄，與紅樓物事相關的收藏中，有着元老級地位。

大約一九七〇至七二年間，當年男友知我愛讀紅樓，送我一套兩冊《乾隆甲戌脂硯齋重評石頭記》做生日禮物。原件為硃墨兩色寫本，上冊收一至八回，下冊載十三至十六及二十五至二十八回，合共十六回。內附胡適的〈影印緣起〉和〈跋〉，提及一九六三年為曹雪芹逝世二百年，特意把最接近原始版本的「甲戌本」印行，作為獻禮。一九六一年五月和一九六二年六月，台灣中央印製廠分兩次依原樣影印出版。我得一九六二年版，線裝黑藍書皮，楷書精寫，硃筆眉批，陣陣古雅書香，教人愛不釋手。這套書為限量版，不知朋友當年是預先約購還是後來尋訪，舊時情懷已渺，今日雨過天青，偶然捧讀，也會生起一絲感念，硃墨毫端，工整地為逝去的韶光留下淡痕淺跡。

除了珍視程十髮書中插畫，亦曾隨意積存紅樓故事的版畫、圖詠，甚至月曆和火柴盒之類小玩意。許多年前逛書展偶得江蘇廣陵古籍刻印社線裝精印、宣紙十六開的《紅樓夢版刻圖錄》，全二冊，木刻版畫和石印本插圖三百二十六幅；天津人民美術出版社「老資料叢書」，主編來新夏，舊籍新版《清刻紅樓夢圖詠》，（清）改琦繪圖五十幅；北京圖書館出版社的《紅樓夢圖詠煙標精華》，杜春耕收藏編著，煙標屬中國南洋兄弟煙草公司出品，繡像連詠贊詩，底本主要來自（清）王墀繪畫的一百二十張人物繡像，於光緒八年（一八八二）由點石齋照相石印，定名《增刻紅樓夢圖詠》。

二〇〇〇年前後，往澳門度假，大三巴下來，閒逛議事亭前地，見一九二九年落成的郵政總局大樓，建築為歐洲古典主義風格，灰質外牆，花崗石基座，門廊拱窗典雅大方，順腳進去四處觀賞，忽見玻璃展示櫃有兩套紅樓夢人物郵票和小型張。一套是澳門郵電司一九九九年三月發行的「文學與人物——紅樓夢」，潘錦玲繪，用國畫重彩筆法，構圖活潑，人物造型有童趣，共六枚，「寶玉悟情」、「黛玉葬花」、「寶釵撲蝶」、「熙鳳弄權」、「三姐飲劍」、「晴雯補裘」及小型張「雙玉讀曲」。「雙玉讀曲」的寶黛，在花樹樓臺間專心同看《西廂記》，畫面尤美。

另一套是「金陵十二釵」特種郵票，劉旦宅繪，背景素白，突出形象。中國郵電部在一九八一及一九八二年分兩次發行，前後共十二枚，即「黛玉葬花」、「元春省親」、「探春結社」、「湘雲拾麟」、「鳳姐設局」、「可卿春困」、「寶釵撲蝶」、「迎春誦經」、「惜春構圖」、「李紈課子」、「巧姐避禍」和「妙玉奉茶」。劉旦宅工筆中帶寫意，線條簡練，形態生動。當時前六枚已售罄，只買得後六枚，其後得朋友相贈，才全套補足。

劉旦宅的《紅樓夢》故事創作畫，還有一本人民美術出版社的《石頭記人物畫》（周汝昌配詩）和一個三十四年前的活頁掛曆，封面頁是「射謎」，下面寫着「恭賀一九八〇年新禧，博雅藝術公司敬贈」，扉頁手書「紅樓夢圖十二幅」，下款「旦宅題」，另黔硃紅小圓章。「射謎」同為一月份配畫，記第五十四回「暖香塢雅製春燈謎」事，時為正月，暖香塢紅氈鋪地，大紅吊燈飄下紅穗，寶玉紅衣打扮，非常喜氣；二月份「放鳶」，三月份「讀曲」，四月份「葬花」，五月份「撲蝶」，六月份「拾麟」，七月份「窺窗」，八月份「詠菊」，九月份「攢金」，十月份「描園」，十一月份「補裘」，十二月份「贈梅」。

十二幅月曆畫，線條、著色、構圖無不精美，畫裏人物與花樹的鋪排，很有心思。「讀曲」的寶黛，配襯大塊山石與寫意桃花；「葬花」的黛玉，身後橫空生出一株老梅樹；「窺窗」的寶玉，窗檽下有兩大叢綠芭蕉，安置在畫面右下方。每幅另附故事出處和吳世昌、姚雪垠、茅盾、周汝昌和張伯駒等人的題詩，這九吋半見方月曆從沒掛起過，因為捨不得。

忘記哪年去內地旅行，看見一個寶藍色六吋乘三吋的長方小紙盒，模仿線裝書設計，正面左上方隸書直題「紅樓夢金陵十二釵」，右下方印刷字直排「中國上海火柴廠」，廠名之上，開一小方窗，透出黛玉荷鋤的圖像。盒裏有十二個小火柴盒，分別印十二金釵繡像，背面各有相關人物的圖詠詩，小巧有趣，買來清掉火柴枝，存放抽屜底。

抽屜底還有一張發黃獎狀，是一九六四年十一月參加學校歌唱比賽，自選清唱〈紅豆詞〉得第二名的歷史見證。當年一個初中生，竟愛聽女高音周小燕，尤其〈百靈鳥你這美妙的歌手〉（哈薩克民歌，周永西編詞）和〈紅豆詞〉》（劉雪庵曲，曹雪芹詞），歌藝成熟期的她，音色飽滿宏亮，百靈鳥的幾句唱詞「……聽了你的歌，我的憂愁沒有了，我的心裏樂開了花呀……」之後的花腔，跌宕清脆，最能體現周小燕高超的歌唱技巧。百靈鳥高難度，絕對不是從沒接受聲樂訓練的我能夠應付，選了〈紅豆詞〉，降調唱舒服的女中音，除了技巧平實，可避花腔刁難，還因為它美麗的詞章。

「滴不盡相思血淚拋紅豆，開不完春柳春花滿畫樓。睡不穩紗窗風雨黃昏後，忘不了新愁與舊愁。咽不下玉粒金波噎滿喉，照不見鏡裏花容瘦。展不開眉頭，捱不明更漏，啊……啊……恰似遮不住的青山隱隱，流不斷的綠水悠悠。」最後四句重唱，前兩句音調次第高揚，訴說刻骨思念，眉頭不展的心情；後兩句宛轉低迴，空留如水歲月的無奈嘆息。

一九四三年，劉雪庵為曹雪芹詞譜曲，冠名〈紅豆詞〉，面世幾近八十年，仍深受無數懂得欣賞詞藻美、音樂美、心靈美的知音傳唱。作曲家才華橫溢，在音樂人生的坎坷路上，不提其他名作，僅此一曲亦足垂不朽。

那年月電台播放〈紅豆詞〉，我只是愛聽，並不知道出處，後來讀全本《紅樓夢》，才驚覺曲詞來自第二十八回「蔣玉菡情贈茜香羅」，馬上眼前一亮，有在文山字海意外相逢的欣喜。那是緊接二十七回「埋香塚飛燕泣殘紅」黛玉葬花之後，寶黛互表衷曲，礙於禮教有口難言，既猜磨不透，難免暗鬧別扭，寶玉正萬般委屈無奈，忽有小廝請赴馮紫英、蔣玉菡和薛蟠之約。錦香院筵席上行酒令，以女兒的悲愁喜樂為題，寶玉先說出「女兒悲，青春已大守空閨。女兒愁，悔教夫婿覓封侯。女兒喜，對鏡晨粧顏色美。女兒樂，鞦韆架上春衫薄。」再由錦香院的雲兒琵琶伴奏，寶玉唱出這闋一韻到底、盡訴女兒閨怨的時樣新曲。

去年底執拾書櫃，但見雜亂無序，自怨平素買書沒章法，隨見隨買，貪新善忘，看後又胡亂擺放，一入書櫥深似海，以後再難得露面，還好仍有多少理智，沒購置大部頭著作的慾望，一來無地存放，二來怕啃不動，有需要時去圖書館借閱也方便。近十年更調整心態，停止購書，家居面積有限，決不肯在兩個書櫃以外多添一個。今次趁機先把中外小說、散文藝談、唱詞曲本、古文詩詞大致分類，待日後定去留。誰知這一整理，發覺多年購入與「紅樓」

故事相關的著作竟有四十五種，相比我那些學富五車的朋友，這單一主題的專書數目實屬小兒科，但以個人讀書習慣計，比例可不算少。

這批書嚴肅輕鬆都有，有些過目已忘，有些仍會常翻，勉強細分，小說文本有四：人民文學出版社百二十回本《紅樓夢》、胡適藏十六回本《乾隆甲戌脂硯齋重評石頭記》、書目文獻出版社百二十回本《蒙古王府本石頭記》和台灣三民書局普及版《紅樓夢》。圖錄畫作有五：線裝精印《紅樓夢版刻圖錄》、《紅樓夢圖詠煙標精華》、《石頭記人物畫》、廣智書局《紅樓夢圖詠》和「老資料叢書」《清刻紅樓夢圖詠》。仿作續作有三：《紅樓夢影》（（清）雲槎外史撰）、《後紅樓夢》（（清）白雲外史散花居士撰）和《劉心武續紅樓夢》（劉心武撰）。曲劇創作有二：《紅樓夢上海越劇》（徐進編劇）和《紅樓夢劇本》（徐蒙、譚峙軍合論）。

寫作技巧藝術評議有七：《紅樓夢的寫作技巧》（墨人）、《紅樓水滸與小說藝術》（胡菊人）、《花香銅臭讀紅樓》（趙岡）、《水滸傳與紅樓夢》（胡適）、《紅樓夢魘》（張愛玲）、《紅樓夢與中國文化》（周汝昌）和《紅樓真影》（周汝昌、周建臨合著）。研究資料有四：《紅樓夢研究資料》（北京師大學報叢書編輯組）、《紅樓夢研究小史稿》（郭豫適）、《論石頭記庚辰本》（應必誠）和《紅樓夢佚著淺探》（吳恩裕）；人物小傳有三：《秦可卿與寧國府》（周玉清）、《司棋》（金寄水）和《齡官》（劉肇霖）。

曹雪芹身世有四：《曹雪芹小傳》（周汝昌）、《曹雪芹的故事》（吳恩裕）、《曹雪芹江南家世考》（吳新雷、黃進德合著）和《考稗小記——曹雪芹紅樓夢瑣記》（吳恩裕）。以曹雪芹為主體的小說創作有二：《曹雪芹（上中兩卷）》（端木蕻良、鍾耀群合著）和《曹雪芹南歸（章回體傳奇）》（王永泉）。

詩詞美學有三：《紅樓夢詩詞鑑賞》（王士超注釋、李永田整理）、《紅樓夢曲賦評注》（蔡義江）和《紅樓夢接受美學論》（劉宏彬）。醫事美食有六：《紅樓美食》（蘇衍麗）、《紅樓夢飲食譜》（秦一民）、《紅樓夢的飲食文化》（陳詔）、《紅樓、素女、中醫》（任勉芝）、《紅樓醫語》（汪佩琴）和《紅樓夢人物醫事考》（陳存仁、宋淇合著）。另有林語堂的《紅樓夢人名索引》和鄧雲鄉的《紅樓風俗譚》。

審視大半生積存舊物，隱然有一條看不見的軌跡，不經意導引我成長的方向，培養審美的趣味，從沒刻意而為，但與《紅樓夢》有關的種種情意，自會縈繞身邊，我視作物緣。物緣背後必有人情在，為怕記憶淡忘消逝，閒居泛記，錄下曾經遇到的物事情緣，經歷歡愁病厄的諸般考驗後，慶幸並未辜負華年。

第三輯

閒情漫筆

原刊《香港文學》，總第三九八—四〇〇期，二〇一八年二、三、四月號
二〇一九年九月（第八次修訂）

山風細柳

每年清明前後，去柴灣掃墓，用濕布把母親的碑石揩拭抹淨，拎着小帚畚箕，清走落葉枯枝和殘餘的香燭腳，擺好鮮花，這掃淨功夫通常由我出手。族中長輩老成凋謝，陸續歸入被祭行列，我是姑姐輩，亦到望七之年，掃墓主要由年輕一輩打點。世界衛生組織新定義，六十六至七十九歲歸屬中年，八十至九十九才榮升長老，但穩重人一般不會當真，只視為精神安慰，腰腿筋骨諸多毛病，往往傷感地反映年齡的實相，提醒你正步入早衰「中年」。

姪兒姪女憑從前耳濡目染的一點記憶談笑張羅，甩漏在所難免，一時忘買墳頭紙錢，一時忘帶火柴點火，幸好總有家族成員遞上時款火機。每個時代自有每個時代的亮點，「咔嚓」聲中，橘黃色火焰竄舞，邊擦邊亮，一地火柴頭的惆悵忙亂，早隨流逝的韶光黯然淡出。

墳頭時有山風，柔拂還好，兩人合作，一人或半拱雙掌或以身相護作起擋風的屏障，另一人就勢燃點，焚香的主場戲總不至於太難；但若風颮得緊，人肉屏障可說全無用處，摩登火機一籌莫展，隨點隨滅。能夠背風一戰的只有墳後與山牆間一塊窄小空間，有時要勞動健壯的昌姪，側身蹲下，點香燃燭，又辛苦站起轉遞分發，眾人風中接過，隱然有承傳的意味。

七手八腳排開果品，煎堆鬆糕，燒鴨燒肉，然後禮拜後土、先人。又因時興分享，線香分贈左鄰右里，不過睦鄰也會遇上障礙，鄰居香爐時有東倒西歪，可能久無人來，任它狗曳風侵；可能墳場管理處或家屬不想香爐承雨養蚊，故意翻倒。原因既不明，不敢胡亂扶正，唯有見縫插香，適應環境。周圍已是五十年舊墳，墳中人形體俱滅，老實講，誰還在意「香爐」這個吃飯傢伙的似有還無。煙熏繚繞之際，笑聲人語，墳頭也好熱鬧些，春秋二祭，眼前太荒涼，傷感不安從來是在世的人。儀式簡化中有秩序，忙亂中有莊嚴，子姪兒孫輪流奠酒鞠躬，我不忘默稟先母，明年當緊記帶來壓墳紙錢。昌姪焚化寶牒，紙灰上下翻飛，待餘燼熄滅，掃墓團又轉往同區的下一個拜祭點。

先父離世，不覺也四十一年，他的冥居環境清幽，一條行人通道連着靈灰龕牆，約莫有八九個龕牆呈凹形排列，連成香蕉狀面向虛空，同沐日月星塵。凹形開口外就是通道，道旁是連綿的石欄杆，欄杆外林木扶疏，山影搖翠，滿坡是芒草與爬地虎。啁啾的鳥聲間歇劃過，四野份外空茫，清明重陽過道上的熱鬧，還幸不是常態，未致於過度干擾寂寂的幽靈。

骨灰位方正排列，父親在寄身的龕牆正下方，長方形香爐就在他眼下，小小的雲石碑面，鑲貼着半邊微型花瓶和黑白瓷照，胖胖的父親臉寬額闊，地閣豐盈，雙耳緊貼腮後，頭顱刮得光光。這位隨時以粗話表達激烈情感的「順德」大漢，也有斯文的一面，在他唐裝衫的左上口袋，用銀鍊別着兩串吊飾，一為赭玉鼓，一為綠玉獅。父親鼻樑上架着黑框眼鏡，鏡框異乎尋常地粗黑，明顯經過製作瓷照的人着意加工，這副看來突兀的眼鏡，炭筆工夫稚拙，不時成為家族掃墓時的笑謔閒話。

骨灰龕場先靈眾多，空地不大，凹形中空處還要放一張長條櫈，讓人歇息，若碰上幾家孝子賢孫先後或同時到達，未免擠迫，但各家自會加快流程，祭祀儀式流水作業，將就着跳起灰龕前的探戈，你退我進，頗有默契。眾靈有知，或會微笑報夢，滿意兒孫予人方便，畢竟同居凹形粉牆幾十年，難得有機會用另一種形式睦鄰。

早年祭父，果品通常由二嫂佈置，燭火安排停當後，家人依次揖拜。等待期間，游目四顧，瀏覽各式龕位碑石的文字，較深印象是在六十年代走紅、英年自殺的粵語片女演員和一位比父親早幾個月離世的文化人。文化人碑上刻名「吳公灞陵並吳母張細柳」，碑頂「廣東南海」四字中間有合照，下方左右分刻二人生卒年月。碑文記下龕主曾任職《華僑日報》，又是行山組織「庸社行友」的熱心推動者。細柳女士一九三九年逝世，寄生三十載，逝後三十七年與夫合龕。

吳灞陵與張細柳，名字惹人遐想，不管是原名抑或後改，少有地匹配。合照上的吳先生剪平頭裝，戴金絲鏡，臉長口闊鼻正，驟眼看來，幾分似已故香港話劇界前輩鮑漢琳。細柳女士一派民國女子風範，頭髮攏後，劉海覆蓋半額，亦架圓框金絲鏡，耳環襯着鵝蛋臉，五官精緻，意態安閒。

每年因利成便，例必對父親近鄰的碑石，恭謹地行注目禮，日子有功，慢慢竟從「灞陵細柳」四字衍生無限聯想，滿腦子去愁別恨的麗句詩詞，甚麼渭城煙雨、陽關夢斷、灞橋傷別，盡是自古以來文人雅士細訴離愁的熱門詞彙，若遇上霧重霞蒸的日子，龕牆前恍惚見渡頭擺柳，一片空濛。

渭城陽關

唸小學五六年級的時候，從應付升中試的輔助讀物《中文科複習指導》和老師派發的油印講義，初識王維的〈渭城曲——送元二使安西〉與杜甫的新樂府詩〈兵車行〉。〈兵車行〉寫唐玄宗窮兵黷武連年征戰，民生艱困士兵思家的情景。起首幾句：「車轔轔，馬蕭蕭，行人弓箭各在腰。爺孃妻子走相送，塵埃不見咸陽橋。牽衣頓足攔道哭，哭聲直上干雲霄……」，車馬雜沓，塵土漫天，親人牽衣痛哭，好一幅如聞其聲如見其影的送別征夫圖。當時年紀小，並不理解戰亂慘況，但畫面生動，音節鏗鏘，也起勁把全詩唸背得滾瓜爛熟。

渭城是古秦都城咸陽，漢時改稱渭城，西出長安都門三十里，位處渭水北岸，是〈兵車行〉中「塵埃不見咸陽橋」的所在地。中晚唐詩人李賀的〈金銅仙人辭漢歌〉，有句詠及渭城與咸陽道：「……空將漢月出宮門，憶君清淚如鉛水。衰蘭送客咸陽道，天若有情天亦老。攜盤獨出月荒涼，渭城已遠煙波小。……」

陽關故址在甘肅敦煌西南方，河西走廊盡西頭，玉門關之南，距長安二千五百餘里，是通向西域的要塞。唐時人送友每在渭城客舍告別，城外驛道兩旁植滿楊柳，大路不見盡頭。征人、使節或行旅遠去渭城，西出陽關以後，面對大漠的強悍風沙，前途難卜，送行者唯恐後會無期，亦黯然神傷，但離人志決，最終還是揚鞭策馬，絕塵而去。

粵曲撰作大家楊石渠，有曲名《無雙傳》之〈渭橋哭別〉，任劍輝與李寶瑩主唱，講唐德宗建中年間，朝臣劉震女兒劉無雙與表兄王仙客的戀愛故事。涇原節度使姚令言京城作亂，德宗出走，劉震陷賊，歸順事偽，亂平後夫婦被處死，人亡家破，無雙沒籍為宮女，王仙客輾轉為驛官，四處打探無雙下落。一日罪人宮嬪押解至驛館，等候發配陵園，仙客疏簾中隱見無雙身影，老僕塞鴻亦隔簾聽得翌日起解之語。押送陵園必自渭橋西去，王仙客翌日橋頭等候，煙雨中果見十乘氈車遙遙而至，伺機終得一面。

〈渭橋哭別〉一曲，起首【新曲渭橋煙雨】「春風面，彷彿似簾前一現，驚疑兩般不定，惆悵落花天。青波咫尺，驛館沉沉被暮雲遮斷……」，後來一段【乙反長二黃下句】「渭橋西望柳如煙，楊花亂撲行人面，十里鵑聲陪客路，一襟紅淚灑風前。欲唱陽關情意短，心似丁香愁百結，」【轉正線二黃】「恨隨芳草路三千，嘆涇原烽火困都門，才令到分飛勞燕。」楊石渠詞藻清麗，文采沛然，〈渭橋哭別〉確是單支粵曲中，以渭橋陽關為背景的訴情精品。

翻檢詩詞、文獻及網頁資料，古來以陽關寓意別離的詩詞多不勝數。宋趙彥端的〈點絳唇——途中逢管倅〉：「憔悴天涯，故人相遇情如故。別離何遽，忍唱陽關句。我是行人，更送行人去。愁無據，寒蟬鳴處，回首斜陽暮。」用陽關為名的曲譜自然更不會少，最初以唐王維的七絕〈送元二使安西〉入曲，名〈陽關曲〉（亦名〈渭城曲〉）：「渭城朝雨浥輕塵，客舍青青柳色新。勸君更盡一杯酒，西出陽關無故人。」當時樂工有感原詩四句入腔太短，故用「三疊」歌法，把其中詩句反覆重唱三次，故名〈陽關三疊〉，至於選哪幾句疊唱，後世眾說紛紜，距唐一代愈遠，愈無定法。明清兩代，更發展為古琴歌譜，有多種版本，大都在原詩基礎上，衍增新詞，細意描寫送別友人的離愁別緒，亦用「三疊」唱法。

喜好〈陽關曲〉調子的詩人墨客，有以己作入曲，如宋蘇軾的〈中秋月〉：「暮雲收盡溢清寒，銀漢無聲轉玉盤。此生此夜不長好，明月明年何處看。」亦調寄〈陽關曲〉，並力求「三疊」唱法出新。北宋初年，寇準借王維〈送元二使安西〉詩意，另譜新詞入曲，豪爽纖細兼而有之，成〈陽關引〉：「塞草煙光闊，渭水波聲咽。春朝雨霽輕塵歇、征鞍發。指青青楊柳，又是輕攀折。動黯然、知有後會甚時節。更盡一杯酒，歌一闋。嘆人生，最難歡聚易離別。且莫辭沉醉，聽取陽關徹。念故人、千里自此共明月。」〈陽關引〉自成一套句格音節，相異於〈渭城曲〉，算是當時的「別調新聲」。

同為「別調」的還有南宋柴望的一首詞作〈陽關三疊：庚戌送何師可之維揚〉：「西風吹鬢，殘髮早星星。歎故國斜陽，斷橋流水，榮悴本無憑。但朝朝、才雨又晴。人生飄聚等浮萍。誰知桃葉，千古是離情。　正無奈、黯黯離情。渡頭煙暝，愁煞渡江人。傷情處，送君且待江頭月，人共月、千里難並。笳鼓發，戍雲平。　此夜思君，腸斷不禁。僅思君送君，立盡江頭月。奈此去、君出陽關，縱有明月，無酒酌故人。奈此去、君出陽關，明朝無故人。」

一曲兩名的〈渭城曲〉，為唐宋時人流行的送別曲，不單文士大夫離筵席上高歌，教坊亦經常習唱。唐劉禹錫的〈與歌者何戡〉，有「二十餘年別帝京，重聞天樂不勝情。舊人唯有何戡在，更與殷勤唱渭城」的讚詠。隨歲月推移，戰亂頻生，擅唱的文士歌手漸亦故去；古時記譜口耳相傳，慢慢移聲走調，會唱的人日少，詞曲漸不相協。蘇軾的〈和孔密州五絕．見邸家園留題〉：「大旆傳聞載酒過，小詩未忍着磚磨。陽關三疊君須秘，除卻膠西不解歌。」宋末何應龍的七絕〈有別〉：「樓上佳人唱渭城，樓前楊柳識離情。一聲未是難聽處，最是難聽第四聲。」宋劉敞七絕詩〈渭城〉：「舉世幾人歌渭城，流傳江浦是新聲。柳色青青人送別，可憐今古不勝情。」詩人撫今追昔，對無人再唱〈渭城曲〉，感嘆無奈。

〈渭城曲〉唱法失傳，後世只偶然在前人詩作文章中捕捉一點風采。北宋梅堯臣與謝公儀、江鄰幾、劉敞某夜聚飲，曾賦詩記述席上江鄰幾唱〈渭城曲〉，有「江翁唱渭城，嘹唳華亭鶴」的形容。北宋蘇頌〈和題李公麟陽關圖二首〉之一：「渭城淒咽不堪聽，曾送征人萬里行。今日玉關長不閉，誰將舊曲變新聲。」《欽定詞譜》卷一〈陽關曲〉亦有註，蘇軾論「三疊」歌法：「……余在密州，文勛長官以事至密。自云得古本〈陽關〉。其聲宛轉淒斷，不類向之所聞。……」憑文字猜想，〈渭城曲〉聲情音色，悲涼處或嘯鳴如鶴唳，傷情處或淒婉而聲咽。

灞陵風致

「渭城」、「陽關」是我最早知道的傷離地，這城關之外，又以「灞陵」、「灞橋」的風楊雪柳，最領風騷。古長安人送行，分東西兩路，西路送出陽關，東行送至灞陵。閱讀考古文獻與互聯網有關灞橋故事的文章，掩卷懷想，灞水汩汩奔流，任它灞上一地與灞橋兩岸如何叱咤世變，千載後亦雲散風流，空餘惆悵。

元人駱天壤撰《類編長安志卷之六》「灞河」條目下，有《水經注》：「出商山、秦嶺，北出倒回谷，經藍田，本名滋水。過陵會滻水，北合於渭。」又在「滻水」條目下，列明「出南山大谷、湯谷、庫谷、北合荊谷水，西北至光泰門，合於灞。」春秋時期，秦穆公改滋水為灞水，上架木橋，稱灞橋。橋無定態，水漲時連舟成浮橋，水退時搭便橋。灞水是長安東面天然屏障，衛護京都，握東西交通要衝，自嶢關、潼關出入關中平原必渡灞水。歷來在行軍路線上，灞水灞橋地位非常重要。

秦朝末年暴政橫行，民生多艱，各路人馬揭竿起義，欲取天下。當時楚懷王與部下約法，兵分兩路，誰先攻入關中，即可為王。北路主力軍，由主帥宋義和項羽率領，取道函谷關；劉邦領軍西路，經武關入關中，引發後來的「楚漢相爭」，搶奪王權。劉邦先兵臨咸陽，屯軍灞上，遣人入城勸降，秦王子嬰見大勢已去，白衣抱璽，灞上出降。後項羽亦率楚軍經灞橋入咸陽，火燒秦宮室，大火三月不滅。秦亡後，項羽自封楚霸王，分封劉邦為漢王，封地漢中，但雙方仍時常對峙，互有勝負。

項羽有勇無謀，大情大性，劉邦知人善任，工於心計，楚方形勢漸處下風，後因糧盡議和，項羽提出楚河漢界，雙方約定以鴻溝為界，東屬楚，西屬漢，互不干犯。但劉邦待項羽撤兵東歸，從後追擊，背信棄約，又聽取張良與韓信獻計，漢中犡兵秣馬，明修棧道，暗渡陳倉，終大敗楚軍於垓下，項羽烏江自刎。劉邦率漢軍再經灞橋入中原，統一天下，建立西漢。

西漢時，秦浮橋以外，在西滻河入灞處的北辰村附近，另構築固定木橋。《類編長安志卷之七》「灞橋」條目下，《方輿記》寫下漢時木灞橋的位置，在「古長安城灞城門東二十里灞店。南北兩橋，以通新豐道。漢人送客，至此贈別，謂之銷魂橋。」漢灞橋設亭尉，盤查行人，實施「夜禁」，天亮放行，是入京城前的保安關卡。王莽篡漢後的「新莽時期」，有百姓木橋下避寒失火，風乘火勢，撲救無效，西漢木橋焚毀。王莽另修新橋，改名「長存橋」，後來亦毀於戰火。至東漢，京城遷去洛陽，地方官吏無心修復，任由荒廢，終亦無法「長存」。

東漢末年，外戚宦官干政，各部混戰爭權，黨禍民變，加上天災。權臣董卓把持朝政，擁兵自重，縱容部下姦淫擄掠，洛陽百姓苦不堪言。後以袁紹為首，十八路諸侯討伐董卓，董卓脅迫漢獻帝回都長安，並下令洛陽百姓同時移徙。百萬軍民壅塞於途，人馬踐踏，死傷無數，百姓離鄉跋涉，腸飢衣破，怨氣沖天。無奈袁紹討伐失敗，董卓更目中無人，自任太師。當時王允官任司徒兼尚書令，密謀誅奸，設下連環計美人局，派貂蟬唆擺董卓義子呂布，刺殺董卓，董卓死後，王允、呂布當政。未幾，董卓餘部李傕、郭汜攻入長安，城陷焚搶，四處作亂，王允被殺，呂布出逃，長安百姓經灞水東走，避亂他鄉。

東漢文學家王粲亦倉皇離京，遠去荊州，路上但見骨肉乖離，屍骸遍野，曾有〈七哀詩〉描述情景：「西京亂無象，豺虎方遘患。復棄中國去，遠身適荊蠻。親戚對我悲，朋友相追攀。出門無所見，白骨蔽平原。路有飢婦人，抱子棄草間。顧聞號泣聲，揮涕獨不還。

未知身死處，何能兩相完？驅馬棄之去，不忍聽此言。南登灞陵岸，回首望長安。悟彼下泉人，喟然傷心肝。」

漢以後幾百年，歷三國、西晉、東晉、五胡十六國、南北朝各個時期，連年戰禍，國祚不長，亂世求生不易，重修灞橋無人聞問。隋文帝楊堅開皇三年（五八三）遷都，遷往長安東南方龍首原一帶的新都大興，都城商旅興旺，為方便往來，在漢古木橋遺址東南架築石橋，稱南橋，隋南灞橋歷經唐宋，元初始廢。一九九四年遺址在河道下兩米處發現，考古部門發掘整理，但遺跡不久再被流沙掩埋。二〇〇四年又遇洪水，沖擊河沙，隋灞橋再度出水，暫時是年代最遠的古殘橋實物，見證前人的造橋技術與智慧。

據考古資料，隋南灞橋結構是多孔石拱橋，估計長四百米，寬七米，有十一個殘留橋墩。墩寬二米左右，墩基木樁佈滿深釘，上鋪枋木，再覆石板，板承石條構築橋墩。拱形橋洞十個，洞寬約五至六米，亦用石條砌構，東西橫跨灞水八十米。橋墩南北向呈船形排列，與秦穆公原型構想「浮舟為橋」相呼應。橋墩前後端有分水與過水尖，減低洪水沖擊壓力，上飾石雕龍頭，態勢軒昂，手工精美。出土的琉璃瓦和瓷片殘件，年代自唐宋迄金元，可證隋南灞橋歷代時有修葺，元初方止。

大唐盛世，經灞橋出入長安的客旅大增，為疏通人流，在隋灞橋以南另架一橋，石墩木樑，南北兩橋並立。新橋位處古長安通化門東二十五里，近漢文帝劉桓陵寢「盛德園」，陵園在長安東郊白鹿原東北角，附近有灞水，故名灞陵。唐南新橋因而正名灞陵橋，橋頭設驛站，回復古名滋水驛。灞水高原上有灞陵亭，建置館舍招待來自函谷關、武關和蒲關三路行旅，是客商絡繹往返長安古道的中途下榻處。後宋都東遷開封，長安重要性下降，灞上遊人漸少，繁華不再，灞橋楊柳黯然失色。隋唐灞橋其後塌圮，經宋人重修，至元初再被洪水淤沙吞沒。

灞陵一地風光，隋唐時最負盛名，蒼茫山色，灞水奔流，河岸遍植參差楊柳，暮春風起時，柳絮飛棉，宛似輕颺煙霧，又近漫天飄雪。「灞橋煙柳」與「灞陵風雪」成為美景點評，是古人郊遊、詩人尋興的熱選地點。唐時人送別親友同僚，每至灞橋臨別依依，回望古道盡處的帝都長安，浮城煙闕，若隱若現，想到此去間關萬里，後會難期，親友忍淚，至愛斷魂，惟折柳相贈以遣離情。「柳」暗含牽掛挽留之意，「折柳」一詞亦成歷代送行熱門語碼，而灞陵陽關兩地，更譜奏出千古離人絕唱，是中國古典文學的精華元素。

唐時李白以相關意境入詞，他的〈憶秦娥〉：「簫聲咽，秦娥夢斷秦樓月。秦樓月，年年柳色，灞陵傷別。　樂遊原上清秋節，咸陽古道音塵絕。音塵絕，西風殘照，漢家陵闕。」另一首古詩名篇〈灞陵行送別〉：「送君灞陵亭，灞水流浩浩。上有無花之古樹，下有傷心之春草。我向秦人問歧路，云是王粲南登之古道。古道連綿走西京，紫闕落日浮雲生。正當今夕斷腸處，驪歌愁絕不忍聽。」

北宋人亦有大量寫灞陵陽關的詞作，狀物寄情，迭出新意。柳永的〈少年游〉：「參差煙樹灞陵橋。風物盡前朝。衰楊古柳，幾經攀折，憔悴楚宮腰。　夕陽閒淡秋光老，離思滿蘅皋。一曲陽關，斷腸聲盡，獨自憑蘭橈。」

張先的〈蝶戀花〉：「移得綠楊栽後院。學舞宮腰，二月青猶短。不比灞陵多送遠。殘絲亂絮東西岸。　幾葉小眉寒不展。莫唱陽關，真個腸先斷。分付與春休細看。條條盡是離人怨。」

陸游的〈秋波媚·七月十六日晚登高興亭望長安南山〉：「秋到邊城角聲哀，烽火照高臺。悲歌擊筑，憑高酹酒，此興悠哉。　多情誰似南山月，特地暮雲開。灞橋煙柳，曲江池館，應待人來。」

張舜民的〈賣花聲・題岳陽樓〉：「木葉下君山。空水漫漫。十分斟酒斂芳顏。不是渭城西去客，休唱陽關。　醉袖撫危闌。天淡雲閒。何人此路得生還。回首夕陽紅盡處，應是長安。」

寇準的七絕〈長安春日〉：「淡淡秦雲薄似羅，灞橋楊柳拂煙波。夕陽樓上山重疊，未抵愁春一倍多。」

明人于慎行的七律〈出都書懷寄同遊諸公〉：「長安大道抗離旌，廐吏將車出禁城。恩禮虛同疏兩傅，行藏實愧魯諸生。夢殘芳草山中路，興盡浮雲世上名。惟有灞陵橋畔柳，柔條踠地不勝情。」

虹橋卧波

至元九年（一二七二），元世祖忽必烈三子忙哥剌，封安西王，出鎮京兆長安，重整灞橋風致，但早在至元三年（一二六六），民間已有個人壯舉。山東省東昌路堂邑縣人劉斌，本業專造輪輿，中統癸亥四年（一二六三）與朋友遊歷關中後返家，路過灞水，忽逢秋雨泛漲，橋遭水淹。同行車馬三輛，劉斌趁水漲暫息，驅車前行，人畜幾乎遇溺，幸及時斬斷繫套馬身的引車皮帶，勉力到達對岸，但隨後強渡者卻隨流漂沒，不知所終。

《類編長安志卷之七》「灞橋」條目下，《方輿記》形容：「灞水適秋夏之交，霖潦漲溢，波濤洶湧，舟楫不能通，漂沒行人，不可殫紀，常病涉客。」劉斌大難不死，發願構築堅穩石橋，留言家人：「若石橋不成，永不東歸。」至元三年（一二六六），劉斌返回灞水，在岸灘自建草寮，以無比熱誠和專業知識埋頭苦幹，原來劉斌「……能於匠石工梓，鍛冶斲輪，靡有不解，以素藝供其所費。」又說他為人「清癯多力，智略巧思，人不能出其右。多藝，能自營石梁，日夜不息，手足胼胝，心勦形瘵，雖祁寒暑雨而不輟其工，遇患難齟齬而不改其志……。」

時任陝西行台中丞的詩人及散曲大家張養浩，在《安西府咸寧縣創建灞橋記》中記述劉斌「乃辭親，廬灞上，以所業易材於人，人誼其為，皆倍酬之，不給，又募工採秦隴諸山。遂於故跡少西七十舉武，釃渠以殺湍悍，夷阻以端地形，下鋭木地中而席石其上，然後累石角起高仞餘，若門而圓其頟，俗謂砳者一十有九……」。劉斌以精湛手藝製作輪輿，賺錢換購築橋材料，招募工人去秦嶺隴山等地採石，傾盡資財，經濟負擔日益沉重，長安百姓感其大義，解囊襄助。劉斌集資修橋，成眾籌先行者，也是古代義工界行政總裁，他號召百姓，分配工作，伐木採石。義舉見聞於地方大員，高官帶頭捐款，調動勞工參與其事。據張養浩記：當時「平章賽音迪延齊行省陝西，謂僚佐曰：『橋樑不修，乃有司責。今遠方之人來倡斯役，坐視不為一應，民將謂何？』遂捐褚幣千緡，調丁力二百佐之。」

元帝得悉此事，召劉斌帶建築圖樣入京，詢問興創原由及有何需要，日後「凡有所請皆報可」，全力支援。又派近臣王伯勝送褚幣二萬五千五百緡，安西王忙哥剌隨後亦賜褚幣五千緡，稍補劉斌建橋開銷。張養浩大略記下建材份量：「石以車計者五千有奇，木以株計者二萬五千，灰以石計者千有五百，銅鐵以斤計者五千二百五十始卒。靡楮幣十萬緡，輪輿之酬不列也。」

至元三年（一二六六）新橋啟造，至元二十五年（一二八八）落成，前後廿餘載。《安西府咸寧縣創建灞橋記》形容它的風采：「經軌三途，中備輦路，欄檻柱礎，玉立掖分。柱琢一狻猊於上，合柱凡五百六十。橋兩端虞其峻甚，又覆石各八十尺，礲甃雕飾，殫及諸巧……。隆然卧波，若修蝃下飲，過者莫不駭異嗟訝，以為永世無窮之利。」《方輿記》亦記述新橋：「凡一十五虹，長八十餘步，闊二十四尺，中分三軌，傍翼兩欄。華表柱標於東西，忖留神鎮於南北，海獸盤踞於砌石，狻猊蹲伏於欄杆。鯨頭噴浪，鰲首呑雲，築堤五里，栽柳萬株，遊人肩摩轂擊，為長安之壯觀。」

欄杆柱頭蹲伏五百六十隻獅子雕飾的宏麗石橋，體現一介平民劉斌得道多助，慈悲堅苦。他心願達成後稟報京師，向近侍表明心迹，不肯居功，認為「安西始割第潛邸，實聖上疇昔九旒所經之地。前代有天下者，若周、若秦、若漢唐皆嘗都焉。地腴戸羡，非他郡比，橋必稱是為宜。今幸告成，繄國家之力，斌何有焉。乞文諸石以詔悠久。」近侍上報朝廷，元帝即傳令尚書省下翰林國史院撰文，刻石橋頭誌記其事，由陝西行台中丞張養浩執筆。

元明兩代也曾整修灞橋，但經常因山洪暴發再被大水沖塌。據清畢沅《關中勝跡圖志》記載，有大臣上奏：「灞水會合藍田庫谷諸川，其流浸勝，且為活沙所淒，每難以置橋。」流沙使河道移位，歷代修橋位置各異，清代康熙、乾隆亦曾出力，道光年間更在隋南橋遺址修建木橋，總也難敵洪水，無法長久。

清同治十三年（一八七四），咸寧知縣易潤芝改建元朝殘橋，規模不輸前人。據《橋樑史話》和〈灞河橋考〉資料，清橋長三百八十米，寬七米，七十二孔，四百零八根砥柱，每跨大約六米，主體以護底、柏木樁、石盤、石柱和石蓋樑構築。橋墩以十一根柏木樁柱結成一組，用石盤鑽孔套住，石盤外圍再以六條柏木大樁環護，抗擊洪水。石盤上疊四節石柱，石柱間有孔眼，互用鐵釘卯實，每墩六盤，橫向排列。以圓石為柱，中留空隙疏導渦流，每柱六根橫排為一墩，上置數段石樑，鑲有腰鐵，與石柱頂鐵相接，成排架式橋墩。主樑木製，有托木承架，鑲嵌在石樑的凹槽位置。主樑上鋪枋木板，木釘碼實，兩旁磚砌攔土牆，中填石灰，石板鋪面，橋心水下藏卧水石龍。欄杆雕飾鳥獸花果，橋兩頭蹲石獸，置碑亭，建牌樓，樓內掛楹聯，外有題額「灞橋」二字，三尺直徑楷書。

清同治年間易潤芝改建的灞橋屹立至一九五七年，橋墩依然堅固，後再在原橋加建，成一座鋼筋水泥板重力橋，有兩車並行車道。橋頭牌樓拆去，橋側加建懸空行人走道和欄杆，古橋繼續發揮它的交通運輸功能。可惜二〇〇四年汛期洪水，嚴重損毀橋底樁基，難逃厄運，終被爆破，原址重建新橋。成毀之間，年代更迭，秦漢至明清的古灞橋已化雲夢，風塵中一一消散。

紫釵折柳

唐人蔣防，義興（今宜興）人氏，字子微，善詩文，傳世詩賦、文集各一卷，《全唐詩》及《全唐文》亦收錄其詩、賦及雜文多篇。傳奇創作《霍小玉傳》，講實有其人的隴西才子李益，與長安名妓霍小玉情事，尤為知名。中唐詩人李益，字君虞，隴西姑藏（今甘肅武威）人氏，後遷河南鄭州，擅寫邊塞詩，但自恃詩才，為人傲慢。《舊唐書．李益傳》又記：「少有癡病，而多猜忌，防閑妻妾，過為苛酷，有散灰扃戶之譚聞於時，故時謂妒癡為李益疾。」為防妻妾與人交往言笑，竟撒灰地上，若妾自行動即灰留足印，再從外門門閉戶，實行軟禁，落得「妒癡尚書李十郎」之譏。

《霍小玉傳》寫李君虞與霍小玉燈街初遇，兩情繾綣，並曾在烏絲欄素縑上揮寫誓詞，決無相負。但李益登第，赴鄭縣任主簿一職後，遵母命另娶名門，背約寒盟，避見小玉，所謂「潛卜靜居，不令人知」。李益雖無隻字音書，小玉想望不移，典賣紫玉珠釵，得資打賞報訊人，利便查探消息，可惜都是「虛詞詭說，日日不同」。唯有「博求師巫，遍詢卜筮」，又託親朋致意求見一面，但李益「自以愆期負約，又知玉疾候沉綿，慚恥忍割，終不肯往。晨出暮歸，欲以迴避。」

小玉日夜涕泣，冤憤交加，抑鬱成病。長安城中人，知聞小玉遭遇亦作不平鳴，「風流之士，共感小玉之多情；豪俠之倫，皆怒生之薄行。」後小玉得「衣輕黃紵衫，挾弓彈，丰神雋美，衣服輕華」的豪士相助，乘李益在崇敬寺飲酒賞花之際，力邀返家共飲，實則帶往勝業坊小玉居處。李益途中醒覺，意欲策馬回韁，豪士即「挽挾其馬，牽引而行」，把他挾持，交付小玉，二人不意相逢，小玉「含怒凝視，不復有言」。

豪士又特為置備酒餚，席上小玉側身轉面，斜視李益，後舉杯酹地，吐出錐心語：「我為女子，薄命如斯。君是丈夫，負心若此。韶顏稚齒，飲恨而終。慈母在堂，不能供養。綺羅絃管，從此永休。徵痛黃泉，皆君所致。李君李君，今當永訣。我死之後，必為厲鬼。使君妻妾，終日不安。」長慟氣絕而亡。李益日後果應小玉之咒，妒忌成性，家無寧日，每懷疑妻妾有出牆之想，即「憤怒吼叫，聲如豺虎，引琴撞擊其妻，詰令實告」，成了有躁狂病的頭號妒夫，娶妻三次，情況不改。

明湯顯祖撰寫傳奇，「玉茗堂四夢」第一夢《紫釵記》，寫於萬曆十五年（一五八七），雖亦取材自蔣防的《霍小玉傳》，大抵不值李益所為，重新塑造人物，編排情節，把李益改寫為重情義、存始終的君子，化醜為妍，來了個大翻身。全劇共分五十三齣，第二十五齣〈折柳陽關〉講李益高中狀元，恃才氣傲，沒去拜謁盧太尉，得罪權貴的後果，派去玉門關外做參軍。當時關西吐番正軍情緊急，邊關遠戍，歸期難定，李益小玉燕爾新婚，亦無奈分離，〈折柳陽關〉敍寫二人灞陵橋畔話別的情景。

「（眾擁生上）【北點絳脣】逞軍容出塞榮華。這其間有喝不倒的灞陵橋接着陽關路。後擁前呼。白忙裏陡的個雕鞍住。旌旗日暖散春寒。酒濕胡沙淚不乾。花裏端詳人一刻。明朝相憶路漫漫。左右。頭踏停灞陵橋外。待夫人話別也。（見介生）出門何意向邊州。（旦）夫。你匹馬今朝不少留。（生）極目關山何日盡。（旦）斷腸絲竹為君愁。李郎今日雖然壯行。難教妾不悲怨。前面灞陵橋也。妾待折柳尊前。一寫陽關之思。看酒過來。【北寄生草】怕奏陽關曲。生寒渭水都。是江干桃葉淩波渡。汀洲草碧黏雲漬。這河橋柳色迎風訴。（折柳介）柳呵。纖腰倩作綰人絲。可笑他自家飛絮渾難住。」（節錄自《繡刻紫釵記定本》）

香港四五十年代粵劇劇作家唐滌生，曾自言「偶於燈下讀『掃葉山房』出版之《唐人說薈》，讀至〈霍小玉傳〉一篇，覺其淒艷婉麗，不禁掩卷微有所觸。湯氏之《紫釵記》承其淒艷而譜成艷絕人間之詞曲，苟能改編入粵劇，拾得其餘沫一二，固亦足為今日梨苑盛事也。於是改編之心益切而恨原著曲本屢求不可得。」後來唐滌生在荷李活道舊書店有奇遇，尋得明末「汲古閣」編輯刊行，毛晉主編的《六十種曲》，內收全套《鏽刻紫釵記定本》，書已被蠹蟲蛀食，還幸曲白完整，於是「不違論價，懷抱而歸」。

一九五七年唐滌生為「仙鳳鳴劇團」開戲，改編湯顯祖《紫釵記》為當年八月演出劇目，他捨棄蔣防的李益原型，承襲湯顯祖版本的至情至聖。生旦任劍輝與白雪仙，主要老倌有梁醒波、靚次伯、蘇少棠及任冰兒。為統一節奏整合分場，集中主要角色戲份，度身對應生旦專長，照顧觀眾感情趣味，唐滌生挈取精華，縮龍成寸，全劇原分六場：〈墜釵燈影、花院盟香〉、〈折柳陽關〉、〈曉窗圓夢、凍賣珠釵〉、〈吞釵拒婚〉、〈花前遇俠、劍合釵圓〉和〈節鎮宣恩〉。

第一場與第五場，各佈兩幕主景，利用旋轉舞台換景，使劇情更緊湊。一九八七年葉紹德整理出版《唐滌生戲曲欣賞》，其中《紫釵記》則分了八場，可能本地戲院已少設旋轉舞台，需落幕配景，第一及第五場遂一分為二。

當時在中外電影熱潮衝擊下，粵劇票房大不如前，既為吸引觀眾，亦想自我提升，在「仙鳳鳴」班主白雪仙支持下，唐滌生自元明戲曲汲取養分，撰寫不同於當時流俗的粵劇曲本，並聽取曾主理《紫釵記》和《帝女花》兩屆演出音樂事務的粵樂名家王粵生意見，擴大拍和樂隊編制至十六人。又在生旦對手的主場戲中，選用廣東樂曲、古譜或大調填詞，劇本和音樂雙管齊下，突出戲場，營造「點睛」效果。以《紫釵記》為例，〈墜釵燈影〉一場有「漁村夕照」和「小桃紅」、〈花前遇俠〉有「寡婦彈情」、〈劍合釵圓〉有「潯陽夜月」。

歷屆「仙鳳鳴」製作，唐滌生劇本固屬中流砥柱，但編撰新詞須有新曲配合，在音樂編排、設計和新曲創作上，唐氏得力於音樂頭架朱毅剛；而選採整理古譜大調則問計於王粵生。唐滌生填詞天然合調，雅俗相宜，沒有詰屈聱牙故作高深，亦不譁眾隨俗言語鄙陋，詞曲動聽，戲迷琅琅上口。

唐滌生為「仙鳳鳴」寫的劇本，向以四大戲寶的《牡丹亭驚夢》、《帝女花》、《紫釵記》和《再世紅梅記》最知名；而他為當時「麗聲劇團」寫的《白兔會》，則是少人提及的唐劇遺珠。「仙鳳鳴」戲寶，從整體觀感看，《帝女花》與《再世紅梅記》劇力平均，結構最成熟，不似《牡丹亭驚夢》與另一劇作《西樓錯夢》頭重尾輕，上半場迭有佳篇，下半場相對散漫。

《紫釵記》原亦千錘百煉，清雅動人，文詞優美為四劇之冠，奈何承襲湯顯祖思維，有性格缺憾多疑善妒的薄倖郎，被美化為多情種，感知上拗不過來，雖然看戲志在調劑文化生活，不好太認真。粵劇《紫釵記》李益一角，經翩翩「過世」佳公子任劍輝開山，經典形象傳承至今，香港觀眾沒有不識李君虞的情深義重，原型李益的虐妻醜態，酸躁惡行反一無所知，這位以詩才聞世的唐代「綠帽疑雲症」患者，託湯顯祖與任劍輝之福，後世翻盤變身。

撇開李益角色的「翻盤原罪」，平心而論，《紫釵記》是唐滌生珠玉之作，每場戲唱情緊湊，主次分明，尤其承先啟後的關鍵折子〈折柳陽關〉。這場戲以梆黃滾花口白為主，沒有長篇幅的大調，只點綴小段京譜〈斷橋〉，曲式結構反璞歸真，老倌唱做投入，敷演一幕陽關酒餞，觀眾感極默然。

葉紹德的《唐滌生戲曲欣賞》（下稱「舊版」），近經張敏慧根據「仙鳳鳴」演出的泥印劇本再校訂，還原唐滌生原創曲詞（下稱「原版」）。葉紹德在「舊版」的《紫釵記》〈後記〉內提及一九六六年收錄唱片時，白雪仙曾邀共用筆名「御香梵山」的陳襄陵和高福永，輔助他為錄音唱段增刪潤色。娛樂唱片公司為「仙鳳鳴」錄製的《紫釵記》立體身歷聲套碟，不單修訂唱詞，回目亦有改動，第一場易名〈燈街拾翠〉，第三場把地名移前，成〈陽關折柳〉，第四場精簡為〈典賣珠釵〉。

「仙鳳鳴」在唐滌生一九五九年病逝後停演，一九六八至六九年間再開鑼，亦請「御香梵山」幫忙整理唐滌生劇本。《紫釵記》六八年重演，葉紹德建議尾場〈節鎮宣恩〉改名〈論理爭夫〉。經歲月淘洗，修改後的「唱片版」和「仙鳳鳴」「六八年舞台版」已成定本，日後亦為「雛鳳鳴劇團」演出版本。劇本修訂後錦上添花，其中不單有葉紹德的心力，還有兩位詞章高手留下的文字功夫，使唐滌生劇本舞台生輝之餘，亦更接近案頭文學的雅詞境界。

試看〈折柳陽關〉一場，「原版」開場起幕，婢女浣紗挽包袱與酒盒，與小玉同上，小玉唱出**【滾花下句】**「唉，燈街拾翠憐香客，博得御香新染狀元袍，昨宵花苑正盟香，今朝踏上陽關路。」李益跟着以一段**【揚州二流】**亮相，「絲絲柳，迎接春風和淚訴，遙指灞橋東，說是離別土，情淚灑宮袍，花半擁，柳參扶，我踏上征途，哭別那才婚新婦。（掩袖作苦介）」。「唱片版」的李益，則唱出另一版本的**【揚州二流】**「陽關路，本是平生無夢到，眼底綠萋萋，愁煞王孫草，紅淚灑青袍，花招引，柳參扶，步向離亭，誰識我辛酸懷抱。」兩相參照，後者含蓄蘊藉，更堪玩味。

〈折柳陽關〉另一段「南音」對唱，生旦不盡叮嚀，也有兩個版本，唐滌生「原版」是**【流**

水南音】「（小玉）一幅眉州錦，金織銀鋪，匆匆未及繡征袍，昨夜燭蕊燒殘藏玉兔，更有香囊貯髮贈奴夫，誓枕留回郎擁抱，定情詩刻在玉珊瑚，（李益）陽關曲奏離芳土，塞外春寒渭水都，唉，臨行話有千般苦，傷情淚有血絲糊，（小玉）郎你夢魂莫被花枝擄，（李益）你莫哭眼前人去鏡鸞孤，（小玉）郎你密密上層台勤思婦，勤思婦，（李益）唉，妻你頻頻落淚教我怎上征途。」初演時，或為照顧當年觀眾接收水平，交代較瑣碎，唱詞較直白，重點在定情物、離人淚與生旦訴情。

「唱片版」和「雛鳳鳴演出版」則棄用眉州錦與貯髮香囊，改唱有「苦喉」之稱的「乙反南音」。小玉起唱**【乙反南音板面】**「（小玉）不慣別離，相對斷腸無，悲笳吹徹萬里愁，綉幃獨對一燈孤，（李益）風雨渭城，濕遍狀元袍，相看一語欲慰難，有懷莫訴苦，忍聽聲聲泣鷓鴣，**【乙反南音曲】**（小玉）愁絕蘭閨婦，未敢怨征夫，你莫為房幃恩愛誤前途，（李益）則怕你弱質難勝離別苦，我自當勤修魚雁寄到蘅皋，（小玉）你要先向隴西把平安報，（李益）再報長安彩鳳廬，（小玉）此日海棠端賴春蔭護，（李益）盟山誓海愛難枯，（小玉）萬語千言難盡訴，怕望那陽關路，（李益）可嘆情鶼愛鰈，一旦痛分途。（拉腔收）。」「唱片版」文辭婉轉，借景生情，把唐滌生「原版」小玉囑咐李益早寄家書的兩句「口古」，以曲文唱出，女兒家心事不致脱落，安排妥貼。兩個版本各擅勝場，前者照應舞台演出，後者精心經營詞采。

「唱片版」還有一個「原版」所無的精采唱段，想是「御香梵山」手筆。講李益情懷落寞，在玉門關獨酌消愁。任劍輝以腔帶情的自然演繹，通過唱片在空氣中不斷迴旋：「**【玉門關小曲】**黃沙遮醉眼，征人塞外閒，傳書青鳥遞情難，相思隔斷關山，千山落木，百里揚塵，空帳望長安悲自嘆，三秋別恨，兩處離愁，渴望魚書一尺柬，笳聲動客愁，愁對月長嘆，絕塞雲横音書隔，身似離群孤雁。（初更介）**【禿頭乙反二王】**風一更，雪一更，三年夢斷續情難，漂泊天涯晚，依舊玉門關，底事愁濃，酒淡，夜夜相思難合眼，心懸地北天南。（拉腔）**【轉正綫二流】**愁無據，夢無憑，未歸人，誓不折腰求權宦，塞外狂歌空縱酒，傷心有淚不勝彈，排舊恨，譜新詞，一曲伊涼，訴不盡，愁千萬。」情詞雙美，聽出耳油，廣東話朗讀一遍，抑揚頓挫，確是好詞章。

唐滌生長於改編，取元明曲本精粹，配合粵劇演出架構，裁剪合度，除設定劇本大局，分配戲份，還妥善安排演員的出入場，主場戲固然精雕細琢，次要角色的曲白亦絕不馬虎。〈折柳陽關〉伴隨李益出場的崔允明，自傷屢試落第，又悲好友遠戍，講出一段意氣難平的

【韻白】「唉，君虞，你傷心，我氣結。你新婚難戀鳳凰巢，我依然落第悲才拙，（介）到底鳳凰籥，誰拗折，是誰弄缺梅梢月，我與君曾作道義交，無人悄悄何妨説，（介催快）你人高傲，重氣節，不拜太尉門，佢老羞成怒把仙郎撇，撇你去玉門關，等你捱吓霜和雪。」唐滌生愛用這類口白口古，交代情節，亦擅以唱詞描景、狀物、寫動作，推展劇情之餘，苦心經營文字，用詞不空泛，曲白貼合身份，角色立體，如見其人。

唐滌生受湯顯祖崑曲曲本啟發，粵劇《紫釵記》改編轉移得非常成功，尤其塑造黃衫客一角。記得梁醒波在「雛鳳鳴劇團」跨刀演出，他開面掛劍，頭戴綴上絨球明珠的王爺盔，穿圓領窄袖大襟和坐馬，身披黃色大海青，上場起唱「御香梵山」修改的**【滾花下句】**：「雕弓寶劍黃衫客，愛向人間管不平，縱橫意氣遍江湖，去無蹤跡來無影。」梁醒波氣派不凡，聲情入格，紙本豪士舞台上活靈活現，灑脱高義，行為孟浪，教普天下感情受挫的弱女子不勝仰望，委屈悲苦的心緒稍得撫平。

背誦詩歌

一九七〇年左右，是我的「文藝青年」啟蒙期，那時候手捧《創建歌選》，一本由「創建學會」學員分頭抄寫的油印歌詞小書，跟朋友朗聲高歌，學會第一首與送別有關的歌曲〈陽關三疊〉，曲詞是唐詩人王維的七絕〈送元二使安西〉。後來又學會另一首〈送別〉歌：「長亭外，古道邊，芳草碧連天。晚風拂柳笛聲殘，夕陽山外山。天之涯，地之角，知交半零落。一觚濁酒盡餘歡，今宵別夢寒。」原曲"Dreaming of Home and Mother"，作曲美國人約翰．龐德．奧德威（John Pond Ordway），一九一五年由李叔同另配中詞。〈送別〉一曲的旋律曾在林海音原著、吳貽弓導演的電影《城南舊事》（一九八三）中響起，影片調子舒徐，鏡頭緩動，人物感情內斂，通過主角英子對北京胡同生活的童年回憶，縷述一個小女孩對人生的好奇，在輕愁中默默成長。

學唱〈陽關三疊〉的時候，才中學畢業一年，忙着適應社會，結交朋友，從來不懂離愁滋味，但「渭城」與「陽關」的名字，看來眼熟。記得唸小學五、六年級的時候，中文老師除了要學生默寫範文，還另加輔助讀物《中文科複習指導》，理解成語，背誦詩詞，參閱歷屆試題，又派發自己編寫的油印材料，幫助學生應付升中考試，打好紮實的中國文學根基。五六十年代的中小教育，有一種戰後久經離亂的平和氣象，教與學各安其份。老師言傳身教，恨鐵成鋼；學生力爭上游，純良奮發；家長克勤克儉，望子成龍。在持久的春風化雨中，不用強灌，無須硬銷，本地學子長成自立，家國情懷自動來歸。

求學時中文老師都仁和親厚，良師引導下，張開一雙好奇的眼，探頭窺視中國古典文學的深廣天地，尤其繁花似錦的韻文寶庫，學習欣賞唐詩宋詞。每逢中文默書課前兩三天，捧着書本在家中騎樓走廊喃喃誦唸；背書聲單調重複，奇怪熟極而流之後，意境在腦海自然幻化，別有會心。離校後生活奔忙，努力應付各式人際關係、生活矛盾，往昔背誦過的古典詩詞暫且幽居在意識底層，又不時隨機冒出，提醒塵滿面鬢如霜的昔日少年，如想在亂世蕩滌心靈，不妨唸幾首詩歌。

有些詩文只餘篇名，內容已記不全，但還有大概印象，興致來時，與朋友搶快誦唸記得的部分，有說不出的快活。如白居易〈琵琶行〉：「……轉軸撥弦三兩聲，未成曲調先有情。

絃絃掩抑聲聲思，似訴平生不得志。……」莊子〈秋水篇〉：「……井蛙不可以語於海者，拘於虛也；夏蟲不可以語於冰者，篤於時也；曲士不可以語於道者，束於教也。……」柳宗元〈始得西山宴遊記〉：「……蒼然暮色，自遠而至，至無所見，而猶不欲歸。心凝形釋，與萬化冥合。……」王維〈山居秋暝〉：「空山新雨後，天氣晚來秋。明月松間照，清泉石上流。……」李白〈宣州謝朓樓餞別校書叔雲〉：「棄我去者，昨日之日不可留。亂我心者，今日之日多煩憂。……」蘇軾〈水調歌頭〉：「明月幾時有，把酒問青天。不知天上宮闕，今夕是何年。……」陳子昂〈登幽州臺歌〉：「前不見古人，後不見來者。念天地之悠悠，獨愴然而涕下。」文天祥〈正氣歌〉：「天地有正氣，雜然賦流形。下則為河嶽，上則為日星。……」北朝樂府〈木蘭辭〉：「……朝辭爺娘去，暮宿黃河邊。不聞爺娘喚女聲，但聞黃河流水鳴濺濺。……」張志和〈漁歌子〉：「西塞山前白鷺飛，桃花流水鱖魚肥。青箬笠，綠蓑衣，斜風細雨不須歸。」溫庭筠〈夢江南〉：「梳洗罷，獨倚望江樓。過盡千帆皆不是，斜暉脈脈水悠悠。腸斷白蘋洲。」

韻文之美必通過背誦而後懂得，沒有捷徑，不經過一番朗讀消化，無法領略中國特色的詩文美學。不知從何時起，學生抗拒背書，唸考試範圍內的詩詞古文是迫於無奈。求學時沒培養半粒欣賞詩文的種子，日後自然更沒興趣和動力接觸古典文學，對用當時白話寫成的小說《三國演義》、《西遊記》、《水滸傳》、《金瓶梅》和《紅樓夢》，如見鬼魅，碰也不碰。有文化人曾作經驗談，熟讀「水滸」「紅樓」，自然寫得好白話文，但新時代家長信靠網絡世界與電子文明，見子女背書喊苦，出於溺愛，也以未經驗證的「死背書，背書死」為由，不惜為孩子轉校，避免「苦差」。

經濟學家張五常在〈求學奇遇記〉一文，談到小時日軍侵佔香港，母親帶七個兒女逃難廣西，一路跋涉轉移，澳門惠州曲江桂林柳州貴陽平南，並在名喚拿沙的小村短住年多。拿沙沒有學校，戰時物資缺乏，也沒有紙筆，七歲上下年紀的張教授，晚上跟同樣逃難滯留的八股老師背誦古文詩詞，過目不忘，成了他日後寫中文的本錢。走難途中曾救張五常一家的平南縣長歐陽拔英，博覽古籍，擅寫隸書，解放前去了香港，住在張家安排的居所。張五常經常陪這位歐陽伯飲茶談天，受他啟發重視中國傳統文學與西方古文化。

歐陽伯知道他懂得背王羲之〈蘭亭集序〉、諸葛亮〈出師表〉、李華〈弔古戰場文〉、蘇軾〈赤壁賦〉，就推薦他背誦呂祖謙《東萊博議》，內選《左傳》文章六十多篇。張五常在〈漫談古典、藝術、文字〉一文，談到學寫中文，少有文豪沒讀過「清風隨來，水波不興」，「群賢畢至，少長咸集」之類古文。又自言欣賞魯迅文字，但不喜他某類罵人文章，知道魯迅尚魏晉文風，張教授少年逃學，竟不純為玩樂，而是背熟大量魏晉篇章。可見背書並未扼殺經濟學家的理性思維，他的經濟專論與散文小品，推陳出新，情理兼備；多年來香港高級程度考試的「經濟科」核心課程「個體經濟理論」，亦納入他的經濟學概念與分析法。

現代社會日趨功利，學生的學習方向緊跟時流走，首重醫法理工科，而語文教學方針又偏向功能性，古典詩詞散文聊備一格，背默即叫苦連天，張五常學寫文章的背誦竅門，年青人無從領略，不感興趣。丟棄「之乎者也」，學用「的了麼嗎」之後，「白話文擁護者」深惡痛絕的所謂「陳套語」，應該沒機會「腐化」今日學子的心智，但他們的作文也不見得可讀可解，部分更未必有足夠的語文能力，我手寫我心。

有個講法，認為成語由古人所創，並非自身經驗和感受，套用照搬會損害學生想像力。這要看個人對選用的成語是否有充分理解，是否用得其所，運用得當便好，有時舊詞妙解，反有意想不到的效果。不過，如通篇都用成語堆砌，當然不能接受，那與缺乏想像力無關，是懶動腦筋的惰性問題。成語寥寥四字，諺語也不過十來二十個字，即可呈現複雜的事態或處境，表達一己的看法和感受，是前人智慧的累積，是組成中國文學的一個基礎環節。激發學生創意有許多途徑，長期漠視成語的傳習，文化脈絡就會慢慢斷掉失落，可以不鼓勵學生多用，但不能無知，更要明白透徹。近年傳媒或商戶時興拿成語和漢字開玩笑，說笑一下無妨，日常生活沒必要從早到晚嚴厲古肅，但要懂得正字本義，否則容易被輕率的「文字玩笑」誤導，認驢為馬，似是而非地混淆下去。

現代教學理念一味強調啟發，矮化背誦，其實理科的物理數化，也有背熟公式與方程式的傳統，學科無分文理，啟發與背誦應該並行不悖，比重可以調整，但不可偏廢。背誦朗讀不是洪水猛獸，是學習態度，是理解中文的王道手段，沒有想像力和創造力的學生尤其需要，像牙牙學語的嬰孩，先模仿，後學懂自由運用。連基本中文也駕馭不來，就算得大啟發，亦詞不達意，無法好好表達個人的心得與構想。套用電腦術語，要先輸入文字元素，庫存資料銀行，深藏記憶系統，適當時候組織思維，隨意存取，自動開啟創作機制。

阮兆輝自傳《弟子不為為子弟》，其中一節〈父親的讀書方式〉也提及背書問題。他父親是小學老師，跟兒子談到從前私塾教「四書」，先要小孩子背熟文章，老師然後講解，孩子熟書，自然就會明白含義。阮兆輝初時覺得死背書不科學，四十歲後才明白，孩子特好記性，不趁小時強記課文，全篇心中有個底本，卻顧着聽重點講解，結果容易記住篇中金句，他舉例《賣柑者言》，只牢記着「金玉其外，敗絮其中」，其餘文句印象不深，像沒學過一樣。又如他的本行，學戲最重要練基本功，「練好底功，打好基礎，任何表演程式都能得心應手」；若忽略基功，就算懂得某場戲用某種身段，「可能只懂皮毛，不能深入」，即所謂有形無神，虛有其表。同樣道理，讀古文如不熟書，亦無法通篇了解，更不要說深入鑽研。

有研究論文指出，不單幼童和少年人腦袋，持續產生新細胞與神經元，成人大腦亦同樣每天製造幾千萬個新細胞，尤其專責學習和記憶的海馬體。海馬細胞誕生的頭兩個星期，頻密的學習和記憶活動可以幫助新細胞活躍成熟，但若成長期缺乏刺激，沒有挑戰，新生細胞很快會凋亡。發育中的幼童和少年，正是操練海馬細胞的黃金時機，經常背誦可以激活海馬迴神經細胞，把短期記憶轉化為長期記憶。詩文一旦記住了，不容易忘記，日後「腹有詩書氣自華」，或可在浮華俗世中涵養精神。所以，在需要全力優化長期記憶系統的發育期，不好好鍛煉，是天大的浪費。雖然老來也會遺忘曾經熟讀的詩文，那是運作多年的記憶庫已擠放得滿滿，資料提取時反應遲緩，說不定靈光一閃，忽然就記起來了，只有短期記憶系統疲勞或者患了退智症，腦袋才慢慢空白一片。

感激求學期中文老師的熱心傳授，使我在朗讀背誦的過程中，學會欣賞中國詩文的音節、修辭、人情和意境之美。

懶音語法

香港愈來愈多年青人講不好廣東話，令人費解，到底跟也是一口懶音的父母師長學來，還是從朋輩和影視節目學來，不得而知。他們普遍説話唇齒乏力，口顎不開，舌頭不動，分不清舌尖舌根音，粵音韻轍「強彊韻」的字如「良」、「香」、「養」、「獎」、「想」、「牆」、「唱」等，不懂上顎收音。也不辨「康莊韻」和「寒安韻」的發音，如「康莊韻」的「江」、「講」、「升降」唸成「寒安韻」的「乾」、「趕」、「升幹」；而「寒安韻」的「韓」、「汗」、「岸」則讀成「康莊韻」的「杭」、「巷」、「戇」；「能登韻」的「朋友」唸成「民親韻」的「貧友」，既怠於背誦，又懶於正音。

最近看某粵劇新秀演城破被俘的將軍，配合急鑼緊鼓，手拍熊腰，正氣凜然，以高八度聲線講英雄白「俺某某，人寒志不寒」，這樣重要場面，觀眾情緒本來投入，演員竟口出懶音，馬上耳骶不順，幾乎想飛身台上拱手招呼：「將軍，且呀住，是人降志不降」。粵語是粵劇表演的語言媒介，身為演員，連廣州話也講不好，是個笑話。任你演出如何投入，做手身段如何規範標準，若唸白唱詞，尤其詩白，一口懶音，除觀感不專業，演員自身的藝業前途，亦必然受影響。

新聞影視界個別記者、藝人和節目主持人也有懶音毛病，看香港電台文化清談節目，題旨有趣，資料豐富，但有兩三位專上學界主持、博士生、嘉賓講師教授，一樣懶音充斥，不讓青少年專擅，學府木鐸亦逐步受感染。幸而也有令人鼓舞的例子，香港土生土長的南亞裔電視記者利君雅、藝人喬寶寶，並無懶音；電影演員外省人劉嘉玲、湯唯，二人開展事業，融入香港生活，下苦功語音訓練，廣東話亦非常道地。從前電台要求播音員絕對字正腔圓，但近年不同口音的外來人漸多，大勢所趨，電台似乎聽之任之，不再嚴厲把關。二〇〇九年病逝的資深播音員鍾偉明，人稱鍾大哥，出了名執着廣東話正音，假若廣播電波可直通泉下，傳來聒耳懶音，鍾大哥不知有何感想。

現今世道，電子兒童與青少年沉迷打機，獨鍾圖像，動漫成了新圖騰，手腦並用的機械反應快速提升，知識視野通過互聯網無限擴闊，但欣賞文字的能力和趣味卻相應弱化。朋友間用「即時訊息」溝通，寫的是英文字母與數目符號拼湊而成的「火星文」，名為「潮文」；淺白的日常書面語反被認作「古文」，目為「老土」。香港人口組成以廣東族群為主，日常溝通用廣東話，手機短訊也有不寫書面語而廣東話化，因為親切不隔礙，而且好歹也在書寫中文。但年青人網絡溝通時興「火星文」，這「潮文」風愈颳愈烈，讀來似密碼，非我族類猜不透看不明。加上科技大潮浩浩蕩蕩，電腦君臨天下，無須理會筆順先後，不用學習字型字義，自有不同類別的中文或語音輸入法任君選擇。見識過香港學童寫字如畫符，筆畫的橫豎撇捺，隨意上下顛倒，左右開弓，再過兩三個世代，如繁體字仍未消亡，懂得寫中文繁體或會成為少數人的奇技。

近代中文教學有所謂語法理論，「語法分析」或「語法通論」之類科目早納入專上學院的中文課程，類近用西語文法作句子分解，是二十世紀初中國「新文學運動」期間，作家學者推行「語文改革」衍生出來的新生事物。語言學家熱情投入，出版大量著作，如劉復的《中國文法通論》、金兆梓的《國文法之研究》、王力《中國語法理論》、呂叔湘《漢語語法分析問題》等等，而黎錦熙的《新著國語文法》基本上仿照英語語法，當時較具影響力。

一場翻天覆地的語文變革，廢棄千年古文，需要全新理論支持推展現代白話，讓民眾學習跟從，本應有之義。經過百年演化，與現代生活脱節的文言文，維生指數已近乎零，一息僅存東山難起；白話文則普遍通行大獲全勝，披着西洋外衣的「中文語法分析」至此應完成歷史任務，或是時候需重新檢討。天道循環物極必反，現代中文語意翻譯味濃，文句西化，短話長説，如鐘擺一樣，語文教育似乎又擺盪到另一個關口。

「新文學運動」反封建專制，破僵化思維，認為拖着民族發展後腿的傳統舊學，必須摒棄，倡議説話與文字合一，不寫八股文言，駢四儷六，要掌握現代生活語言去思考、書寫與學習。期望國人認識民主與科學，跟上國際步伐，讓長期閉關的井中蛙，見識外國多元的進步思潮。當年的時代呼聲，為了振興國族，教育子民，吸收新知，大有鼓吹的理由，棄舊從新之必要，但代之而起的新文化新思潮發展到今天，科技實業一日千里，生活質素逐步提升，但人文精神亦漸百孔千瘡，仁孝信義消歇，禮義廉恥衰微，帶出一時一地新的問題。

傳統舊文學和儒釋道義理在歷史長河中，因應不斷更替的時代需要互動生滅，層次高低輒有興廢，就看怎樣運用詮釋。跟風走向的風信雞與純粹求知的問道者取態大不相同，前者斷章取義移花接木，後者回歸初衷探求本義。精華與糟粕應多角度去研究區分，一刀切割斷它來自曠古的源頭，輕率地傷毀中國文化的根，厚積的潤土流失乾癟以後，無根的民族淺薄虛浮，無知的百姓缺乏辨真能力，文學創作與學術思潮不容易生發繁花盛草，也一併失去制約人心的道德力量。

中國語文有自己的成文法，用西語文法分解是「語文改革」的權宜之計，以中文為母語的炎黃學子，自有對方塊漢字的胎生直覺，一板一眼緊跟西語文法基準範式的現代中文文法，只會僵化中文字詞的靈動組合，囿限學生的妙想奇思。但從另一面講，又不至於全無好處，以西語文法理念分析中文結構，可作文法科考試繩規，最適宜用來教外國人學習中文，老外沒有漢字遺傳密碼，弄一套「文法規條」，讓他們容易掌握畢竟是好事。

今日的中文書寫，不時出現翻譯句法，疊牀架屋扭怩作態，不似漢文，從小愛圖漫少讀書固然有影響，而用西語文法理念分析中文亦難辭其咎。電台播音員說「強風訊號現正生效當中」、「樂隊進行操練」、「藝人進行表演」；中文無須另表「時態」，「當中」和「進行」是冗詞，是英語文法「現在進行式」的中文體現。有機構或政府部門發言人和被訪者，又愛把「有改善空間」或「進步空間」、「持開放態度」這類從英文翻過來的字詞掛在口邊，這與文體創作實驗或社會時興的所謂新語法新詞彙無關，是近今中文陸續受到內在與外來干擾，西化異變。

把中文逐字逐詞逐句機械分解，歸納十種八種中文句型，講功能語法，甚麼文法主語、邏輯謂語；照搬外文文法書上的子句、片語、賓語、介詞、繫詞、形容詞、及物或不及物動詞等名目，學習枯燥，功能害意。在「文法規條」掣肘下，雖也有個別愛讀課外書的學生掙破樊籠，寫得好文章，日後在文壇放異彩，到底不是常態。

中國文字結構雙聲疊韻，詞組靈活，文法自足，背誦即通，講解即明；多看書、朗讀、寫作，筆底文思自然流瀉，有謂「熟讀唐詩三百首，不會吟詩也會偷」。引進西語文法教習中文之前，中國人難道不會運用母語？古時讀書人和士大夫就是用今人看不起的笨法子，搖頭晃腦讀文章，寫出好詩妙文。但今日語文教育專家普遍認為，古人背寫文言文的方法並不適合學習白話文，非要有現代中文文法的「科學」指引，學生才懂得母語書寫。慶幸在我入學讀書的五十年代，以至之後起碼兩三個世代，中小學仍未備文法課，學生少受折騰，沒有所謂文法指引，萬千學子一樣讀寫無礙，中文運用自如，不見得就在文字世界滅頂沉淪。

自清末以來，投身白話文實驗的文化人，以至現當代學者和作家，不少都受過傳統舊學與西學薰陶，精通中外雙語，他們寫純粹的白話文當然沒難度，亦因有漢學修養，少見繞口令式西化句子；而且部分散文、新詩又可以帶着舊文學的底色，出入古今，適當運用古文的簡約語法和現代白話，有機結合，別具神采。今人時興清湯流水式白話書寫，不講修辭，是為「清水體」，寫議論文章或在生活層面上用來表意與溝通，無疑清簡實用，但在涵養文藝創作的美學思維上，有時又未免過於淺露粗疏。

歷來有不少外國傳教士、外交官、學者、商賈、藝人，身處的年代未必有「文法規條」，仍然學得道地中文。唐朝盛世，就有來自中亞、大食（阿拉伯帝國）、新羅（韓國）和日本等異族人，居留長安，逐漸漢化。自唐迄清，歸化中土有高官名將，有胡僧舞姬，有文士詩人。晚清名臣李鴻章曾說：「互市二十年來，彼酋之習我語言者不少。其尤者能讀我經史，於翰章、憲典、吏治、民情言之歷歷。……」

近代較知名的當數荷蘭人高羅佩（Robert Hans van Gulik），字笑忘，號芝臺，書齋名中和琴室，後改吟月庵，職兼外交官、漢學家、東方學家、語言學家多重身份，一九四三至四五年外派重慶任荷蘭大使館一等秘書。自小隨父母僑居印尼，在當地學華語、爪哇語和馬來文，後來在荷蘭兩所大學兼修中文。

抗戰時期高羅佩已與中國文士畫家唱酬來往，文言與白話皆能，還會作近體律詩絕句，擅寫行草，醉心古琴，深研中國古代典籍，仿宋元話本體裁寫出《大唐狄公案》，全書十五個中篇和八個短篇，涉及唐代司法行政制度、社會民生風俗、宗教文化教育。又沉迷琴棋書畫，編成《中國繪畫鑒賞》、米芾《硯史》、英文專著《琴道》，翻譯《嵇康及其琴賦》等等。域外人高羅佩的中國情懷與漢學成就，對照今人曾誤棄舊學，自承漢族子孫或應汗顏無地。

再看近鄰日本南韓，信仰多元，敬奉神道薩滿、天主基督，又禮佛修道尊儒；政府與民間歷來收藏大量中國古學經書、藥典文獻，學習漢文書法、詩詞字畫，轉化來自古代中土的典章禮制、建築樣式和民俗節慶。兩國吸收部分漢學精華，結合自身民族文化，在漫長的歷史進程中摸索蛻變，舊識新知兼容並蓄，既追求國家現代化，亦從不以傳統古典為絆腳石與發展包袱。旁觀兩國民間的嫁娶慶生、喪葬祭祀等儀式，西禮古法並存，尤其注重遵行祖宗法度，銘記本源。

但見日韓兩地的民俗儀禮，仍遺留我國古風，思之令人惆悵。近代中土傳統舊學璞玉蒙塵，氣息柔弱，再難消受幾番風雨，想到一度壯闊的源頭活水，曾經潛移物化，潤澤八方，遠至境外東南，今日悵望雲煙，頓興蒼茫之感。

前人步迹

近十年陸續從互聯網的「香港文化資料庫」、「書之驛站」和其他網上貼文與書媒，看到吳灞陵（一九〇四——一九七六）的生平、事功和對報業的貢獻。另有書名《驀然回首話香江》，作者姚漢樑，筆名江山故人，內收文章〈吳灞陵敬業樂業〉，講吳氏為人淡泊自甘，不求聞達，旅行探索每有新發現，公諸同好，絕不藏私。

吳灞陵大約一九三六年任職《華僑日報》，四十年至死方休，曾主編早期副刊「香海濤聲」，病逝前職位是港聞版主任，並自一九五〇年起兼任《香港年鑑》主編，歷二十六載。餘閒熱愛行山，不單開闢版面報道行山消息和花絮，出版《今日大嶼山》、《今日南丫》等旅行小冊；更以筆名鰲洋客和馬迴分別撰寫「香港掌故」和「新界講話」專欄。除本業外，熱心蒐集報業史料，矢志編寫香港報業史，曾在文商學院「新聞系」主講相關課題。又為香港大學校外課程部開辦的「新聞學文憑班」寫報業史教學講義，可惜來不及傳授即撒手，與他的香港報業史料未能付梓，同為憾事。

前香港大學孔安道紀念圖書館館長楊國雄的《香港戰前報業》一書，談到吳灞陵自十九歲入報界後，歷任《香江晚報》、《大光報》、《中華民報》編輯，《循環日報》（戰後版）總編輯，最後在「華僑日報社」服務。又刻意收集報業原始資料，超過五十年，他有搜報癖，網羅報紙、期刊、特刊、專書、單行本，以至筆記手稿、信札日記、照片簡章等等，品類多樣，「……其他藏家無出其右，所以他的筆名亦有萬報樓主人之稱」。

孔安道紀念圖書館在楊國雄主政下，一直致力收納香港舊報書刊，並得「孔安道基金」特別撥款助購吳灞陵藏書。藏品收集的香港報業史料詳實豐富，尤其戰前報業狀況，有大量報紙創刊號和特刊。這批珍貴史料對撰寫香港報紙歷史有大幫助，通過整合個別報史，可以「更準確認識整個香港報業的發展」。楊國雄負起吳灞陵未竟之願，堅定決心撰寫《香港戰前報業》，希望有興趣的讀者或研究者能夠善用吳灞陵所藏，寫出紮實的專題或論文，從中得到裨益與樂趣。

翻檢資料時，少不得左顧右盼，竟又發現二〇一六年「商務印」出版《新界風土名勝大觀》一書。作者黃佩佳，廣東順德人，一九〇六年生，皇仁書院畢業，任職政府庫務署。

一九三一年間黃氏已用筆名江山故人，比姚漢樑還早，以「本地風光」為標題，講新界歷史文物和風俗習慣，在《華僑日報》副刊連載，其後停筆一段時間。一九三五年再應《華僑日報》編輯邀約，重寫專欄，自言借此良機，整理增刪舊稿，「……條分縷析，並集年來旅行新界之聞見，参以新界書籍，著為較有系統之書，顏之曰《新界風土名勝大觀》。」

沈思在〈編校者序〉提及，黃佩佳在日本侵華時期，以至一九四一年十二月香港淪陷後，仍持續向香港報章雜誌供稿，但憂思難掩，漫興「滄桑故國，歷落情懷」之嘆，常寫詩自況，有「……滿眼亂離終亂世，萬家憂樂總憂時。……澹月疎星天竟暮，茫茫家國我歸遲」之句，可見黃佩佳向有歸國之想，最終贈詩好友吳灞陵話別，返穗後杳無音訊。

二〇一七年「商務印」出版黃佩佳另一文集《香港本地風光》，黃佩佳外孫葉世康、孫女黃春華提供更多資料和珍貴照片。〈校序〉中亦談到黃佩佳確實的回國日期，一九四三年六月十二日曾以七律贈堂弟存念：「飛絮天涯見弟兄，江城盃酒故人情。此生有恨都成夢，孤劍無儔始作聲。別後湖山容我醉，異時身世看誰輕。中原滿眼烽煙裏，豈獨神州掉臂行。」題署「歲在癸未之夏，狂醉天南之九龍半島。」醉後疏狂，遺下妻小，翌日離港北上。

男兒決志，自願投身報國、一表民族大義，本為美事，然而抛妻棄子，對家庭兒女終有虧欠。但面對日本侵略，戰火連天的大時代，先國後家，情義難全，教人惻然。黃佩佳婚前曾出家，是年二十二歲，家族後人傳聞，或為女友拒母逼婚，一九二八年白雲山剃度，未幾還俗。留下雙手合十、盤坐佛前的照片，自題五言詩：「心隨流水遠，恨向佛前銷，去住原無着，一生付寂寥。」署名新愁舊恨生。黃佩佳成家後出走，若不純為河山板蕩，還因舊愛難忘，無疑也是感情悲劇，當事人一般可憐。黃妻陳氏經此變故，帶着六名子女亂世求生，撫孤送女，開展人生另一頁堅苦自強的篇章，幾十年不准家人提及夫名，傷痛可想而知。

黃佩佳離港後未卜生死，渺無音訊，吳灞陵恐黃氏已逝，一九四八年曾把《新界風土名勝大觀》書稿結集並附照一幀，以為誌念，但不知何故未見刊行。我想當然地認為，可能好友死訊未確，吳灞陵或想再等消息，又或略知其妻苦況，為顧慮陳氏感受，不想謬然高調出版，亦未可料。

書稿後隨吳灞陵藏書歸孔安道紀念圖書館，編校者沈思得蕭國健送贈圖書館的影印本複本，墨色隨時日模糊，影印效果不佳；其後另有朋友購得舊報書刊，竟淘寶一樣找到《新界風土名勝大觀》內的三百多篇剪報，複印相贈，出版成書。全書共分三章，近二十四萬字，是香港早年發展的地方志，涵蓋疆域、山峽、河流、泉瀑、海灣、村落、名勝、古蹟、生活、交通與建設；論及居民來源與落籍、新界氏族世系及溯源。第三章「南部寫真」，縷述三十年代新界南部分區面貌，包括九龍城、九龍塘、深水埗、荔枝角、荃灣、沙田、牛頭角、茶果嶺、鯉魚門、井欄樹、將軍澳、佛堂門、長洲、石鼓洲、大嶼山等三十多個地區。

這蕞爾小島開埠百多年來，一面保留源自珠江三角洲一帶廣東族群的生活、習俗與人情，一面包容新舊思潮，薈萃中西文化，奠下成為國際自由城市的基石。作者遊蹤遍歷港九新界，筆下見聞豐富，記敍時代世態，興發思古幽情，恍見踏着前人苦心經營的足印，一步步走到今天。

吳灞陵一九七六年逝世，楊國雄故友李君毅聯絡他，同去檢看洽購吳灞陵藏書，得吳太（吳氏後娶妻子）慷慨相讓，藏書遺稿轉交香港大學孔安道紀念圖書館，部分專書期刊經編目後上架，供人參閱，手稿日記剪報則複印存放。看到「吳太」二字，禁不住胡思亂想，父親的冥宅鄰居「灞陵細柳」的碑石背後，其實潛藏另一身影，夫婦合龕的浪漫舉措，還隱含了吳氏後妻的豁達，成全他人，也成全自己。

中國老式婚姻，男子的元配正室早逝，多續娶繼室主持中饋，但繼室在宗法地位上仍不等同元配。假若合龕是丈夫遺願或出自嫡室子姪的主意，繼室少有異議。傳統舊式婦女只覺理當如此，不全然感到委屈，她們處世自具情理，臨事大方，縱有不盡如意處，想到多年共同生活的伴侶，總有恩情在，不致於亂呷亡靈的乾醋。吳氏後妻，處理丈夫遺稿遺物時，或許顧念他身後寂寞，有細柳女士另一時空相伴，倒可稍慰生者之痛。這位在坊間文字記述中只冠夫姓，不留閨名的吳太太，據說已在加國辭世。

吳灞陵精於書法，但並不炫耀，江山故人（姚漢樑）在文中談到「……他的一手北魏，相當到家。《華僑日報》好些版頭與標題出自他的手筆……。」姚漢樑又從戰前《南強日報》副刊編輯黃嗇名的懷舊文章中，知道吳灞陵幾十年前曾有鬻字的潤格，但已很久不以賣字幫補生活，只一九七三年十二月中曾在紅寶石酒樓辦過書法展。吳灞陵不常談論書道，有熟人朋友求字，亦從未收潤筆。後來我在互聯網的一個拍賣站，看到他的墨寶，是一幅有題款的掛軸，錄梁任公達變嘉言：「患難困窮是磨練人格之最高學府，此學校非盡人能入，可遇而不可求。幸遇之者，天之厚我甚矣，不於此間求得一切實受用處，真辜負天恩也。」下署「南海吳灞陵」。

我的青少年時代，正是吳灞陵主理《華僑日報》港聞版時期，我常讀它的副刊和娛樂版，那時候課餘愛泡電影院，不會放過報紙每年一度的「粵語片十大最受歡迎明星」選舉，

《華僑晚報》更細分為十大國粵語影劇明星和電視明星選舉，我記得有幾位喜歡的演員連續幾年入圍當選，包括任劍輝、白雪仙、梁醒波與淩波。《華僑日報》還有一件大功德，由一九五七年起至一九九五年報紙停刊，每年舉辦「救童助學運動」，統籌善心讀者、社會人士和資助機構的捐款，幫助清貧學生，後來更加入「香港賽馬會助學金」，受惠者無數，從中小學至大學生都有，至今仍偶然在個別場合或時人訪談中，聽到他們對當年報人的善行和定期贊助者的感恩語。

長天彩霞

大約二〇〇九年聖誕前後，因為翌年一月計劃與朋友去華東旅行，希望行前看完一套兩本的大書《長天落彩霞——任劍輝的劇藝世界》（下稱《長天落彩霞》），趕緊用了大半個月時間從頭讀一遍，又看了隨書附送的兩隻光碟。套書由「三聯書店」出版，紀念粵劇老倌任劍輝逝世二十周年。

坊間談論任劍輝的書，早年有《戲迷情人——任劍輝傳》和《任劍輝傳記》，作者分別是梅龍和吳梨人，先後在一九六八與一九九〇年出版，兩書部分取材來自一九五六年六月至十月的報刊專欄「任劍輝自述」。專欄文字是任姐親述的個人傳記，屬比較可靠的一手資料，共一百一十九篇，二〇一二年由曾影靖主持的「任劍輝研究計劃」重刊成書，作為《任劍輝研究叢刊》之一。二〇〇四年，香港電影資料館出版《任劍輝讀本》，邁克主編，是第一本多角度、誇媒介賞析任劍輝演藝特色的「讀本」。四年後另一部專書《長天落彩霞》面世，全面探討任劍輝的劇藝成就及其影響。

《長天落彩霞》主編黃兆漢，香港大學退休後，與太太曾影靖隱居澳洲塔省荷伯特城。曾影靖從小是任劍輝超級戲迷，在專書〈後記〉，記述一九八九年十一月三十日，陪同自巴黎「索邦高等研究院」講學後回港的丈夫，航機上看到報紙大字標題寫着「戲迷情人任劍輝與世長辭」，感到「傷心失落悵惘」。二〇〇四年白雪仙發起「重按霓裳歌遍切」匯演，《任劍輝讀本》亦同時刊行，激發曾影靖把數十年來「夢魂縈繞」地想為任姐做一點事的決心堅定下來。

由曾影靖催生的「任劍輝專集出版計劃」，在二〇〇七年下半年全面展開。黃兆漢秉着成人之美的良好願望，設立編輯組與顧問團，召集有才幹的同事與學生，有名望的學者和教授，打盡人情牌，全力支持妻子，而曾影靖則負責成立工作小組，並承擔「計劃統籌」一職。為配合出版計劃組織一連串活動，由二〇〇七年九月傳媒茶會介紹出版計劃起，同年十月聚餐座談「有關任劍輝研究的若干問題」，再到二〇〇八年六月，在「中央圖書館」與「香港教育學院中文學系」合辦的「粵劇與中國語文研討會」為止，期間曾籌辦以「中學生眼中的任劍輝」為題的寫作比賽，並安排戲迷聚會利便收集民間資料。

編書過程千頭萬緒，開編務會議、設定方針、邀稿寫信、訪問錄影、資料核實、校對修訂、媒體宣傳及新書發佈。工序龐雜，人事紛煩，動用的人力物力財力心力，統籌曾影靖形容「苦樂參半，悲喜交集」，並另有一番辛酸語：「……其間所遇到的挫折、冷待、失望、彷徨、焦慮，使我曾經撫心自問，是否自找煩惱？但五十年來一夢，還有這許多人的支持鼓舞，使我深感吾道不孤，冷淡反成激勵。也學會忍耐、冷靜、堅持，凡事不輕言放棄，兩三個人的冷待又何足道哉！」

《長天落彩霞》終在二〇〇九年十一月二十四日舉行新書發佈會，套書分上下兩冊，共九百五十六頁，分兩個層次探討任劍輝的演藝生涯，一為專業研究討論，一為同行戲迷看法。上冊嚴肅理性，主要是學者、研究者和戲曲專家的分析文章；下冊輕鬆熱情，有詩詞贊詠、梨園子弟的追念訪談、資深戲迷的撰文分享和精心整理的四個「附錄」。《長天落彩霞》縱論任劍輝各個演藝階段，包括電影生涯、粵劇演出、唱做特色、藝術成長過程等；亦涉獵與她合作的花旦群像、粵劇同行和戲迷口述的交往逸事。任劍輝為舞台事業長年奮鬥，戲迷朋友追隨左右，編委會溫情地劃出篇幅，讓支持者傾情一吐，抒發對偶像的癡心話，率真的讚美縱使講完又講，非戲迷或感冗贅天真，在她們自己卻是點滴心頭，見證幾十年對任劍輝的不離不棄。

專書學術味濃，品相樸素，字多圖少，隨書附送的兩隻光碟，作了視像補充。光碟有十七位粵劇演員的訪談錄影和錄音片段、二百三十張任劍輝照片、四十部由她主演的電影片段，還有與梁醒波合唱的古腔〈高平關取級〉全曲錄音。〈高平關取級〉絕對是任劍輝小武本色的重要曲目，她演趙匡胤，梁醒波演高行周，兩人行腔高亢，答問緊扣，功力相當。

「唱腔藝術」一章有論文談〈任劍輝的反線中板唱法研究〉及〈來時興奮斷腸回：談《樓台會》一曲梁山伯的情緒變化〉。任劍輝擅唱不同調式的「中板」，如「士工」、「反線」、「乙反」，文章從樂理着手，深入探討她那質樸情真不重花巧的行腔特色，對粵曲有興趣的唱家和讀者，可從中得到啟發。專書下冊另有李寶瑩的訪談，提到與任劍輝第一次合作灌錄〈樓台會〉唱片的感受，以及她對前輩唱功和處理曲情的看法。

〈樓台會〉（撰曲潘一帆、吳一嘯），是民間曲藝社百唱不厭的名篇，全曲張弛有度，一氣呵成。從梁山伯起首輕快的**【長句二流】**「映紅霞，寒寺遠，柳翠山青景怡然……」，到樓台上見婢女人心送來紅綾喜餅，知道新郎不是自己，大受刺激，由喜轉悲，情急唱出全曲高潮的**【連環扣】**「……我實難下咽心悲酸，紅綾奪我姻緣，將佢碎開邊」。隨後**【反線二黃】**

「步重台，魂欲斷，怕見簷前雙飛燕，枉我似粉蝶繞裙邊……」，接【禿頭反線中板】「斷腸人對斷腸人，流淚眼看流淚眼，只贏得恨史永留存，你負愛孝於親，情侶兩斷腸，妹你一入豪門，我慘比風箏斷線……」，再接廣東譜子【餓馬搖鈴】「……我奉還蝴蝶珮，信物無心帶恨存……。應歸去矣，再莫留連……。」悲感節節延伸，歸向情緒低潮。從訪友途中的輕快興奮，驚聞惡耗的憤恨激動，奉還信物的失意消沉，步下樓台的淒然絕望，任劍輝聲情曲意，迂迴婉轉，處理得恰到好處。

專書最後四個「附錄」，〈任劍輝演藝生涯大事年表〉（下稱〈大事年表〉）、〈任劍輝舞台演出劇目初探（1935-1969）〉（下稱〈劇目初探〉）、〈任劍輝所灌錄唱片、現場錄音及電影原聲帶目錄〉和〈任劍輝演出電影角色分類表〉，資料詳盡，下的是鐵杵磨針的功夫。〈大事年表〉與〈劇目初探〉尤其花功夫，爬梳者付出的心血時間無可計量，在故紙堆與微縮片中尋覓求證，態度嚴謹，並不以研究對象僅是一位粵劇伶人而輕忽。

〈劇目初探〉記錄任劍輝自一九三五年十二月在利舞台與「南國全女班」演《沉醉廣寒宮》起，至一九六一年九月在同一舞台起班「仙鳳鳴」演《白蛇新傳》為止的組班細節，資料來自「香港中央圖書館」和「香港大學圖書館」所藏舊報刊廣告。順着年份日期，把〈大事年表〉

和〈劇目初探〉參差對讀，互相補充，可為任劍輝的演藝行蹤增添佐證，呈現一幅較為清晰的圖像。

通過表列資料，讀者知道日本侵華戰爭時期，香港淪陷，任劍輝隨其他戲人轉移澳門，一九四二至一九四五年間，在「清平」和「平安」兩所戲院繼續演戲。一九四二年十月參演「平安劇團」的《孔雀開屏》，演員陣容是白玉堂、何芙蓮、李醒凡、鄧碧雲、朱少秋、張舞柳、半日安與胡鐵錚。同時了解那是任劍輝自一九三三年香港總督貝璐取消男女合班禁令後，第一次正式男女同台演出，表現媲美男角，日漸鞏固女文武生的領軍地位。列表的「附註」項下，提示簡單，只聊聊數字，但戲迷若夠細心，自會看出簡約文字背後的人情世事。

閱覽〈劇目初探〉，翻至序號「二三一」，一九四〇年一月項下，「鏡花艷影」在北河大戲院上演《虎將拜英雌》，合演名單有張舞柳其人，「舞柳」二字，率先跳入眼簾，除了意象輕靈，大有花飛柳舞的飄逸風姿，還因為聯想起先父灰龕牆上的多年鄰居，吳灞陵與張細柳。張舞柳與張細柳，芳名僅一字之差，都姓張，兩人有血緣關係嗎？若都是真名實姓，她們是姐妹嗎？若都是藝名，倒難得巧合，不選「陳李黃何」，偏姓「張」。

一九四〇年一月張舞柳參演「鏡花艷影」後，持續與任劍輝同台，演出多屆「平安劇團」，在〈劇目初探〉的最後合作記錄是一九四三年八月的「鳴聲劇團」，演出歐陽儉編劇的《晨妻暮嫂》。從演出者排名依「當時廣告順序排列」看來，張舞柳大致在二三幫花旦位置，有限的資料實在不能滿足我對細柳與舞柳的好奇心。雖然年深月久，人事湮沒，探尋下去無疑大海撈針，相信最終亦無法說明甚麼，只不過世上曾有這麼一個閒人，莫名其妙地對「雙柳」熱情關注。

一九三九年八月張細柳逝世，年僅三十歲，除了知道她是香港報人吳灞陵妻室，其他一無所知，中國舊式人家，不會公開談論妻子，有關她的消息，戛然而止。一九四〇年一月，演員張舞柳應當盛年，正在深水埗「北河大戲院」演戲，我見過互聯網上一幀她早年的模糊照片，對照張細柳灰龕上的倩影，二人年紀相近，可能先入為主，念力作祟，髮型神態也真有幾分相似。

張舞柳留下的錄音不多，香港電台偶然播放她與白玉堂灌唱的〈銀河會祿兒〉，講的是楊貴妃與安祿山的故事；還有一首與歐陽儉合唱的諧趣粵曲〈爛賭二趕注〉。幾十年前的錄音質素雖不穩定，她的聲腔依然高亮，吐字清脆，正宗子喉唱法，類近李雪芳、譚蘭卿、上海妹、鄧碧雲和唱家張瓊仙等人的路子。上世紀四五十年代的粵曲風格，有自己的本色韻味，但聲腔已隨潮流慢慢轉變，今人聽來已不太習慣。

張舞柳有「小曲王」美名，一九四八年在梧州一戲院登台，適值粵劇界提倡改革，她與劇團文武生歐少基編撰一齣新派古裝戲，全唱小曲，並無梆黃，嘗試大膽，毀譽不一。革去鑼鼓梆黃，猶如丟掉靈魂骨幹，只可算作粵調歌劇，不能僭稱粵劇。其後亦有人仿效，但新鮮感一過，仍要回歸本源，證明此路不通。

有關張舞柳其人，知道的實在不多。去年九月四日，香港電台《戲曲天地》的歐翊豪，在「戲曲人生」環節訪問譚倩紅，她提到年輕時跟少新權去廣州參演「錦添花劇團」，夜場正本戲一完，二步針（二或三線演員）續演「天光戲」。當時她是三四幫花旦，「天光戲」是很好的磨練。演完天光戲，年輕不知困倦，班中前輩花旦柳姐（張舞柳）很有愛心，清早還帶她們幾個花旦仔吊嗓練功，自覺非常幸運。四五十年代，「錦添花」去越南西貢的三多戲院演出，張舞柳亦曾以艷旦之名登台。阮兆輝在他的自傳《弟子不為為子弟》中，談到童星時期，他拍電影認識大碧姐（鄧碧雲），在她面前表演〈楊宗保巡營〉的「走四門」，大碧姐認為孺子可教，做手台步有板有眼，訂他在「碧雲天劇團」演《梁天來》一劇，飾淩貴興兒子，鄧碧雲反串梁天來，合演者有陳燕棠、伊秋水、梁玉崑、張醒非和張舞柳。

最近網上梭巡，再檢得兩條資訊，一為香港電影資料館「口述歷史計劃」錄影訪談百多位伶影雙棲藝人，因大部分藝人已移居海外，主要散居美國東西岸，計劃執行者阮紫瑩一九九八年十月中遠赴重洋，在美西三藩市訪問羅劍郎、陳艷儂、靚少芳、秦小梨、張舞柳和唱家梁瑛。曾提及儂姐、梨姐及柳姐等人閒時去八和會館敍舊，或參與籌款活動。

二為二〇〇五年十月十二日有「生姐己」之稱的名伶秦小梨，八十高齡在美國三藩市灣區逝世。秦小梨一九六一年與母親定居美國，歸信基督，曾撰寫福音粵曲〈耶穌頌〉，調寄小曲〈戲水鴛鴦〉:「耶穌愛，常永在，捨身拯救罪人，偉大哉。人要相信，必得救，有永生，得到福和愛。莫負主恩之期待，歌聲讚美，真心敬拜，主慈愛！」十月二十三日公祭儀式，粵劇界人士、戲迷、教友和親朋到場告別，其中也有張舞柳。

一襟晚照

唸中學時看黃霑在麗的映聲主持文化綜合節目《青年俱樂部》，初出道時形象清新，中英雙語流利，介紹音樂，偶議時聞。一九七五、七六年前後，我曾在《明報周刊》寫過一陣子電視評論，有一期文章談論節目主持人與司儀，大意是不一定要俊男美女，但必須有風度、口才、幽默感、中西學養、應變能力之類，當年影視傳播界，黃霑的條件較為全面。現在回想，黃霑做司儀主持，也有未盡善處，他頑童心性，有時不按常理出牌，講得高興容易口沒遮攔，令嘉賓尷尬。但瑕不掩瑜，直到今天，仍然少人夠得上他的司儀水平。

近讀「黃霑書房」網頁和「維基百科」資料，黃霑（一九四一—二〇〇四）原名黃湛森，字亦芹，十一歲已讀中國古典名著《聊齋誌異》、《水滸傳》、《西遊記》和《紅樓夢》；稍長看「五四」文學作品，啃不進老舍，卻愛看魯迅《阿Q正傳》、豐子愷《緣緣堂隨筆》及《胡適選集》等等；大學時期偏愛沈從文筆下的湘西，從此嗜讀他的著作，一生未變。他看書興趣廣泛，包攬中西文史哲電影音樂，讀莎士比亞、易卜生、蕭伯納、羅素、湯恩比、克麗思蒂、貝克特等等。仰慕《紅樓夢》作者曹霑（號雪芹），故取表字亦芹，以「霑」字發音近自己受洗的聖名詹姆斯（James），化名參加一九六〇年「第一屆星島業餘歌唱比賽」，入圍十五強，惜未能晉級，「黃霑」一名自此行走江湖幾十年，在眾多筆名別號中突圍而出。

黃霑中小學就讀喇沙書院，在一所全英文授課的耶穌會學校，遇到國文老師黃幹，班上聲情並茂唸李後主詞，為之神迷，啟發他一定要學好中文。黃霑的古文根底、國學常識、書法品味，除了父親影響，亦受老師薰陶，自言在學九年成績普通，但中文作文常取高分，對國文科特別用心，勤於背誦。中四指定課本《中華文選》書頁上，抄滿老師寫在黑板的筆記，國文考試分數總在九十以上。校內有一位葉穎林老師，退休後贈黃霑詩文集，扉頁題詞自談近況，有「賢棣聰慧過人」之語，可見黃同學亦得老師鍾愛。

五六十年代黃霑接受的本地中文教育，承接四九年前內地的國文教學傳統。書架上放着《四書釋義》、《文心雕龍》、《幼學瓊林》、《讀詞常識》和《古文觀止》等古籍，書內留下邊閱讀邊劃寫的間線與眉批。有「鬼才」之稱的番書仔黃霑，反證閱讀中國古書，背誦詩詞，默寫課文，不單啟發創意，還內蘊融通成文化養分，厚積薄發，在日後的詞曲與廣告創作中靈光閃現，受用無窮。

黃霑小學五年級跟校內口琴大師梁日昭學吹奏技巧，口琴隊校際比賽屢屢獲獎，更在梁日昭和他的胞弟梁寶耳帶領下，吹奏古典西洋音樂大師作品。少時沉迷香港電台英文台播出的古典音樂節目，嗜聽爵士樂，從中西京粵各類樂曲汲取精華。除了自我開竅，他的音樂啟蒙師梁日昭，課餘帶他參與電影配樂及唱片錄音，打開少年心眼，間接導引他走上音樂影藝之路。他天分高，視奏能力強，樂器一學就會，雖未必專精，公開演出還是可以應付的。一九九五年香港無綫電視製作《霑沾自喜三十年》特輯，他用聲稱沒學過的鋼琴技巧自彈自唱，以沙啞聲線高歌一曲〈當你寂寞〉，抒發失意的低落心情。

打從六十年代起，黃霑徜徉在音樂影視文化廣告界，涉獵範疇有作曲、填詞、配樂、寫專欄、吹口琴、攝製電影、主持電視節目、擔任大型綜合表演司儀、監製個人作品專輯等等，成為香港普及文化、流行曲界的多面手。他很早已自學作曲，反覆細聽前人作品，苦記古典音樂大師如貝多芬、莫札特、蕭邦、巴哈等人作品的總譜；自研樂理，讀入門書籍，如豐子愷的《音樂入門》、繆天瑞譯《曲調作法》等書，還有一本英文精裝《自學寫旋律》，學習拆解旋律，分析和弦。他兼聽任何音樂類型，態度開放，自稱是半本流行曲旋律字典，不斷學寫，屢敗屢試。作品多用一段曲式，以旋律帶起，反覆延伸，少設副歌，因結構簡單，旋律動聽，普羅大眾容易記住。今日流行曲界，寫得好旋律的人不多，近年新歌迭出，卻不耐聽，教人印象深刻的樂壇經典久已不聞。

黃霑的兒歌創作，最能體現簡單易記的特質，他為「迪士尼」歌曲〈世界真細小〉與〈歡笑樂園開心地〉填上中詞，為「小飛俠香港巡演」創作主題曲〈飛來探你吔〉，深入幾代童心。黃霑寫詞配合歌曲主題，再選擇走跳脱生活化路線，還是含哲理的書卷氣風格；然後考慮以廣東口語、文言抑或白話入曲。歌詞言簡意深，不避市井草根語，多角度訴説感情與人生的曲折，鬼馬豪放，溫柔婉約兼而有之。他認為歌詞不是純文學，要合樂，是唱給人聽的。

唸港大「中文系」時，黃霑修古典戲曲專家羅錦堂的課，研習元曲和詞曲選，初識明清詞人李漁（號笠翁）的《閒情偶記》，內容涵蓋戲劇創作表演、裝飾打扮、園林設計、家具古玩、飲食烹調等八大部分。在「演習部」的「解明曲意」一節談唱曲，有「口唱而心不唱，口中有曲，而面上身上無曲，此所謂無情之曲」的論述，黃霑高興與笠翁意見相同，認為唱歌是心的交流，若不明曲意，容易「含笑唱悲歌」。另在「詞曲部」的「貴顯淺」一節談詞采：「詩文之詞采貴典雅而賤粗俗，宜蘊藉而忌分明；詞則不然，話則本之街談巷議，事則取其直說明言」；在「忌填塞」一節，又說：「傳奇不比文章，文章做與讀書人看，故不怪其深。戲文做與讀書人與不讀書人同看；又與不讀書之婦人小兒同看，故貴淺不貴深。」「唱曲宜用心」與「貴淺不貴深」的看法，黃霑引笠翁為知己，並在一次訪問中妙想天開，希望將來可在泉下會晤李笠翁，與他討論填詞之道。

《閒情偶記》書內「詞曲部」的「貴顯淺」一節，另談及填詞家宜用之書，「無論經傳子史以及詩賦古文，無一不當熟讀，即道家佛氏九流百工之書，下至孩童所習《千字文》、《百家姓》，無一不在所用之中。至於形之筆端，落於紙上，則宜洗濯殆矣。」填詞人平時應多讀書，不論雅俗深淺，只要觸類旁通，總有可用之處。儘管一肚子雜學，下筆時卻要把肚內墨痕洗去，化作劇中人語，言文淺白，不可令人費解，才是戲曲的絕妙好詞。黃霑讀書雜而廣，雅俗共融，他的詞作童叟能解，正好體現李漁的講法，不愧是隔世知音。

樂評人黃志華認為黃霑擅寫純五聲音階調式，即中國傳統音階「宮商角徵羽」。他在五聲音階基礎上翻新意，配合中國意韻或兒女情懷，寫出〈滄海一聲笑〉、〈晚風〉、〈舊夢不須記〉等富有小調風味的樂曲。用詞隨手拈來，實則沒有一定中國古典文學修養和故國情思，寫不出〈萬水千山縱橫〉的「萬水千山縱橫，豈懼風急雨翻。豪氣吞吐風雷，飲下霜杯雪盞」

這類歌詞；而〈滄海一聲笑〉的「江山笑，煙雨遙，濤浪淘盡紅塵俗世知多少。清風笑，竟惹寂寥，豪情還剩了一襟晚照」，更有千帆過盡不如歸隱的意態。

一九七七年黃霑為「佳藝電視」連續劇《紅樓夢》作曲寫詞，即〈紅樓夢中你和我〉、〈警幻曲〉和〈黛玉葬花〉。借曹雪芹〈葬花吟〉最後六句的閨情意緒，迴環往復譜成粵語小調版〈黛玉葬花〉：「落花滿天又滿衣，花樹分離惜別時。春花今謝明還發，他日誰來愛花癡。落花滿天淚滿衣，花謝香沉春盡時。今朝花謝儂來葬，他日誰人葬花癡。儂今葬花人笑癡，他年葬儂知是誰。一朝春盡紅顏老，花落人亡兩不知。一朝春盡殘紅碎，知是紅顏老死時。」曲調幽怨，歌至「分離」、「香沉」、「葬儂」、「人亡」等悲鬱語，音韻低沉，別有一種濃愁滋味。

在影視娛樂界只問成本效益或製作時間緊逼的情況底下，創作人少不免流水作業，黃霑數以千計作品中，雖有交差之作，仍不乏佳構，〈明星〉、〈忘記他〉等曲旋律美妙，入耳難忘。電影《倩女幽魂》插曲〈黎明不要來〉，情深意美，「黎明請你不要來，就讓夢幻今晚永遠存在，留此刻的一片真，伴傾心的這份愛，命令靈魂迎入進來。請你喚黎明不要，再不要來，現在浪漫感覺，放我浮世外。而清風的溫馨，在冷雨中送熱愛，默默讓癡情，突破障凝。……請你命黎明不必要再顯姿彩，現在夢幻詩意永遠難替代，人闖開心扉，在漆黑中抱着你。莫讓朝霞漏進來。」男兒手筆，寫出似水柔情，為了珍惜一夜的浪漫溫馨，害怕驟失所愛，反覆盼求黎明不要來，尾句用一「漏」字，似見光線中躍動的微塵，意境頃刻鮮活起來。

讀番書的黃霑，出人意表地曾經一頭栽進粵曲世界，自資百萬監錄紅線女粵曲專輯《四大美人》，改編古曲，倚聲填詞，配上流水鳥鳴等音效，製作三年，一九九〇年面世。朋友送我一張有編號的珍藏版，內收〈貂蟬再拜月〉、〈昭君樂〉、〈西施喜〉、〈長恨歌〉和保存原曲原白的〈古本官話（穆瓜腔）〉。「黃霑書房」網頁後來説出因由，他小時候常在家附近戲院留連，除了看電影，十二三歲已去東樂戲院看任劍輝、紅線女演粵劇，票價六毛錢，坐平價的三樓座位，是女姐的超級戲迷，自言「一聽女腔，混身酥掉」。又去新舞台看「真善美劇團」馬師曾演《蝴蝶夫人》的平格頓上尉；看有「方世玉化身」之稱的名伶石燕子打脱手北派。黃霑與粵劇曾經頻密交會，在他成長的文化背景中，有絲竹鑼鼓的嶺南樂音，為偶像監製粵曲專輯，可算是一段曲藝因緣。

六十年代中，黃霑參與「仙鳳鳴劇團」製作的《李後主》電影插曲錄音，《李後主》並非戲曲片，七首插曲全為李後主詞，由于𡚸編樂譜曲。一首〈長相思〉需四個男聲和唱，黃霑應樂隊領班朱大祥召喚，去香港大會堂收音，近距離觀察粵劇老倌。白雪仙神采飛揚，與指揮于𡚸談論樂譜，任劍輝坐等無聊，一臉疲累，兩個人對比強烈。他冷眼旁觀，忽然擔心男聲合唱團的雄渾歌聲，會蓋過斯文荏弱的任姐聲線，事後證明杞人憂天。任劍輝開腔，即角色上身：「一重山，二重山，山遠天高煙水寒，相思楓葉丹。……啊……。」氣運丹田，響亮送遠，音量在四男總和之上，終領教名伶唱功，見識甚麼叫「響遏行雲」。

尺軀隨遇

黃霑紅塵打滾幾十年，每於適當時期勒馬回韁，重返學問殿堂，孜孜不倦探討安身立命的音樂文化課題。一九六三年香港大學中文系畢業時，提交學士論文《姜白石詞研究》；一九八二年師從中文系教授羅忼烈，以論文《粵劇問題探討》得碩士學位；一九九七年修讀港大「亞洲研究中心社會學系博士課程」，後期與病魔周旋，仍奮志完成論文《粵語流行曲的發展與興衰：香港流行音樂研究（1949-1997）》，二〇〇三年以「傑出」成績取博士學位，交出論文力作後，翌年肺癌辭世。

黃霑的博士論文指導教授劉靖之，追思會上致辭，憶述他在事業與婚姻出現問題後，深居簡出，不斷思考閱讀，並作讀書筆記；又經常回校聽課，泡圖書館，細讀與流行音樂有關的社會學和哲學論著，搜集資料，訪問人物，為撰寫論文做足準備，是一個非常好學認真的學者。

黃霑曾於一九九八年旁聽港大社會學系吳俊雄一門課「大眾傳播與社會」。吳俊雄為前港大社會學系助理教授，另有筆名梁款，長期研究香港流行文化。他視黃霑為香港普及文化典範，班上來了這一號人物，如獲至寶。「典範」上課早到遲走，筆記仔細，附加註釋，課後還要糾纏討論。黃霑謙虛問道，執弟子禮，人前人後必稱吳博士吳老師，二人開展交往。吳俊雄曾談及黃同學做事認真，為一個不相干的字，鍥而不捨查字典，為寫〈男兒當自強〉，搜尋中國各地不同樂譜的〈將軍令〉，不厭其煩排比對校。吳俊雄在「中國評論通訊社」的訪問中，更形容他「認真到可怕的程度」，為填一句曲詞翻出三十多個押韻字，逐字琢磨，不滿現代人填詞不合樂，又認為「填詞不押韻是一種罪過」。

黃霑逝世後，二〇〇五年港大「文化政策研究中心」為他舉辦「流行文化存香港——黃霑書房」紀念展覽。吳俊雄負責籌辦，得遺孀同意，檢視黃霑書房遺物，只見一屋藏書剪報、手稿信函、專欄講稿、歌詞樂譜。書上滿是寫得整齊的筆記眉批，重點內容用不同顏色筆相間，標示不同年份閱過。這個孕育香港普及文化的私人寶庫，小部分文物經初步整理後作紀念展出，其餘大量藏品需要時間和人手分類、保存、重構、呈現。

繼紀念展覽後，吳俊雄開展一個黃霑與香港流行文化的大型研究，計劃第一階段研究黃霑的流行音樂作品。他與數位研究員進出黃霑的知識天地，一待八年，二〇一四年交出第一份功課「黃霑書房」網頁，自言「翻閱痕跡，回望過去，不無傷感，但更多的是喜悅」。

「黃霑書房」網頁設計，逐層深入，恍似俄羅斯娃娃，大娃套着中娃，中娃套着小娃。網頁分「大江大海」、「深水埗的天空」、「戲迷生活」、「電台流聲」、「文化新潮」和「黃霑出生」六個課題，課題下有副標題，副標題下有小標題，連着大量圖片、剪報、影音訪問、中西國粵語歌曲和古典音樂錄音、延伸閱讀的資訊與文章等等，若把所有錄音聽一遍，沒有一頭半月不能竟全功。

重聽久違了的中西樂曲，時光彷彿倒流，少時熟悉的周璇、白光、龔秋霞、李香蘭、姚莉等人一下子在歌聲中活過來，不由得回味起從前在舊家的生活，慶幸今日還有閒情與福份，坐在電腦前輕聲跟着唱。

「深水埗的天空」課題內「頑童」項下，有一段影音「虔誠的天主教徒」，黃霑提到他的粗口是家傳，因為父親曾做煤倉苦力工頭十三年，慣用粗口與手下溝通，在家也講，與女婿對話亦不改本色，粗口算是家學淵源。二〇〇一年五月他接受中大新聞與傳播學院出版的學生刊物《大學線月刊》訪問，也談到粗口是家庭語言習慣，父親絕對是堂正君子，一點也不粗鄙。

聽到「家學淵源」四字，不禁莞爾，在鄉下成長的父親也是箇中能手，收放自如，不適當場合又懂得噤聲。粗話自小聽慣，從前與同學逛街，阿伯、猛男或大嬸街邊交談，粗口連珠炮發，女同學馬上臉紅耳赤，我可百毒不侵。還記得一件趣事，沒在弟妹面前講過半句粗話的五姐，一次回鄉探親，歸來後滿口親切鄉音，還連着粗口單字和連串「助語詞」，姐姐忽然豪邁，感覺怪怪的，要過好幾天，她才慢慢甩掉粗口與鄉音。

早些時知道有「黃霑書房」網頁，一直未有閒心到訪，最近瀏覽，幾疑置身幾十年前的香港舊夢之中。這是一個因國共內戰，隨父廣州南下避亂的八歲孩子，落地生根努力向上的故事。黃霑父親與當年數以萬計流落本地的同胞一樣，知道回國之路渺茫，慢慢調整過客心態，找尋生計，望子成才。黃霑立定腳跟，從九龍深水埗再出發，全身心適應新的生活，吸收新的知識，在喇沙書院、香港大學接受教育，逐步擴闊眼界，培養興趣，發展事業，存身廣告創作，揚名本地樂壇。多年來走過人生的高峰與低谷，經歷幾許狂妄與蟄伏，最終反璞歸真，找到尺軀灰飛後的歸宿。

黃霑是香港一方水土培養出來的人物，多才多藝，思想開放；也許先天基因遺傳，加上後天時運際遇，他性格兩極，行事莫測，不同立場的人對他有不同意見與批評，唯有音樂成就少爭議。黃霑好學深思，又浪蕩不羈；尊師重道，又玩世不恭；學養豐富，又粗口不文；營謀逐利，又擇善疏財；尊重婚姻，又多情外騖；洞察世情，又政識天真；愛好性色，又參悟心經；侍奉天主，又歸葬佛儀，是個徹底我行我素的矛盾化身。他為〈問我〉一曲填詞，「……無論我有百般對，或者千般錯，全心去承受結果。面對世界一切，那怕會如何，全心保存真的我。……願我一生去到終結，無論歷盡幾許風波，我仍然能夠講一聲，我係我……」，正是他的真實寫照。

「黃霑書房」故事吸引，伴隨他一起成長而呈現出來的香港背景和脈絡，包含政治歷史、社會風貌、文化教育、音樂劇藝等等影像文字，更奇妙地開啟回溯的鑰匙，觸動與他同時代人的心。七十年代中期，我曾在石硤尾生活過六個年頭，時常躑躅深水埗的桂林街北河街欽州街大埔道一帶，近年偶然再訪，走過黃霑小時候朝夕相對的「嘉頓麵包公司」、「德貞女子中學」（青山道舊址）、「寶血醫院」和「北九龍裁判法院」（今薩凡納藝術設計學院），想到他在家門前曾目睹的一九五三年石硤尾木屋區大火；一九五六年「雙十暴動」，瑞士領事夫人慘死的燒車暴行，恍惚空氣中瀰漫着煙火味，逝去的艱難歲月，留給後人無盡唏噓。

黃霑不同意自己是「傳奇」，更否認是天才。他行為入世，言文出位，自嘲有種種壞習性，但任性疏狂的「不文霑」，卻信望宗教的救贖，不時為宗教界出心出力。黃霑十九歲受洗，是個虔誠天主教徒，一九七九年為天主教香港教區譜寫彌撒曲〈讓兒童來近我主〉，收入《頌恩：信友歌集》第三五七首。二〇〇〇年七月香港教區在有線電視首播天主教電視節目系列《始終係天主》，黃霑寫了主題曲〈天主始終係愛〉：「全靠聖經開導我，名句滿是愛心記載，和我溝通，清洗我心靈，令我知道天主係愛。塵世我幸有天主導引，還以信望愛，永在我心灌溉；聖子聖父聖神，福德覆蓋。饒恕我罪，將一切安排，令我知道始終係天主，始終係愛。」濃厚的讚美詩風格，葉麗儀主唱，有天籟之音。

他在《大學線月刊》訪問中，認為教會有某類規條較保守，如女信徒要用自然法避孕，不能服避孕丸。又談到專欄作家孫淡寧送他一幅石刻〈心經〉字畫，他看不明白，自愧「中文系」畢業，開始窮究〈心經〉。那時候他剛與妻子華娃離婚，一手毀家心緒難平，祈禱天主無甚幫助，唸〈心經〉稍得安寧。

自此黃霑研讀佛學，又為傳揚佛界妙音創作歌曲。一九八一年為香港電台佛教節目《空中結緣》寫主題曲〈緣〉，主唱關正傑。「……緣，見亦是緣，散亦是緣，心中不必怨，不掛念，萬事隨緣。空出我心，納種種世上緣，樣樣不苦惱，永遠也未掛牽。隨緣，隨人生的方向轉，心歡喜，不生怨，一切事就讓它空中結緣。」據説從曲到詞，在港台錄音室倚馬揮筆，極速交卷。

九十年代初，經歷事業與愛情兩番失意，佛經幫助他觀心自省，過渡人生的低潮，一九九五年再婚後，修心養性，重回校園攻讀博士學位。二〇〇一年有線電視佛教節目《正覺人生》啟播，「香海正覺蓮社」監製，請黃霑寫主題曲〈做個正覺自在人〉：「人生無常，凡塵多苦，誰來解憂除困，唯有一生一心，向善向佛，學做正覺自在人。遠離貪嗔癡啊，戒定慧淨我身心，諸惡莫作，眾善奉行。由釋迦牟尼慈悲引路，來做正覺自在人。南無佛，南無法，南無僧。」

經多年學佛，比起一九八一年的小品〈緣〉，這首詞作更有佛性，調子莊重平和，張學友誦唱，歌聲澄明通透，有撫慰人心的力量。黃霑與佛結緣，〈做個正覺自在人〉今日已成佛學團體和學校的常備曲目。

銀塘燭淚

王粵生（一九一九—一九八九），粵樂名家，原籍四川重慶，廣州出生，年青時已醉心廣東音樂，經常香港歌壇伴奏，後加入粵劇團為職業樂師。四十年代中期，為「覺先聲」和「大龍鳳」劇團做音樂拍和，得班政家賞識，歷任「非凡響」和「錦添花」劇團頭架（音樂領班）。抗戰時期已教唱粵曲，授徒無數，亦有名伶拜在門下，後起撰曲家如葉紹德、蘇翁和黃霑亦曾跟他學寫曲之法。

王粵生是音樂全才，懂多種中西樂器，古箏閒熟，專精琵琶二胡揚琴，還有小提琴爵士鼓色士風。擅作曲，會填詞，粵曲結構瞭如指掌，曲式句格轉換自如，出入已臻化境，又有豐富掌板經驗，了解前人唱功特色。這樣的粵樂粵曲通才，粵劇界近年少見，不單功夫經得起考驗，最重要懂得傳授，有一套音樂法理可依，讓後學知所遵循。粵劇界不缺音樂作曲多面手，卻未必可以教學時條理分明，清楚表達。後來雖有資深演員梁漢威亦彈唱教皆能，是繼王粵生後不可多得的教學人才，可惜天不假年，六年前因病去世。

王粵生心願推廣及發揚粵曲藝術，希望帶入社區與學府，讓年青人和大學生認識欣賞，進而習唱撰曲，發揚光大，傳之久遠。一九七五年開始任教香港中文大學音樂系粵曲課程，又主持教職員粵曲興趣組；一九八〇年起，曾任「八和粵劇學院」四屆粵曲主任導師，亦曾主理法住學會粵曲班。

二〇一〇年九月前後，為紀念王粵生逝世二十周年（二〇〇九），《王粵生作品選：創作小曲集》出版，封面有一幀王粵生生活照和當時中文大學戲曲資料中心副主任盧譚飛燕題詩：「粵藝顯奇才，滿門桃李開。生花出妙韻，異曲錦心裁。」編務主要由中文大學粵曲興趣組和法住學會的粵曲班學生一力肩承，編輯林麗芳、蔡碧蓮、阮少卿（兼執行編輯）；打譜打字阮少卿、姚彩儀、李美麗、何國珠、譚慧文；訂譜蔡碧蓮、林麗芳；美術設計陳美儀。

成員為感懷老師授曲認真、嚴謹與無私，敬仰他的粵樂才華、作曲天分，亦為整理歸納老師作品，不致散佚誤傳，經八個多月蒐集資料、打譜、訂譜、試唱；盡力訂正作品的版本和創作日期，依時序排列製成年譜。本來對老師畢生成就不大清楚，編輯過程中眼見「作品之多，如入寶山，眼花繚亂，欲罷不能」，才慢慢認識老師的「創作歷程、曲壇地位」。編輯小組不惜人力時間，不怕搜集煩難，不斷上下求索，務使「紀念集」無愧於師。

全書分「生平、年譜、教學」、「影集」、「摯友懷人」、「感舊懷師」及「曲譜」五個項目。「摯友懷人」項下有王粵生好友，同為撰曲名家王君如的兩首悼詩，其一寫於一九九九年：「紅燭淚垂到曙光，妝台秋思恨偏長。寫歌人去音仍在，十載懷君暗斷腸。」其二寫於二〇〇九年：「彈指光陰二十秋，大師一去不回頭。今朝再聽君遺作，牽動心間樂與愁。」「生平、年譜、教學」項下的「作品年譜」與「作品統計表」，資料簡明清晰。在一九五〇至一九八九年間，王粵生原創曲譜、原創曲並詞、撰曲（舊譜）、填詞共一百五十首。「曲譜」項下收入四十首原創小曲，相信仍有還未出土的遺珠，詞譜主要來源為王粵生授曲的曲本，中文大學戲曲資料中心「王粵生專櫃」藏品、電影小冊、泥印劇本和香港電影資料館的電影目錄與小冊子。

王粵生作品綽約多姿，宜中宜西，能古能今，且不受成規拘限，喜破格出新；劇作家撰寫新詞，再交王氏譜曲，先詞後曲，創作難度極高。而王粵生亦能詞曲一手包辦，如電影《檳城艷》插曲〈懷舊〉及瀰漫一片熱帶風情的主題曲：「馬來亞春色綠野景致艷雅，椰樹影襯住那海角如畫，花蔭徑，風送葉聲夕陽斜掛，我最愛那春日裏鮮花幻化……」，為愛侶譜奏出一首輕快戀歌。

王粵生為唐滌生譜曲最繁，見「曲譜」收入二十二首，其次為李少芸，有七首。李少芸的粵劇《紅鸞喜》和《王寶釧》，前者有小調〈霓裳詠〉：「……雲散月移花影動，金縷歌聲入楚峰，珠釵鳳、玉芙蓉，寶髻半蓬鬆，舞遍巫山又幾重……」，旋律優雅帶古風；後者有〈採桑曲〉：「……忙中猶自盼平郎，夢斷西遼空想望，望到月落烏啼見日光，只有朝朝採桑，暮暮採桑，採得桑來過山崗。……」，類近民謠，都是李少芸寫詞。

一九五一年王粵生靈感澎湃，同年創作六首小曲，全為唐滌生撰詞，風行六十年。有電影《紅菱血》插曲〈銀塘吐艷〉：「荷花香，新月上，荷花愛著素衣裳，花香引得情蝶浪，怎禁她芬芳吐艷滿銀塘。……」粵語小曲實驗西洋音樂的大小調轉換，流播六十年，歌手張露也曾灌錄國語版本。粵劇《艷陽丹鳳》的〈渺渺仙踪〉：「仙鶴飄飄在山嶺，月兒斜掛在天庭。天上人間皆寂靜，只聽蟲悲泉飲咽，只見飛瀑撲流螢。……」開首一節散板「引子」亦有西洋味。粵劇《龍鳳花燭夜》的〈絲絲淚〉：「心慌慌，意茫茫，蕩，我心驚蕩，我回眸望，天何妒，淚盈腔，……」用粵曲乙反音階寫成的小調旋律優美，日後與〈銀塘吐艷〉一樣，走紅粵語流行曲界，後填新詞版本甚多。

除〈銀塘吐艷〉與〈絲絲淚〉，另一唐、王傑作，是粵劇《搖紅燭化佛前燈》的〈紅燭淚〉：「身如柳絮隨風擺，歷劫滄桑無了賴。鴛鴦扣，宜結不宜解，苦相思，能買不能賣。悔不該，惹下冤孽債，怎料到賒得易時還得快，顧影自憐，不復是如花少艾，恩愛已冰消瓦解，只剩得半殘紅燭在襟懷。」這小曲的後填新詞多如恆沙，曾是粵語流行曲演唱會熱門曲目，卡拉OK的民間「飲歌」。

近在網頁看到樂評人黃志華二〇〇九年一月貼文，有黃霑填詞連譜的〈紅燭淚〉手迹剪報：「小紅燭啊燃燒身軀，大放光輝還獻淚。一生都不悔，伴我將光明追；送衷心，形影相隨。噴火花，吐火燄，發揮光與熱，你是我先驅。奉上關心溫情，熱誠待我一一記取。將自己生命，一滴滴來照亮人類。不問他朝、他朝有誰會知，不問有誰人知紅燭灑過英雄淚。」黃霑不改曲名，借題發揮，為紅燭燃燒自己，照亮他人的義行謳歌，一九九八年十月十二日定稿。

粵劇《洛神》〈凌波令〉，唐滌生借曹植〈洛神賦〉靈感，寫溺水而亡的宓妃位列仙班，洛水上翩然而至：「……足踏蓮台三尺浪，手枕雲端五彩牀，縷縷紫煙織鬢網，六幅湘紗剪衣裳……」。粵劇《花田八喜》〈花田遊〉，月英小姐與婢女春蘭，閒遊花田，觀賞渡仙橋風光：「……語關關，枝上流鶯囀，蝶雙雙，幾時至撲得完。渡仙橋波面有鴛鴦戀，看，人向花神廟裏問姻緣。端的是萬萬首詩難盡，千千筆劃難傳。楊柳絲，好似款擺黃金線，花田忙煞唧泥燕，看，粉牆亂落胭脂片。……」旋律輕快，表達主僕二人遊樂的愉悦心情。《帝女花》〈庵遇〉小曲〈雪中燕〉：「孤清清，路靜靜，呢朵劫後帝女花，怎能受斜雪風淒勁，……」更是家傳戶曉；而世顯駙馬與長平公主相認一段，公主起唱散板**【相思詞引子】**「風雨劫後情，落拓君須聽。」這是王粵生最短的樂曲創作，為緊接其後細訴亡國辛酸的一段**【乙反中板下句】**「山殘水剩痛興亡，劫後重逢悲聚散，有夢迴故苑，無淚哭餘情。……」作鋪墊，增強藝術效果。

粵劇《牡丹亭驚夢》〈遊園曲〉：「一生愛好是天然，恰三春好處無人見，蝴蝶雙雙去那邊，銀塘初放並頭蓮，……燕子來時百花鮮，待等花落春殘又飛遠。良辰美景有情天，傷春易令蠻腰損。柳外梅旁有花韆，盪上東牆喚取春回轉。」漫衍杜麗娘的閒愁春困。尾場「圓駕」〈楊妃步步嬌〉：「淡掃蛾眉重整花鈿傍，再抹胭脂細理回生相。……碎金蓮且踏西街尋月亮，楊柳腰倦倚春風向南往，俯伏金階微喘下，香汗透羅裳。」描寫麗娘回生，宮中面聖前的修容行狀。

唐、王二人合作無間，唐滌生為「仙鳳鳴」劇務時，採用王粵生建議，以整首古調填詞演出，為適用於粵樂粵曲風格，王粵生整理古譜，唐滌生精心填詞，遂有調寄〈秋江哭別〉的《帝女花》之〈庵遇〉、調寄《塞上曲》〈妝台秋思〉之〈香夭〉和調寄〈潯陽夜月〉的《紫釵記》之〈劍合釵圓〉傳諸後世。五六十年代粵劇界這對「詞曲雙璧」，豐富粵劇小曲創作風貌，唐滌生不懂音律，自有王粵生妙韻相協，形神一體，為日後粵語流行曲風行一時的局面，貢獻微力。

王粵生創作的小曲，整理的古譜，幾十年來常得填詞人青盼，生發多首新詞，但少人會自覺付他版權費。王氏天性豁達，從前版權意識亦薄弱，對行家擅用他的小曲沒多計較，也不指望對方在曲譜上印出原創人名字，其實，標示原作者大名是一種禮貌和尊重，是應有之義。王氏悉心鈎沉的幾首古譜大調，古樂譜年代久遠，為適合粵曲演唱，王氏在原譜基礎上付出心力修改整理，估計除了幾十年前初演時，相關演出團體曾付他酬勞外，日後已自動成為粵劇及曲藝界的公共文化遺產。但飲水思源，當同代及後世填詞人自由選用王氏的改編曲譜時，實應感念原創作曲家及王粵生的無償奉獻。

阮少卿在〈王粵生老師晚年教學〉一文，綜合整理同學的上課感受和老師教學風格，書中還有其他緬懷文章談及師教雖嚴，學生卻因害怕而苦練，反而開竅，字裏行間橫生妙趣，隱現師生情濃。

老師每課必講粵曲樂理，要學生謹守基功法度。首重板穩（節拍）啱音（音準），尤需清楚半拍的時值，唱曲有所謂「攞字」，分「快攞」或「慢攞」，攞唱一二或三四個字不等，配合需要攞唱的快慢和字數，再決定在半拍還是緊跟上一拍後開口，避免撞板。王粵生耳靈，容不下走音，抓出來的同學，單獨重唱至音準滿意；高音絕不妥協，$C^{\#}$線唱得勉強，不會低八度相就，更不容許用西洋藝術歌曲發聲法。曠日持久，聲嘶力竭之下，「絲弦」出「高子」，子喉高音竟練出來了。

二要發音露字開牙，切戒懶音，練子喉要收窄喉嚨，必須唇齒用力才露字，讓人知道你唱甚麼；開牙即打開口腔，這對初學者尤其重要，避免因為怕錯或害羞，唱曲似口含白欖；要注意端正唱容，不要表情誇張，喧賓奪主。

三要腔純，行腔要大方不花巧，問字取腔，適當運用「發口」，即該用「嗎、牙、伊、呢……」哪個音來行腔，才較順暢合適。不鼓勵初學者模仿名家，免得學壞了，積重難返，但鼓勵多聽不同派別唱腔，推許薛覺先、林家聲一派為入門藍本，打好傳統基礎，心領神會後，再選擇適合自己的歌路唱法。

在「感舊懷師」項下，徐研槿是八和粵劇學會學員，撰文〈一個令我拜服的老師〉，稱王粵生為「粵劇曲藝文法大師」，要學生背誦音樂板面過門、長短序譜；教學生如何從「反線中板」轉唱「乙反二黃」，「乙反二黃」轉唱「慢板」；「中板」拉長腔時，平（男）子（女）喉唱上下句的分別；鑼鼓後音樂奏過門，要數多少個叮板（節拍）就要開口，以免不懂入線和撞板；正確的古腔中州官話要怎麼講。又提到初遇名師，佩服他竟可以邊拉琴邊視唱，口唸鑼鼓經，腳打叮板拍子，奏音樂過門時又提示學生現在已到哪一個節拍位，一眼關七，真神人也。

蔡碧蓮在〈老師，多謝您把我帶進粵曲藝術的殿堂〉一文，談到王粵生不厭其煩講「二黃」基本結構，上句「四平六仄」，下句「六平四仄」；又教學生如何用同樣二十個字的曲詞，唱「二黃」、「二流」和「合尺滾花」。何國珠在〈我的啟蒙老師〉一文中，憶記第一課學唱「滾花」，老師用同一曲詞示範四種調式唱法，並詳細講解其中異同。

學生撰文記敘老師不世武功，苦樂之情躍然紙上。老師教學熱誠，執正嚴肅，不苟言笑，但為人誠懇友善，具幽默感，有憐憫心，熱愛攝影。有學生經濟條件不好，又不想謬然免費，他介紹學生抄曲，抄幾首已可抵銷學費，抄時另有「花紅」，遇不明處即加解說。有學生懷孕行動不便，他上門授曲，私鐘格局，只收「大班」學費。一次學生複彈箏曲，老師閉目養神，看似睡着，其實心醒，一音不合，即張目斷言「彈錯了」，學生大嘆「法耳」難逃。

一九八九年十二月十二日，王粵生病逝。中大粵曲興趣組（一九七五）首徒林麗芳，二十年來聽老師造福後學的電台教唱聲帶《粵曲不離口》，仍禁不住淚如雨下，無法聽完；私授小組學生蔡碧蓮，每聽上課錄音，想起老師湛深的音樂修養，愧疚錯失學習揚琴與小提琴的機會，辜負老師曾主動提出傳授的美意。蔡碧蓮一九八九年替病重老師去「法住學會」代課，老師逝世前約一星期，又與全班同學往醫院探視，老師逐一握手，學生淚承於睫。

痛失良師，學生收拾心情，化悲傷為力量，以所學酬報，二十多年來有創立劇藝推廣會、任社團粵曲班導師；有在學校、福利機構教唱和義唱粵曲；有唱而優則登場演戲或撰曲寄情；有改習鑼鼓音樂，唱局中一顯拍和身手。法住學會粵曲組學員更成立「粵風曲藝社」，以「粵風」二字紀念老師，經常聚會操曲，每年重頭戲是老師忌日前後，往「富山」灰龕靈前訴説別來人事。多年來散落教育界、曲藝界、粵劇界的王氏門生、私授弟子，不論是客居異地抑或安土不遷；專業表演、曲社授徒還是私局自娛，都受益於老師的身傳曲教，在近年本地粵劇曲藝文化的嬗變中，維護一脈清音。

二〇一九年九月十九日，為紀念王氏逝世三十周年暨百年冥壽，中文大學中國音樂研究中心與戲曲中心合辦「紀念粵樂大師王粵生作品演唱會」。印在場刊封面和舞台熒幕上的十四個演唱會標題大字，筆墨酣暢，為高齡九十的息影粵語片演員羅艷卿所題。籌備委員會總監劉永全、主席盧偉國、副主席何杜瑞卿、秘書長范錦平、司庫林麗芳、統籌陳子晉、項目經理劉淑嫻；加上十一位執行委員、七位舞台監督，幕後台前，可說人材鼎盛。

表演曲目二十七首，王粵生膾炙人口的小曲大調，如〈檳城艷〉、〈紅燭淚〉、〈霓裳詠〉、〈紅鸞喜〉、〈銀塘吐艷〉、〈唔嫁〉、〈渺渺仙踪〉及〈秋江哭別〉等等陸續登場。演唱者有名伶、唱家、私授弟子、劉永全再傳弟子、中大校友、法住學院前學員及八和粵劇學院第一、二屆畢業生。男女百人大合唱多首小曲，如此陣容的粵曲演唱會近年少有；成員集訓半年，音色調和齊整，交出不俗的成績。

其餘獨唱或對唱曲目，如何杜瑞卿的〈梨花慘淡經風雨〉，楊麗紅的〈思親曲〉，新劍郎的〈習曲詞〉，何偉凌、尹飛燕的〈帝女花之庵遇、相認〉選段〈雪中燕〉與〈秋江哭別〉，梁兆明、王超群的〈紫釵記之劍合釵圓〉選段〈潯陽夜月〉，龍貫天、吳美英的〈南宋鴛鴦鏡〉

選段〈焙衣情〉，唱家情緒投入，行腔着意經營。另外，廖國森、李鳳的〈歌者之歌〉，盧偉國、譚倩紅的〈搬家曲〉，演繹七情上面，手舞足蹈，使觀眾大樂。

入室弟子劉永全為頭架，與掌板王漢強師傅，統領十四人團隊，呈獻中西音樂精彩演繹，色士風與爵士鼓尤為突出。劉師傅手執小提琴拍和，眼觀四面，耳聽八方，最後還登台瀟灑伴奏，與合唱團同台壓軸，表演一曲〈懷舊〉，部分觀眾身體不期然擺動，幾乎想隨樂音起舞。散場回家，拜黃金城師傅節奏強勁的爵士鼓所賜，滿腦子〈懷舊〉旋律與曲詞，「嬉戲於沙灘，日影已漸闌。淺水碧波染泳衫，一雙一對樂忘還……」。

整晚演出氣氛熱烈，參與者傾情配合，以曲藝和再版《王粵生作品選：創作小曲集》（增訂版）懷念老師；演唱會的贊助及門票收入，扣除開支，亦悉數捐去中文大學音樂系成立的「王粵生紀念獎學金」。眼見舞台上纍纍果實，栽出滿門桃李的王粵生，或會在另一時空含笑俯視，滿意他的教化人生。

楚江心曲

大約二〇一六年九至十月期間，香港電台《戲曲天地》訪問「薇之軒—星腔研藝社」的黎佩娟，介紹「星韻心曲九十載——『曲聖』王心帆誕生一百二十年」紀念演出。十一月初經過沙田大會堂，見宣傳海報，節目分別安排在二十四和三十日兩天。

十一月二十四日有王君如曲作〈吟盡楚江秋〉、〈歌衫舞扇〉、〈惆悵沈園春〉、〈長堤折柳〉、〈藍橋夢〉、〈秦箏恨〉、〈秋海棠〉和〈小城春夢〉；另備王心帆〈癡雲〉、胡文森〈風流夢〉、吳一嘯〈胭脂扣〉和陳卓瑩〈花弄影〉四首星腔名曲。十一月三十日編排則以王心帆「心曲」為主，有〈癡雲〉、〈秋墳〉、〈慘綠〉、〈悼鵑紅〉、〈乞借春蔭護海棠〉、〈恨不相逢未剃時〉；輔以王心帆、吳一嘯、胡文森〈星殞五羊城〉、蔡保羅〈孔雀東南飛〉、綠華詞人〈知音何處〉、吳一嘯〈多情燕子歸〉與〈七月落薇花〉及王君如〈吟盡楚江秋〉。

中學時期，我家二哥常在假日聽小明星〈風流夢〉和冼劍麗〈一縷柔情〉唱片。〈一縷柔情〉是當時流行的跳舞粵曲，中速節拍，適宜舞客肢體扭動，不宜歌者一唱三嘆。冼劍麗的聲情不合跳「蓬測測」，絲竹絃管慢怨深愁的樂曲，才配襯得起她的磁性嗓音，如葉紹德〈玉梨魂之剪情・殉愛〉、梁浩然〈梅妃怨〉、王君如〈歌衫舞扇〉和〈魂斷蘇堤〉之類；還有粵樂名家梁以忠妻子張玉京（瓊仙）親授的古腔〈燕子樓中板〉，捨桂林官話，用白話演繹，以鼻腔共鳴的冼劍麗，唱來風格雅靜，古韻柔揚。

王君如寫於一九五三年的力作〈吟盡楚江秋〉，五十年代初衝出太寧街私家唱局以後，民間習唱者無數。曲作敘寫一對男女京華邂逅，兩情相悅，以為可長相廝守，誰料相依一年，日本侵華，女子戰亂中不幸死去，所謂「金戈鐵馬，慘折溫柔」。男子傷心欲絕，思憶往事，濃愁無處排衍，唯有在「西山紅葉，斜陽風雨」中「憑弔青塚荒丘」。人天永隔，撰曲者把無處可寄的一腔離恨哀感，託付予起首的**【南音板面連序】**「借酒消愁添愁一江秋。幾番夢迴紅豆暗拋。悲歌奏。往景依稀，知否淚珠為誰流。檀郎猶復瘦。只因舊愛難了奈何自身愁絲似亂柳。秋心望斷楚江流。……」

據主辦者黎佩娟講，王君如自資灌錄〈吟盡楚江秋〉唱片，並屬意業餘「豉味腔」唱家鍾自強演繹，盧家熾音樂拍和，特聘「子喉歌后」冼劍麗助陣，唱片封套就以她的〈歌衫舞扇〉

作號召，兩曲版權同屬撰曲者，並未授權其他唱片公司。多年前初聽鍾自強的〈吟盡楚江秋〉，吐納自然，韻味含蓄，字腔交融處有一種纏綿意。番禺人潘兆賢，別署采薇居士，退休教育工作者，著有《揚鞭集》、《近代十家詩述評》及《采薇廔吟草》等書，有詩題贈鍾自強：「幾回吟盡楚江秋。底事還嗟紫鳳樓。豉味行腔高且雅。蜚聲樂府鎮時流。」詩中提及的「紫鳳樓」，是另一撰曲家楊石渠七十年代名作。

為了聽〈吟盡楚江秋〉和〈歌衫舞扇〉的同場演繹，十一月二十四日去香港大會堂劇院作座上客。主辦單位負責人，資深「星腔」唱家黎佩娟，二〇〇四年曾開演唱會，聲演小明星歌曲。當年演唱會海報，有她尊為老師的王君如贈詩：「七月薇花落，餘香卻未消。星腔傳海外，直到九重霄。」王君如與黎佩娟亦師亦友，對「星腔」研唱、撰曲心法每多提點傳授。二〇一四年六月三日，前香港電台五台台長葉世雄，在《文匯報》「戲曲視窗」專欄〈王君如與鍾自強〉一文，提到他在中環遇見黎佩娟，得知「她自教育署退休後，一直承擔照顧王老師的責任。老人家住進安老院舍，她仍然常常前往探訪。」

黎佩娟在演唱會單張上，談到老師王君如對王心帆的敬重，欣賞他為小明星創作的「心曲」，詞章「化古而不泥古」。王心帆戰後協助「曲王」吳一嘯，類近智囊，王君如亦欣賞吳一嘯的寫曲才華。吳氏能填詞作曲，文詞生活化，小曲用字合樂，唱來舒服不拗口。當時穗港歌台興旺，小明星的歌壇曲多為王心帆作品，吳一嘯也有為她寫唱片曲如〈多情燕子歸〉、填小曲和監錄唱片，又介紹她穗港歌壇獻唱謀生，王、吳二人在「星曲」流播上同為重要人物。吳一嘯離世後，王君如繼承「星曲」創作路子而別出機杼，言淺意深，用字更為精雅，靈活運用古詩文詞，但有今人意緒。

王君如與吳一嘯，曾用同一小曲〈連環扣〉填詞。吳一嘯在任劍輝、李寶瑩的〈樓台會〉發揮功力：「萬箭又向心中穿，哀此薄命嘅癡鸞偷將鳳怨，枉我情深情深佢情盡變，夢醒愛盡完。利劍又向心中穿，枉費共讀有三年，我一朝受騙，斬斷情根情根緣亦斷，恨妹你食言。唉禮餅禮餅我對餅空自憐，哀賢妹人亦變，真個味苦似黃連。我實難下咽心悲酸，紅綾奪我姻緣，將佢碎開邊。」梁山伯驚聞英台另配馬文才，氣急敗壞，任劍輝聲情交融，聽者恍見紅綾餅捏碎成片，感染力極強。

王君如則在〈吟盡楚江秋〉中幽幽寫出：「恨煞恨煞相思鈎，每鈎舊恨上心頭，綠窗柳，想是同卿同卿柔若瘦。夜冷夜冷風聲啾，悵憶往事似煙浮，夢佳偶，獨抱秦箏秦箏和淚奏。思前恩，前恩何有，紅顏為郎情義厚。念來淚暗偷，自憐沒計消愁，怎脱得相思鈎。」兩人詞風，吳氏直白激情，王氏婉柔蘊藉。

一九九〇年，黎佩娟在紀念小明星的演唱會認識王心帆，紀念儀式禮成，她攙扶九十四歲王老先生下台，開始日後灣仔龍門酒樓，向王老問學「心曲」的因緣。自言「未克遺忘這一位錚錚傲骨的才人風範」，為銘記教澤，保留真傳，把九〇至九二年間二人對談、王老生平瑣事、「星腔」研究心得，綴集成〈星腔回憶錄〉，又演唱「星曲」會知音，口述見聞紀史，報答兩位「星腔」恩師。

王心帆（一八九六—一九九二）原籍廣西，廣州出生，二戰前後省港兩地居停，最後病逝香港「瑪麗醫院」。王心帆成長於中西思潮相互衝擊、廢科舉興新學的時代，一介文士報人，遊走新舊文學之間，為戰事與生活奔忙。曾寫戲班班本提綱，辦省港兩地的雜誌小報，做記者和副刊作者，戰前避亂香港曾經教書。閒來撰曲填詞，愛寫南音、清歌。

他為小明星寫的第一首唱片曲〈人面桃花〉，牽頭人是把「粵謳」融入粵曲，首創「解心腔」的梁以忠，梁以忠曾是小明星初踏歌台的音樂頭架，幫她唱腔設計，鼓勵她善用聲音條件另創新腔。後經朋友介紹，王心帆認識小明星，開始詞人與歌者的曲藝交往。出於憐才重義，王心帆除撰作首本曲助她歌壇發展，還在她感情受挫或面對生活困境時，指點迷津，施以援手。〈癡雲〉是他為小明星寫的第一首梆黃長曲，後因曲長與錄音技術限制，唱片只保留「南音」部分，即現今通行的刪節版。

王心帆熟悉梆黃，以樂府詩詞入曲，或不想詞采受到局限，不填梗調定律的小曲。詩詞字數有參差長短，頓挫收結處未必完全切合梆黃曲式句格，王心帆不懂音律，如何使詞與曲水乳交融，依賴唱家對文詞的悟性與「度腔」技巧。聰慧的小明星家貧，只讀過兩年書，卻懂得欣賞文士雅詞，為使一字不改，反覆點定叮板，與音樂師傅研度新腔。小明星音質清亮，惜有肺病氣息荏弱，借換氣時似斷還續的拉腔技巧，化成裝飾音，作低徊婉轉之調，與王心帆的旖旎詞風恰好相配，創出自成一格的文人曲韻。

小明星（一九一二—一九四二），廣東三水人，原名鄧小蓮，後請王心帆為她改名曼薇。十一歲跟藝人周師傅學藝，數月後在二流茶居演唱；十三歲在大茶樓登台，十五歲首唱〈癡雲〉，三十年代初與張月兒、徐柳仙、張惠芳同譽為「四大平喉」。小明星轉益多師，音律樂理、粵謳清歌受教於梁以忠，詩詞從學於王心帆，跟瞽師鍾德及其弟子盛獻三學南音。一九四二年戰時艱困，貧病交煎，廣州「添男茶樓」一曲〈秋墳〉，半途咯血，翌日病逝，魂歸曲藝歌壇。

曼薇女士柔弱似林黛玉，亦善感多愁，卻無鞶卿的富貴親戚，窮年頻撲歌台，終染惡疾。多情亦如《紅梅記》的李慧娘，愛慕「美哉少年」，身邊不乏青年才俊，可惜或無疾而終，或已有家室，或不為男方家人接受。雖姻緣難就，總不肯委屈下嫁，為追尋真愛，不羨西關大宅與豪門富貴，辭受十萬禮金之聘，拒當南天王陳濟棠兄長陳維周側室，酒樓歌壇幾無立足之地，為尋生計，倉皇南下香港。深情又類湯顯祖《還魂記》的杜麗娘，「情不知所起，一往而深。生者可以死，死可以生。」小明星曾為愛情，吞鴉片膏自殺，是唐滌生筆下的戲曲人物——李慧娘「寧為情死，不為妾生」的現實版變奏。

小明星短短一生，留下名曲多首，影響深遠，不少老倌如薛覺先、新馬師曾亦吸收「星腔」神髓。王心帆為小明星撰作三十多首歌壇粵曲，取十八首至愛，收入《星韻心曲》，並撰文為小明星立傳，記敍弱質歌女在戰亂逆境中如何奮進自愛，旁及省港澳歌壇情況與當時社會側影。一九八五年欣賞「心曲」的商人何耀光，愛好鑑賞和收藏中國書畫，別號「至樂樓主」，斥資印行，書前有序論王心帆：「學養兼粹，剛介自持，不喜諂事權貴。塊然一室之中，飯蔬食飲水以自樂其樂。巢由高蹈，視榮利如敝屣。……」

何氏熱心文教，成立「至樂樓」獨立慈善團體，保存發揚中國書畫藝術，曾在香港大會堂、香港中文大學文物館、香港藝術館舉辦「至樂樓藏明清書畫展」，藏品取捨首重書畫家的德行氣節，「必先品格而後可言才藝」。前人的識見修為，今日價值觀丕變，恐反招不識時務之譏；近見德行有虧者領受院校學府的榮譽學位，堪嘆往昔文教高風，已照拂無人。「至樂樓」出版《星韻心曲》印數不多，流傳不廣。二〇〇六年由當初穿針引線聯繫出版事情的何家燮，再徵得「至樂樓主」同意，經《明報周刊》整理後重版。

小明星逝世後，文人雅士偶有懷念詩作。一九七六年創立「鳳山藝文院」教授國學的何家燮，字叔惠，號薇盦，廣東順德人，精研詩詞書法，曾在專上學院及「學海書樓」講學，集歷年詩詞文翰成《薇盦存稿》。他重聽〈秋墳〉後題詠：「一曲秋墳宛轉歌，周郎襟上淚痕多。斷腸聲裏青峰在，留與人間喚奈何。」又「愛書堂」的「詩說香江」網頁內，見潘兆賢多年後聽小明星遺音，有詩嘆詠：「燕子多情歸故林，窈娘襟上淚痕深。淒風苦雨花殘日，魂斷秋墳薤露音。」

王君如（一九二二—二〇一六）原名王照泉，廣東惠陽人，家族四代世居西灣河太寧街二十七號。博客「濠江舊侶（Macao Old Friend）」，博主檻外人（黎錦波Paul Lai），記王君如逸事，共二十一篇。二〇〇六年六月的〈前言〉，記其師為人「剛介耿直，不拘小節，不慕權貴，平日謝絕社交應酬。唯才高藝絕，遣字倚聲，別具心眼，歌者得師一曲以為傲，粵藝界飲譽殊深。舊作〈吟盡楚江秋〉最為膾炙人口，然師謂至佳者應是〈飲淚彈歌送漢卿〉。惜曲高和寡，叫好不叫座。」

這首子喉獨唱曲，實為王君如看馬師曾、紅線女的《關漢卿》粵劇有感而作，借劇作家利詞禿筆寫曲罵世的故事，一澆胸中塊壘，錄音帶市面已難得一見，只香港電台偶有播出，劉艷華主唱，演繹關漢卿劇中紅顏知己朱簾秀。細讀香港中文大學「中國音樂研究中心」收藏的曲文，可一窺梗概。內容敍說關漢卿寫《竇娥冤》，抒民怨罵貪吏，得罪權貴遭難放逐，朱簾秀長亭送別，表達敬忱愛意之餘，亦一申不平之氣。以**【詩白】**「長亭古道柳籠煙，落日蘆溝畫角喧。離緒千般無寫處，一腔別恨寄冰弦。」開展序幕，而以尾聲一段**【正線二黃】**「見長空，雁飛鳴，似為離人，訴怨。今天且伴良朋去，望你來朝為我，把書傳。山一程，水一程，遠山重水路幾千，**【轉反線二黃】**淒絕故人，影遠。從今後，敢問梨園菊部，更誰濺墨，寫新篇。」為全曲點題。

王家兄弟四人皆有文才，大哥深泉，筆名秦西寧、舒巷城，有長短篇小說散文和新舊詩詞結集，如《太陽下山了》、《山上山下》、《鯉魚門的霧》、《回聲集》及《都市詩抄》等等。在兆榮漢文學校唸小學，日常功課之一是背誦古文舊詩，後改讀官校育才書社，再轉教會辦的華仁書院，通曉中英雙語。畢業後洋行上班，業餘從事文學創作，筆耕之餘，愛繪畫，懂撰詞，拉奏椰胡，擅唱粵曲「星腔」、「薛腔」與「新馬腔」，傳統舊學知識豐富，是二弟照泉曲作和太寧街坊的文字老師。小弟柏泉是經濟學家張五常兒時灣仔書院同學，張五常在〈太寧街的往事〉一文，譽他書畫琴棋無一不精。三弟麗泉擅書法，又是三弦好手，閒來與街坊同好唱曲奏粵樂，是王家生活常態。

舒巷城曾寫過這段太寧街的熱鬧時光，家門海旁，銀盤月亮山間升起，清風徐來，街坊朋友飯後聚集，或聊天或下棋或唱曲，耳濡目染，愛上文藝、音樂、戲曲。日常接觸的市井勞工，他們的面貌和故事成了日後寫作題材。黎佩娟在演唱會單張，亦提到其師王君如當時是十多歲的少年，因街坊常哼小明星的〈慘綠〉與〈秋墳〉，仰慕「心曲」和「星腔」，繼而學習撰曲。太寧街二十七號的草根文化沙龍，對王家四子的成長有極深影響，王照泉日後化身粵曲撰作家，而王深泉則成了本地知名鄉土派作家詩人，是西灣河太寧街的傳奇。

博文「王君如老師閒居偶拾」之十一，檻外人記述其師憶念長兄舒巷城的才情，「少年時適逢戰亂，輾轉逃難間猶寫曲寄懷……。」並錄下其兄四十年代寫的一段曲詞：「北風翻，有孤雁，一朝飛過萬重山，鳥知倦，思鄉關，萬里思親依稀見慈顏。飄零，怕見雁失散，又怕逝去光陰不復還。春歸遲，客歸晚，歷遍風霜只覺歲月難。」這首調寄〈悲秋〉的小曲，是舒巷城在兵荒馬亂的歲月中，懷想故家和母親的寄情之作。

據樂評人黃志華講，〈悲秋〉小曲，原型來自琵琶譜《塞上曲》之〈宮苑春思〉，另有網友指一九三七年已有盛獻三撰譜的〈悲秋〉，「歌林唱片公司」錄音。在民間音樂高人改編增潤的漫長過程中，五十年代初又衍生〈悲秋風〉版本，為當時撰曲者樂意選用的小曲。王君如在〈歌衫舞扇〉開首幾句，亦調寄〈悲秋〉：「火山中。有孤鳳。春歸秋去夏至冬。貨腰賣唱泣聲中。淚與胭脂一樣紅。」一九七一年再有蘇翁填詞，鄭少秋原唱的〈秋風吹謝了春紅〉：「悲秋風。碎春夢。更深驚聽夜半鐘，故鄉夢裏只匆匆。冷雨敲窗透簾櫳……。」一九七三年歌手陳浩德重唱，再易名〈悲秋風〉，唱得街知巷聞。

一九七一年「七十年代雜誌社」出版舒巷城紀實小說《艱苦的行程》，記敘作者的香港戰時生活和流徙行蹤。一九四一年日本佔領香港，年輕的舒巷城忍受不了日軍暴行，翌年別母辭家，隻身赴內地。經大鵬灣去桂林，寄身印刷廠，再遇「湘桂大撤退」，歷盡艱苦走貴陽、昆明，在昆明任盟軍（美方）文員與譯員賺取生活。戰後又去越南、台灣、東北、上海等地工作，一九四八年底返港。

遠走桂林途中，他曾在惠州屋簷下避雨，傳來小明星一曲〈癡雲〉，其中有**【乙反南音】**唱段：「……今日關山遠離，情何痛。往事如煙，我怨句碧翁。懷人不見，又恨難成夢，唉，愁倍重，音問憑誰送，唯將離情別緒，譜入絲桐。」簷下人或與唱曲者一般心事，驀地與「星腔」相逢，鄉愁濃重，倍受觸動。這雨中聽曲一幕，多年未忘，一九八六年重遊故地，舒巷城寫詩誌記：「昔日東江秋氣盪，惠州船向水微茫。少年簷下愁人雨，戰亂他方是我鄉。回首癡雲行漸遠，情腔婉轉卻難忘。餘音今夜從頭聽，一曲薇娘壓夜涼。」

曲盡人生

多年前嗜讀戲曲書，有關粵曲結構的基礎入門看得多了，也想測試自己到底有多大長進與能耐。機緣巧合下，借修改粵劇舊曲本，添寫一場兩幕的戲，當作練筆。費了大氣力改編，不致半途而廢，已算有個交代，事不經過不知難，從此敲響退堂鼓，不敢再輕言撰曲。

二〇一六年暮春，無端又生起寫曲的念頭，大抵想在放眼亂象的當今現世，振作一下委靡的情緒。但選擇題材不易，既不思佳人才子，又不想家國情仇。某天跟久未見面的戲曲界朋友敍舊，談到近況，她神思惘惘，欲語還休。從藝以來，每有演出，她內外兼顧，全力以赴，可惜仍難盡如人意，有時未免情緒低落。

演戲關乎先天稟賦，講悟性自信、時勢造化，出大氣力不一定有好成果。相識二十餘載，眼見她從戲班散夥消沉意志，到毅然組團學習班政，化被動為主動，咬緊牙關力闖新天。當年祝福少，冷語多，新班終得戲行叔父輩拔刀相助，在不被看好的雜音中響鑼。舞台打滾幾十年，實戰經驗豐富的她，表現雖未必盡入高人法眼，但論資排輩，早已躋身老倌前列，自有戲行地位與尊嚴。

若以做戲未能青出於藍為憾，做人則深得飲水思源真諦，師恩固然時刻不忘，待人亦從來寬厚。昔日獨力起班，得熱情戲迷義貼海報，她曾連夜上街慰勞，感念支持；知道曾任職劇團的武術指導移民，託助手趕赴機場，送上可觀數額的現款信封；班中兄弟財困，又周全變通，預付下個台期戲金；武師猝逝失場，薪水照付家屬，另奉帛金，親臨致祭。

茶聚後想起她的為人與大半生藝業遭逢，嗟其堅忍，嘆其愚癡，心頭一動，激活靈感繆思，經藝術虛擬轉化，試撰一曲〈月下遺懷〉，從後台的裝身打扮，唸記曲詞講起，再追憶師門受業，述志感懷，概括敘寫一個演員的從藝片段與起落心情。

月下遺懷

（二〇一六年四月十六日初稿，二〇一七年十月十六日四稿）

【反線二泉映月清唱引子】韻曲寄月弦（曲）水鬢抿腮邊，點翠珠花絹，頭簪正鳳，勻面掃

脂畫眉弄釵鈿，貼額七星片，巧妝穿戴扮相嫣妍（浪白）屏氣凝神，粉墨登台，以戲結緣呀

（曲）全情唱做不生妄念，新曲專腔為君奉獻，戲裏悲歡慣説恩怨，細味細度悟化添（浪白）宛轉低徊，曲盡人生無奈

（曲）江山遭劫驚兵變，長平有憾，社傾國蕩，帝女誓與駙馬擕愁落九泉，從難負繾綣（浪白）舞台燈影，檀板絃歌，無非感時傷世，你方唱罷我登場啫

（曲）戲曲記愛恨，沉醉藝鄉，回望感懷念師傳

【長句滾花】麗花隨風舞，不意墜梨園，舞台魅力漸魂牽，鈞天樂響紅幔捲呀，只見美人繡服出畫船，蘭花輕指曼聲歌，羞拒玉瑤琴（包才）戲裏真真，不覺神迷目染。

【反線二黃板面】學舞勤功識雛燕，師門同受業，將息席地眠，初演金山水戰得所願，縱辛苦味也甜，戀戀流光青夢遠【反線二黃】月盈虧，雲飄渺，聚散分合亦因緣。。

【尺字序】初衷不忘愛不遷，盡心苦修夢可圓，絳珠仙，步翩翩，舞袂舒捲，幻覺天，漫參三生木石禪，眾仙會癡鸞，初試啼聲心自顫（曲）念往事萬緒千端（序）可奈鳳鳴歌聲斂（序）數十載步印足跡，心底有梅影故劍。事境遷，難忘塵封歲月，同游探泳藝海曲淵。。走南闖北奮策鞭，善言冷語記心田，經歷了雨驟風飆，參透了人生幻變。

【剪剪花】日淡斜陽冷，寒徹玉嬋娟，獨迎風刀顫，世態炎涼見，添香禱蒼天，語辛酸，志剛堅，當不任弱柳被風纏

【滾花下句】莫疑山阻無去路，只見堂堂溪水出前村。。禍福無端惹憂煎，不若舟放江流，順逆隨波轉。

【長句二黃】停舟不寐倚窗邊，月下遣懷波影亂，也曾雲封霧障路難前，也曾滄海茫茫失方寸，幸有那新知舊雨，拔刀解我眉燃。。

【轉慢板】傲骨梅開雪壓肩，負軛闖關步顛連，如履薄冰，心境清明無玷，獨鳴孤鳳闖新天，走馬挑班續管絃，但想到藝承有責，愧我力薄難勝，師恩深且重，赧顏無以報，唯求一片冰心，風翦紅梅枝難斷。

【全斷頭】【反線小桃紅】孤舟過灘霧障掀，空山晚鐘悟覺圓，朝霞逐冷煙，水鳥翺翔遠，驟見仙山迸金線，晝夜回復轉，嘆光陰飛逝如箭，自忖心怠神倦，恨惘恨惘付流川，盡去瞋癡莫嗟怨

【滾花下句】氍毹鑼鼓圓戲夢，但願光風霽月度流年。。

桃李春風

「美哉我校，巍然港東。崇尚品格，立教所宗。孝敬謹信，校訓式從，發奮所為天下雄。沛多術以宏教，植初基於養蒙。菁莪化雨，桃李春風，鵬程萬里氣如虹。」

翻看二〇一一年十一月「天地圖書有限公司」出版的文集《我們來自東院道官小》（下稱《文集》），由「文集編輯委員會」主編，老師陳本漢、何萬森、何玉琴當顧問；馬桂綿與陳慧兒校友任主編和副編，委員有校友馬沙賓、梁承達、馬玉華、潘慧嫻、吳家彥、鄭藹儀。《文集》厚達四百頁，中英文章兼備，收三位校長序文、出版緣起、校徽校歌、校史簡述。另收師長鴻文十二篇，追記當年欣慰與壓力並存的教書生涯，懷念同事間的勵勉與學生的質樸；校友文章五十四篇，緬懷各自的學習生活，感戴師長的盡心栽培，憶記書友的同遊趣事，反映當年社會家庭的生活艱困，體現知識如何改變命運，報告離校後個人的得失與遭逢。

從輯錄的校友文章知道，校歌由創校校長容宜燕撰詞。小學生對「沛多術以宏教，植初基於養蒙」不甚了了，只記得與全體同學在禮堂或操場不知唱過多少遍，一九六三年離校升中，竟把校歌遺忘在目迷五色的凡塵之外。母校五十周年紀念正式日子應為二〇〇八年三月十七日，為方便籌劃，提早二〇〇七年十二月一日辦金禧晚宴。我在四十四年後的誌慶席上再睹歌詞，重邁嗓音，幾百校友齊聲高歌，由從前的清脆童音變了沉雄中音，數十年歲月悠悠飄過，銅鑼灣「東湖」樓頭，終於抓住歌詞的微言大義。

曾明霞老師的文章提及容校長是盧湘父學生，陳本漢老師則稱容校長為老師宿儒，有極高國學修養。據維基網頁資料，盧湘父原籍廣東新會，是近代嶺南教育家，曾為滿清舉人，從學康有為，戊戌政變失敗後避走日本，翌年應梁啟超邀請，任教日本橫濱大同學校。一九〇〇年回國，在澳港辦學，致力平民與婦孺教育。一九〇五年澳門創辦湘父學塾，自編蒙本教材；後遷校香港，一九三四年改名湘父中學，日佔時期停辦。容校長秉承乃師興學之志，從事教育，在有理想有才幹的老師輔助下，啟發童蒙，「德智群體美」五育平衡發展，紮穩學業根基，期望學生他日或成棟樑材，或遂青雲志，投身社會，修持家室。

東院道官立學校一九五八年三月創校，一九七七年九月停辦。當年有建築商陳德泰捐贈三十萬元補助，校舍外貌恢宏，設施齊備，除標準教室、禮堂、操場；還有家政、木工、音樂室，停辦以後，成了何東中學（分校）校舍。創校初期，上下午分別開二十四班，招收附近適齡兒童入讀，學費五元。容校長主政四年，一九六二年調往北角官立小學下午校，後一年我參加中學入學試，考試證上校長簽名已改江大賜校長了。

印象中容校長和藹可親，胖胖的像個聖誕老人，有時在校門口遇上，他總微笑點頭，或在過道上囑咐同學別追逐奔跑；亦愛在學生列隊進入課室前，操場上簡短訓話。他是「中英學會」中文戲劇組主任，又曾當上多屆「校際朗誦比賽」評判，在常規學習以外，安排學生參與校外話劇、朗誦和節奏樂比賽，得過幾次大獎。我沒份參演話劇，只朦朧記得課外活動有戲劇組、園藝組、音樂組等等，我選擇園藝組，放學後上天台的小花園為盆栽灑水。從曾老師文章知道小花園名「其科園」，誌記「家長教師聯誼會」主席吳其科出錢出力，在學校天台一角，裝設籬笆，添置花卉，讓小學生課餘有一個學習園藝的小天地。

我喜歡學校的音樂室和家政室，除了去不同地方上課感到新奇，還因為音樂和家政課業輕鬆，不似其他術科令人提心吊膽。在溫柔的音樂老師教導下，學習敲擊節奏樂，曾試過三角鐵、手搖鼓和小銅鐘，盯着指揮，在適當時候敲搖幾下，十分自在有趣。又在家政課學習不同的縫紉針步，甚麼平針、走針、挑針、鎖鏈針；學會做圓枱、亂褶、工字褶、A字褶半腰裙；還學編織毛冷頸巾，又用灰色毛線編織一隻小象，象頭兩邊縫上耳朵，塞滿棉花後，縫好肚皮，脹鼓鼓站得穩穩。

我曾在學校禮堂參加講故事比賽得獎，獎品有顏色筆、圖畫書和一個別致的地球儀鉛筆刨；操場上參加過五十公尺競跑、跳跳袋和匙羹賽。小息時又在天台與同學玩跳高或者跳橡筋繩，先分兩組，由兩位同學分頭拉緊橡筋繩，組員由膝蓋的高度起跳，跳不過就由殿後的組長救場，組長有機會跳兩次甚至多次，看自己組員的表現而定。每過一關，調整橡筋繩高度，層層上升至腰、肩膊、耳朵、頭頂，愈高愈難。一次升至頭頂，我助跑幾步飛身上去，下地時與剛在旁邊疾跑的男同學撞個正着，衝力太猛雙雙倒地，左腰側擦破皮，血紅一片，洗澡時撕揭紗布、穿裙著褲都痛得要命，好幾個星期才脱痂漸癒。有一年老師派我當「風紀」員，小息時纏上臂章，在教員休息室門口神氣站崗，曾明霞老師下課回來，見我鈴聲剛敲過即來當值，微笑嘉許我守時盡責，當時我表情木訥，心裏可真歡喜。曾老師也是「中英劇團」成員，不記得在畢業前還是之後，我跟同學去皇仁書院禮堂，欣賞過曾老師演出話劇《朱門怨》。

回憶中的小學生活苦樂參半，樂的時候居多，因為不想記取的事情多會潛意識被自動篩走。能夠在這樣一所極有規模的學校唸書成長，遇到嚴師，認識書友，真要多謝父母。小時候怕我在家淘氣，讓體弱的母親勞心，家裏很早送我上幼稚園。學校在堅拿道西近軒尼詩道口，鵝頸橋街市一棟四層高樓房內，名喚如英學校，離登龍街的家非常近。古時有「孟母三遷」，孟家曾住墳地和市集附近，因為兒子模仿別人哭喪和做買賣，孟母不惜三次搬家，最後搬到學宮旁邊，兒子仿效文士讀書和官員揖讓的禮儀，才安頓下來。如英學校卻在孟母要避居的街市開辦，騎樓下望，攤販生意紅火熱鬧，辦學者大抵想磨練小兒心志，不避環境雜亂，仍要專注學習。學校還安排小睡時間，吃罷牛奶餅乾，全班幼兒生在隱約的叫賣聲中伏案午睡。就這樣，我完成學前教育，然後去了駱克道道光學校正式唸小學。

父親在鄉下只讀過幾個月私塾，唸《三字經》、《千字文》，就憑短短百來天「卜卜齋」教學，他後來可以看報，讀《三國演義》，唸諸葛亮〈前出師表〉。父親為了養家，早出晚歸，很少關注兒女學業；母親又不識字，幼兒的讀書問題，多半聽同父異母、比我們年長十多歲的兄姐主意，連申領出世紙，也是五姐提醒。讀道光學校二年級時，某天不記得是誰帶我去東院道官立學校筆試，過程簡單。小房間內考生只有兩個，考寫中文生字，分別寫出「島」和「鳥」、「國」與「園」、「學」與「舉」之類，另做句子和幾條加減數，沒考英文，當時小學三年級才學外文。開辦新校需廣招新生，我適逢其會，降班重讀小一，做了東院道官小下學期插班生，入學不久即逢大考，由1H班，用天干地支標示為「一辛」班，後升二乙，三丙，四乙，五乙，六丙，一直就在乙與丙之間徘徊，從來不是甲班材料。

小時讀書懵懂，成績時好時壞，小十哥長我兩歲，唸新會商會小學，功課自顧不暇，兄姐又另有居所，母親只慣常問溫書了沒有，家裏從沒人認真管我功課，亦少談及升中試要如何如何。可能聽慣校長老師耳提面命，三令五申，我彷彿知道上學就要讀書，至少懂得捧着書本，背中文成語、拼英文生字、背九因歌訣。也記得在無數個靜謐的冬夜，父母哥哥擠在全家唯一的板牀早已睡下，我在父親山搖地動的鼾聲中獨坐小板櫈，就着六十瓦特的暗黃燈光，在牀口做功課。我資質平平，唯有將勤補拙，時常溫習卻成效不彰，英文似明不明，算術似通非通，就只有中文科較有把握，默書作文寫周記，以至上「國音」（國語）課，還算可以應付，我跟在領悟力強天資聰穎的同學後頭，追趕得上氣不接下氣。

二〇〇七年中，熱心校友通過各種渠道，互通母校五十周年紀念晚宴的消息，一個海外「小」書友，電郵中跟我這個失散多年的同學打招呼，她印象中的我，是個有着長長睫毛、眼神像做夢一樣的女孩。我從未想過自己小時形象，多虧同學這一提起，原來我的懵懂早在兒時失神的雙眼中坦然流露。

那時候每天例行上學放學，隨眾測驗補課，假期就是假期，只惦記遊玩嬉戲，對圍繞學校和書友身邊的事情無知無覺。今天讀《文集》才曉得，原來當年只有六年級甲乙班和部分丙班同學，由學校保送考升中試，徼天之幸，我這個丙班生竟攀附車把邊，跑進了考場。當時曾羨慕一位家境寬裕的女同學，除了課餘可以學琴，還請了英文補習老師，卻並不確切知道原來補習是為應付升中；更有不少同學在家長安排下，每周兩晚去英專夜校上課。同學目標清晰，家長重點支持，只有我在時刻備戰的主流大軍外游離浪蕩，不知難關將至。

小學會考中英數三科，安排一天考完，那天是怎麼過的，全想不起來，大抵當作學期考試，沒意識面對的是一場重要戰役。現在知道班中成績前列的一位精英同學，曾經在會考當天早上，驚怕得雙腿發抖，幸得老師好言安慰。當年緊張的考試氣氛，我竟沒有深刻感受，看似大無畏，其實不識死。回報從來是給予自覺自強、做好準備的人，精英同學群組中英數成績全一級，更有六名得政府五年全額獎學金，派去心儀名校，繼而跨進大學門檻，回饋社會，建構美好人生。

我中文科一級，其餘兩科成績普通，派去教會英文中學，學習環境由中文改為全英語授課，體育課也不例外，球例聽不明白，屢屢犯規，把那金髮碧眼老師氣得七竅出煙。聽書時只有中文課最實在穩妥，其他課堂「夢眼」比前更加茫然，適應不來，起步脱腳，無法升班，辜負小學英文老師兩年來密集灌輸的一片苦心。家裏沒有給我壓力，只輕描淡寫地講，不讀書就去做工。我獨自跑去港島區中學叩門，轉去一所基督教中學的英文部攻讀，完成五年學業。奇妙的是，一九六九年我在工作地方認識一位文藝青年，竟是我的中學校友，她唸中文部，在校時沒機會相識。她就是當時已發表「五四運動五十周年紀念」詩作〈我的燦爛在1919〉的鍾玲玲，因為她的啟發與鼓勵，我逐步走上文學創作的路。人生旅途有無數交叉點，機遇不遲不早，總會在你措手不及時迎面碰上，不着痕跡改變你前行的方向。

童年的學習時光，身歷其境時不上心，離校後集中精力與現實周旋，亦少回顧，老師的名字竟全沒了蹤影，多年後在金禧宴席和《文集》中再認尊名，百感交集，如夢初醒。從小二到小六，年代久遠，許多事已印象模糊，但師長的授業與德行的教導，卻隱隱然知道感激。有時看書報，寫文章，處理辦公室文書工作，瀏覽網上外文資訊，心有所得或有所憾時，忽然就想，我怎麼竟會識字和懂得基本英文呢。追本溯源，自然得歸功初小老師的耐心啟蒙，一筆一畫，打好基礎，日後通過文字讀書明理，認識世界，修煉自己。

五六年級時的測驗補課，細節已忘，幸好有同學文章輔佐，當年的學習內容和上課情景慢慢在腦海浮游。可惜記不清曾教我中文的幾位老師大名，其中一位在教育署指定課程範圍外，經常利用期考後改卷計分、不用教書的自由活動課，在黑板抄寫唐詩宋詞，教唸白居易〈琵琶行〉、〈長恨歌〉。從校友的追述尋找蛛絲馬跡，估計應是陳佩瓊老師，今天我仍愛讀散曲詩詞，順理成章歸因童蒙期的良師導引。

英文老師陳本漢在《文集》中提到，學生結業時，英文科積存的補充練習、測驗筆記沒有一呎，也有八吋高。當年升中試是個大關口，學生一戰攻克就可循升學階梯層層遞進，從學府走向社會，提升知識地位，逐步解困脱貧。但大部分清貧學生請不起私人補習，沒有裝備自己的額外能力，陳老師無私付出，升中試前約莫九個月時間，放學後密鑼緊鼓英文補課，間中星期日亦照補如儀。陳老師的教育熱忱，校友滿懷感激，把老師精心編寫的英文文法筆記視為秘笈，珍而重之。但我抓破頭皮也想不起那疊文法筆記放在哪兒，如果不是常發白日夢，就一定得過且過，用筆記精粹應付完考試測驗，隨手亂放，自動遺忘，思前想後，委實愧對吾師。

數學老師伍兆銘非常嚴厲，愛之深責之切，對頑皮不專心的學生手下絕不留情，投擲的粉筆與粉刷，力度和命中率奇高，測驗不合格，打手板更不在話下。當時學生捱板子只「雪雪」呼痛，絕不流淚，完全明白甚麼叫自作自受，坦然面對沒盡全力讀書的後果。家長知道了，也不會向教育署投訴學校「體罰」，反為兒女不聽管教而抱歉，請老師出手狠狠多打幾下。

我對算術邏輯沒有天分，甚麼最大公約數、最小公倍數，甚麼流水時速、體積容量，還有四則混合題計算等等，搞得頭昏腦脹。伍老師愛在正式講書前，來個快速測驗，十五分鐘運算百題，訓練速度和準確度。我每次無法終卷，發還的卷子上總有觸目的紅叉，改錯重做成了學習數學的主旋律。

一直以為喜歡中國詩詞文學，是受小學中文老師啟發，但讀到校友文章提及伍老師每隔一天，用自稱「蝌蚪文」的美麗粉筆字，在黑板上抄寫中國詩詞散文，有劉禹錫〈陋室銘〉、白居易〈燕詩〉、胡適〈差不多先生〉等，還勸喻學生要多看文學書籍。忽地憬悟，原來不時腦海中出現「樑上有雙燕，翩翩雄與雌。銜泥兩椽間，一巢生四兒。……」；「山不在高，有仙則名。水不在深，有龍則靈。斯是陋室，惟吾德馨。……」等詩文，是來自數學老師伍兆銘的潛移默化。

《文集》中喜見伍Sir題詩：「建校如今五十年，庠門姊弟各爭先。春風化雨栽桃李，戒尺警頑出孝賢。寰宇新知好作伴，同窗舊雨自矜憐，香城卜吉會師友，闊論高談笑拍肩。」

我頭腦不靈光，理解滯後，數學上沒得到老師真傳，中三還因會考分科，如釋重負地選擇文科。不過，對古典詩詞和文學創作的興趣和關注，大半生依然堅持，算是在個人文化修為上，勉強向陳、伍兩位蒙師交代。

《文集》行文樸素，感情真摯，往昔的童稚時光，曾經像拼圖板塊逐件脱落在記憶的汪洋，不完整的片段如今終於得到追認、重拾、拼湊。我確曾在那所屹立在斜坡頂端的巍巍校舍內學習、運動、唱遊，並不識世途險阻，夢遊一樣從寬敞的校門出發，毫無準備地踏上人生征途，雖未至於焦頭爛額，也夠忐忑迂迴。跌跌撞撞走到二〇〇七年，竟在大學校園辦公大樓前的梯級上，遇見小學書友，今日臨牀心理學家麥瑞雯，是她告訴我母校五十周年紀念活動的消息。

金禧日那天，何東中學星期六下午沒課，校方玉成好事，讓一班原東院道官小的花髮同學，重返睽違半個世紀的校園。「老」同學有連同家人來，有獨個兒來，集體訪禮堂、踏操場、上天臺；也有校友穿堂入室，為孫兒女講述「天寶遺事」，人人笑容滿面，神態天真。高潮是同學們坐在課室的座位上，緬懷昔日，角色扮演舉手答問的童生。探訪母校的日間活動，就在操場拍下經典的團體照後告一段落。

當夜金禧晚宴席設百德新街的海鮮酒家，出席人數連家屬達三四百人，場面哄動。校友久別重逢，或含蓄相視，意在言外，或言笑晏晏，搭肩相擁；散居五湖四海的童年書友，不論韜光養晦還是日理萬機，弄孫為樂抑或人在江湖，五十年後濟濟一堂，見證昔日風華，難掩興奮。散席回家，耳畔仍有樓頭喧鬧的笑語，手托老花鏡視唱校歌的動人場景，整夜更揮之不去。「東湖」聚飲的後遺症，引來詩興，戲作打油組詩十四首以為誌念，安頓起伏的心情。

母校五十周年（二〇〇八）金禧紀念組詩

（二〇〇七年十二月十五日初稿，二〇一七年十月十六日五次稿）

（一）書友聚散似煙雲，驀地相逢信有因。抬頭乍見娉婷影，巧遇金禧報訊人。

（二）童年共讀了無痕，師友尊名幻似真。互聯網絡傳消息，歸期定卜待起行。

（三）巍巍我校傲灣東[1]，孝敬謹信好門風。貧富賢愚無軒輊，不問出身教化同。

（四）小一插班啟愚蒙，混化無知缺天聰。拔尖無份唯補底，一生果證是中庸。

（五）天寒放學撥慢鐘，棉花路暗樹影重[2]。雙膝打顫牙關緊，暖家香飯想登龍[3]。

（六）一別官小五十年，流金歲月舞風前。為尋往跡臨「東院」，憶記春風雨露霑。

（七）花甲回校證當初，重踏禮堂笑呵呵。考測補課排班坐，師恩不忘唱校歌。

（八）天臺戲跳橡筋繩，競跑操場奪魁英。超齡學子分明記，喧聲尤勝讀書聲。

（九）「東湖」設宴歡聲動，師長含笑坐如鐘。醫教法商崢嶸客，一律恭謹執禮隆。

（十）皓首蒙師尊上座，後立童生霜鬢多。鎂燈閃爍留嘉影，華年逝水背漸駝。

（十一）金禧樂敍鬧紛紛，細辨容顏說到今。浮名富貴何足論，最難星鬢話前塵。

（十二）五湖四海聚樓頭，攬頸波牛喋不休。笑語走堂頑劣事，約期組隊再盤球。

（十三）今日相逢鬢已蒼，互道珍重願平安。海外再聞金樽約，噴射波音又啟航。

（十四）老去天涯惜依依，半生緣聚未遲遲。引吭高歌情歷歷，戲打油詩樂孜孜。

1 小學母校在銅鑼灣東院道五號。

2 棉花路在學校斜對面，暗夜中樹影搖搖。

3 小時家住灣仔登龍街。

香港藝術發展局全力支持藝術表達自由，本計劃內容並不反映本局意見。